漫娱图书
SINCE ....

名　家　经　典　系　列

此人文风平平无奇

七英俊 / 著

长江出版社
CHANGJIANGPRESS
漫娱图书

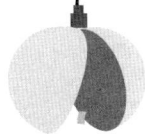

明天快乐

　　"生日快乐"这句祝福，听上去比"天天快乐"更实在，更可实现。

　　其实每个人都希望能天天快乐，但每个人又都深知其虚无。

　　快乐这件事里最大的谎言是：无论对谁，它都不是一个绝对值，而是一个比值。泥泞中的阈值低，云端上的阈值高，泡在蜜罐里也要吃过一口黄连才尝得出甜。

　　所以生日快乐、周末快乐、五月快乐，就更像一种妥协，一种评估过成功率的目标书：做不到全程快乐，至少在这一站肆意地、过剩地快乐吧，毕竟人类是生存的行家，就像在暮秋填装洞穴的花栗鼠，靠今天的盈余填补明天的寡淡与失望。

　　祝你们明天快乐。

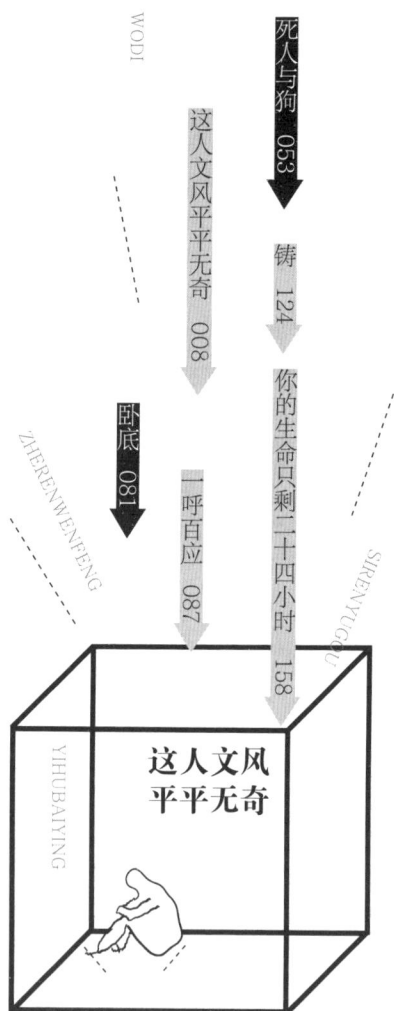

目录

MULU

风 文 人 这

奇 无 平 平

塑料模特收工打起了扑克

落灰橱窗里

落灰橱窗里

塑料模特收工打起了扑克

橘色的薄日发条 渐松

吱 吱 嘎 嘎

掉下　　人间

《垃圾街》

这人文风
平平无奇

0

　　谁也不知道这事是怎么开始的。有一天，Z 市某高校的篮球场上，突然就有个学生飞了起来。

　　很快该男生便上了新闻头条，并被送去相关机构检查身体。不查还好，一查之下才发现，此人不仅一夜之间学会了飞檐走壁，还无师自通了金钟罩、铁布衫、降龙十八掌和六脉神剑。

　　"武侠男主真人"在热搜上挂了没几天，全国各地又出现了更多离奇的事件。

　　有人突然停止进食，改为餐风饮露，一个月后非但没饿死，还开始金光护体，隔空取物，御剑而行。有人借着亲戚关系去某军火库"参观"，再出来时开着一座三层楼高的机甲，一发死亡射线直接穿出大气层，越过大半个太阳系，把冥王星炸没了。

　　还有少女在半个月内接连与三位福布斯富豪相识、相爱、订婚并逃婚。据伤心的富豪们称，相识的契机都是该少女在路上泼了自己一身咖啡。

　　五花八门的"小说主角"出现在现实中，理所当然地引发了混乱。民众逐渐开始恐慌，一些人试图关押和控制他们，结果却不能伤及他们分毫。

在绝对的力量碾压之下，信众出现了。

其中，前面说到的修仙文和机甲文里的这两位男主尤其野心勃勃，而他们的拥趸也尤其疯狂。凡人虽然学不会他们的本事，却视之如神，团结在他们周围形成了两个权力集团。

在那之后三年过去了，两大势力不断壮大，俨然有了新世界的巨头之态。人类已有的武器对这俩人完全不管用，而大规模杀伤性武器又会误伤普通民众。已有的社会秩序备受摧残，世界混战不断。

直到这一分，这一秒，上述一切都跟我们的男主楚陌没有任何关系。

楚陌从未曾幻想过，或许自己也是篇什么文的男主，他只是觉得自己的青春，过得十分伤痛。

此时此刻，他刚刚从家里跑出来（嘴角带着被父亲揍出来的淤青），没去学校（惯常逃课），背着破旧的蓝灰色书包，里面装有一叠不合格的试卷——只有语文拿了80分，但作文不合格。不合格的原因是他用蓝色钢笔洋洋洒洒写了两千字离题万里的对世界的质问。他还跟街头混混打了一架，但路边文具店老板的女儿小跑着给他送来了创可贴和过甜的橘子汽水。

他爬上了一栋废弃建筑的天台，腿从天台边沿垂下来晃荡，昭示着一种厌世和不羁。他掏出锈迹斑斑的铅笔盒（铅笔盒里藏着一张泛黄的字条，是患绝症死去的青梅竹马留给他的），开始为乐队（跟几个逃课哥们儿凑起来的，有时会去地铁站寂寞地弹唱，但如果有人给钱就会被骂）写一首歌。

大楼下面的街道上人潮涌动，一张张面孔像海波里浮动的星星。但世界却不是深蓝色的，世界斑斓且动荡，满目疮痍，令人眩晕。

楚陌用铅笔在草稿本上潦草地谱着曲，时不时嘶哑地哼唱两声。天空适时飘起了小雨，很快又转为了滂沱大雨。楚陌虽嘴角流血，却全情投入。

忽然，天边飞过一道金光，那是修仙文男主刚刚御剑飞了过去，后头跟着一排导弹。

楚陌不为所动，用寂寞的眼神把他当作流星许愿。

此时，天边又闪过一大片银光，那是机甲文男主带着自己造的一个连的无人机甲在巡视。

楚陌不为所动，用寂寞的眼神把它们当成晚归的大雁。

修仙文男主和机甲们一言不合打了起来，半空炸开朵朵火花。

楚陌突然神情一动，草草写下几句歌词，唱道："喔，明年七月的烟花……"

就在这时，有个黑衣青年缓步走上了天台，拍了拍他的肩："喂，小子。"

楚陌回过头。对方戴着细边眼镜，衬衫扣子系得一丝不苟，神情冷淡而疲惫，看上去像是个研究人员。

楚陌不为所动，微微一哂："你也来看雨啊？"

青年原本有一席话要说，而且绝对不是来看雨的。但是听楚陌说完这句，却突然神情恍惚了一下，愣愣地说："是啊。"

楚陌了然一笑，不再与他搭讪，自顾自地继续唱歌。

青年听了几句，默默坐到他身边，将腿伸出天台边沿，和楚陌一起淋雨。

一曲听罢，青年问："失恋了？"

"没那么简单。"

"怎么？"

楚陌一时沉默不语。

青年道："你好像有心结。"

楚陌淡淡一笑："没什么，都是过去的事了。我曾喜欢过一个好女孩，她是我的青梅竹马，我以为我们注定要在一起的。没想到长大之后，她爱上了我的哥们儿。"

"这不就是失恋吗？"

"后来我哥们儿为了救她，死在了车祸中。"

"……"

"肇事司机有来路，一分钱都没赔。我哥们儿的父母哭瞎了眼，那女孩就打几份零工赡养他们。后来，也许是过度劳累吧，她进了医院就再也没出来。"

青年一声长叹，讲起了自己的伤痛往事："从小我就没见过我爸几次，我妈后来跟他离婚改嫁了……"

他俩伤痛地交流了一番，最后约定以后一起组乐队，还交换了联系方式。

青年淋着雨走了。

他走出了五公里，才猛然浑身一震，大梦初醒般愣在了原地。

青年难以置信地盯着手中的联系方式，自言自语道："这小子的 buff 也太强了吧！"

②

几天后，楚陌收到了青年发来的一条信息，约他再次见面，由头是讨论乐队参加比赛的事情。

青年这回特地挑个跟青春伤痛完全没有关系的场所——茶馆。这里不仅前后左右都是不用上班的大爷大妈在打牌唠嗑，而且身边还坐镇着一号大名鼎鼎的人物。

"楚陌马上就到。你吃点什么？"青年问。

他身旁的女孩摇了摇头。

"那喝点茶？"

"我出了家门都不能进食喝水。方圆百里内只要有个美男子，一定会狂奔到我面前被我泼一身。"

青年默然，几秒后他小声说："那也不完全是坏事……"

女孩面无表情："然后我就会打工攒钱赔衣服给他。"

"你可以不赔啊。"

"我这是被动技能，身不由己的。你见过不赔衣服的玛丽苏女主吗？"

青年陷入沉思。

片刻后，青年突然说："你拿着这杯茶。"

"干吗？"

"我想测试一下。"

"测你的颜值够不够得上美男吗？"女孩接过茶杯，手一抖，泼湿了青年的袖子。

"……我已经分不清你这是被动技能还是主动安慰，总之谢谢你。"青年擦着袖子说，"但我想测的不是自己，而是楚陌。我想看看你俩的buff……"

他话音未落，楚陌到了。

楚陌一脚踏进大门，整个茶馆都开始弥漫伤痛的氛围。

窗边一对中年夫妻突然同时开始哭泣。中年男人道："你刚才是不是盯着窗外开过去的那辆红车？这么多年了，你还没有忘记他？"中年女人跟他抱头痛哭："让我们放过彼此吧，好吗？"

门前的大爷含泪打电话："女儿，我支持你的梦想……"

趴在地上的狗子吐出啃到一半的骨头，举头注目夕阳。

楚陌看了看青年，又看了看女孩，冷笑一声："我们乐队不需要一个漂亮主唱来吸引眼球搞商业化。"

青年回过神来的时候，已经跟楚陌为了乐队的未来发展方向吵了一架。

他身边的女孩正沉浸在被同学孤立（主要是因为长得太美，她左眼是金色的，右眼是银色的），而且没瞒住自己百亿身家千金小姐（但不用家里一分钱）的身份，而招致嫉恨的回忆中，流下了七彩的泪水，茶杯还稳稳端在手上。

青年长叹一声："看来这buff可以分出胜负了。"

女孩愣了愣："对哦。"

楚陌也愣了愣："什么buff？"

青年说："我叫郑长仁，这位是薇可儿。我们找你并不是为了组乐队，而是因为一些更俗的事情。"

"比如？"

"比如拯救世界。"郑长仁从口袋里摸出一张纸片交给他，"我受你buff 的影响，没法一直正常讲话，所以事先打印了出来向你说明一切。"

楚陌满腹狐疑地接过来读了读。

在纸片上，郑长仁写道：

"你或许还记得，自己小学时曾被家里送去参加过一个儿童智力开发项目，接受过一种所谓的'脑电波疗法'，但成绩并没有显著提高。

"那个项目是我父亲搞的，我和我的父亲都是罪人。

"其实，我父亲毕生研究的是一种叫'域场'的东西，你可以将其理解为人类的潜意识。他相信人类百分之九十以上的潜力尚未被开发出来，从古至今，那些上天入海的能人异士，都是无意中改变了'域场'，突破了人类自以为的极限。

"父亲希望将这个过程变得可控。他想在孩童阶段通过脑电波的共振开发'域场'，创造出电影里那样无与伦比的超级人类。

"这一切研究，他从未公之于众，也没能申请到临床试验许可。你们的家长将你们送去，只是希望改善一下成绩，谁也不知道，我父亲会偷偷麻醉你们，将你们连上自己秘密研发的脑电波仪。

"但连我父亲都没料到的是，他自己的亲儿子，当时还在读初中的我，是个擅长藏文包的网文爱好者。

"一次，我偷用他的电脑下载了一个超级大的文包。这时他突然回家，为了避免挨骂，我按照网上学来的技能胡乱操作了一番，将文包藏进了他电脑的最深处。

"结果我父亲的电脑技能也是从网上学来的。我藏文包的地方，恰好也是他藏秘密数据的地方。

"临床试验当天，在他做贼心虚而急匆匆的操作之下，导入你们大脑的并不是他精心准备的数据，而是我的网文文包。

"虽然父亲随后立即终止了传输，但还是有一些破碎的网文数据，分别进入了你们中的某些人的'域场'。

"你们醒来之后自然是什么也不记得了，后来的言行举止似乎也没出现什么异常。父亲以为试验失败，虽然有些失望，但也着实松了口气。

"岂料就在三年前，Z 市的武侠男主、H 市的修仙男主、F 市的机甲男主等等相继出现，父亲一查，发现他们都是自己当初的试验体。

"当两大霸权建立，开始大杀四方时，父亲知道自己犯下的过错已经无法挽回，在痛苦中自杀了。

"我虽然也非常想一死了之，但思前想后，还是决定直面错误而不是逃避。我要收拾父亲留下的烂摊子，永久性地终结两大霸权。"

"所以你打算怎么做呢？"楚陌放下纸片问道。

"首先自然是追踪到你们所有人的近况。这件事我已经办得差不多了。"郑长仁说，"当初数据传输到一半就戛然而止，并不是每个人都受了影响。如果找到改变了域场的人，我会详细说明当年的情况，比如对这位薇可儿，还有对你。"

楚陌耸耸肩："但我肯定没受影响啊。"

郑长仁和薇可儿意味深长地看着他。

"我又不能上天，又不能赚钱，甚至都没人爱上我。"楚陌觉得莫名其妙，"难道把日子过得一团糟也算什么超能力吗？"

郑长仁严肃地点了点头："正是如此。"

"……"

"譬如说，我哭泣时就会流下七彩的眼泪，我高兴时天上就会飘起樱花雨。"薇可儿说，"自身的域场能影响周围的微粒子，甚至他人的脑电波，让他们照着剧本行事，这种 buff 我有，你也有。"

"我拿到的是什么剧本？"

"青春伤痛文学。"

楚陌瞠目结舌。

郑长仁继续说道："当初的试验体们获得的 buff 有强有弱，强 buff 可以压制弱 buff。我拉薇可儿入伙之后，曾经试过让她去 H 市收拾修仙男主南宫流云，最好能让他一见钟情智商清零。结果她却反被南宫流云的 buff 压制，险些投入他门下修仙。我们的战友还有一个，后宫文男主陆阳……但他这会儿不方便露面。"

楚陌问："为什么？"

薇可儿瓮声瓮气地说："因为我俩的 buff 属于王不见王的那种。无论谁强谁弱，最好永生不相见。"

"……也是。"

"我们让陆阳去过 F 市，接近机甲男主钺司·赫尔曼的女朋友。结果也是一样，buff 不及人，一走近机甲男主周围就会臣服于他。连跟着陆阳一起去冒险的双马尾傲娇师妹和慵懒师姐都现场倒戈，脱离后宫加入了机甲军团。"

"但这一切跟我有什么关系？"楚陌隐隐猜到了对话的走向。

郑长仁轻声说："根据我亲身体验，你的 buff 是我目前遇到的所有试验体中最强的。你这伤痛文风固然鸡肋，没有任何武力值，但你的脑电波辐射范围极广，对他人的影响也极深。"

"换言之，任何场景在你加入后，都会变成青春伤痛文学场景。"薇可儿说。

"不过你的 buff 能不能强过南宫流云和钺司·赫尔曼就不好说了。而且据我观察，你的发挥好像也不是很稳定，就比如这会儿吧，我们能正常对话，就说明你在思想受到巨大冲击的时候无法维持强 buff。所以，你需要专业的训练。"郑长仁说。

"可我为什么要训练这个鬼 buff？"楚陌反问。

"你没听我说话吗？当然是为了打倒两大霸权，拯救世界啊！"

楚陌沉思片刻，表情逐渐恢复寂寞，用沧桑的眼神看向茶馆窗外的夕阳："我啊，对拯救世界没有兴趣。这宇宙对我来说早已是一座巨大的坟场了。"

"不好，他的 buff 恢复了！"薇可儿身不由己地摸出把口琴开始吹民谣。

郑长仁恨铁不成钢而又伤痛地瞪着楚陌。

（3）

郑长仁回去之后分别跟薇可儿和陆阳商量了一下，觉得还是不能这么轻易地放弃楚陌这么厉害的潜在战友。

后宫文男主陆阳在百忙之中抽空提议道："既然是青春伤痛文男主，总有那么一两个白血病女友或者植物人亲属吧？不能从这方面着手吗？"

郑长仁说："有的，他的青梅竹马已经死了。"

陆阳却说："你再查查，说不定还有第二个。"

于是郑长仁认真调查了一番，还真的查到了，楚陌有个弟弟体弱多病，目前正因心脏病住院。

于是郑长仁带着薇可儿在医院门口守株待兔。薇可儿踩到第三十九个美男的脚时，终于感受到一股伤痛的冷空气，从半条街外席卷而来。

郑长仁猛然抬头，一边四十五度惆怅望天，一边挣扎着说："他来了。"

果然，只见楚陌双手插兜，低着头踩着地砖的方格走进医院，进了住院部。

俩人偷偷跟上。薇可儿运用 buff 摆平了住院部门口的值班医生，跟在楚陌身后，看着他走进了一间病房。

靠窗的病床上坐着个面色苍白的少年，床边站着的中年男女应该是他父母。见楚陌进来，少年扭头，没什么表情地叫了声"哥"。

门外偷看的薇可儿小声说："看，美少年。"

郑长仁心惊肉跳："你可千万别让他跑出来被你踩一脚，他这一跑可能会出人命。"

好在那少年似乎对玛丽苏女主的存在一无所觉，丝毫没有受影响。薇可儿心情复杂道："放心，我的 buff 被楚陌压制着呢。"

门内那对父母却对楚陌的到来反应很大，男人厉声问道："你来干吗？"

楚陌短促地笑了一声："来探病啊，你们不是一直怪我不来吗？"

那母亲一听到这句话便捂嘴哭道："你还知道过来？我怎么会有你这么个儿子……"

这一来一往没说几句，就上演了一出天崩地裂的家庭纷争。

最后楚陌摔门而出，将一屋子鸡飞狗跳关在了门里。

楚陌走了几步，突然看见没来得及躲起来的郑长仁和薇可儿。他没好气道："你们也来看笑话？"

此时他情绪波动剧烈，buff 并不稳定，郑长仁好歹冷静地说出了准备好的台词："如果你加入我们，我们可以提供医疗资金，救助你的弟弟。"

"资金哪儿来？"

薇可儿干咳一声："你别看我天天打工还人衣服钱，那只是被动技能，其实我每天早上都从两百平的黄金席梦思大床上醒来。"

楚陌走到长廊尽头，望着窗外阴云笼罩的天空，沉思片刻，嘴角噙起一丝冷笑："可我为什么要费心救他呢？"

郑长仁和薇可儿都震惊了，这似乎并不是青春伤痛文男主的台词。

郑长仁试探着问："你跟你弟弟有仇？"

"我弟啊，小时候还算个正常人，长大后就成了一个品学兼优的模范机器。我和他恰恰相反。我爸妈恨不得拿我的命换给他，一吵架就念叨'为什么得病的不是你'。"楚陌似笑非笑地说，"如果有一个按钮，摁下去就能让我弟的病转移到我身上，我爸妈能把它拍烂。"

说到这里，他突然想到了什么："难道我父母是受了我 buff 的影响吗？因为我是青春伤痛文男主，所以他们不得不扮演这种恶劣角色？"

郑长仁问："你小时候他们对你如何？"

"也不咋地。"

"……所有人的 buff 都是三年前开始显现的，你应该也不例外。在那之前，你身边人的脑电波并不受影响，展现的都是本性。"

楚陌先是连声苦笑，接着突然反应过来："你是说，我青梅竹马的死，也是我的伤痛 buff 导致的？"

郑长仁字斟句酌道："可能是，可能不是。"

薇可儿趁机不动声色地提醒道："还有你弟弟的病情，也可能是，可能不是。"

郑长仁跟她唱双簧："逝者不可追，生者犹可留啊。"

楚陌几乎是条件反射地吐露心声："可我只想追逝者！为什么你们开的条件不能是把我青梅竹马复活？"

薇可儿顿了一下："你是想说，你宁愿死的是弟弟吗？"

楚陌悚然一惊，浑身一震。半响，他无力道"人总会变成自己最讨厌的人。"

他做出了妥协："好吧，我跟你们去做那个什么鬼训练。"

④

郑长仁把他带到了基地。

所谓的基地只是个小房子，但地点在远郊，附近人烟稀少，可以最大程度减轻 buff 带来的影响。

车子开到基地三百米开外，郑长仁就停了车，对薇可儿说："我把陆阳叫来了，想让他跟楚陌见个面。"

"哦，那我不接近了，他走了你再叫我。"薇可儿立即下车。

陆阳是个精壮青年，他一边跟楚陌握手，一边喃喃道："我脑子里好像一瞬间涌上很多青灰色的水雾，还响起了口琴吹奏的校园歌曲。"

郑长仁点点头："跟我料想的一样，他的 buff 在你之上，我预估强度大约在 3 到 4 之间。"

楚陌莫名其妙："3 到 4 什么？"

郑长仁搞来一个形状复杂的机器，让他躺下，用机器在他身上扫来扫去，同时观测着显示屏上跳动的数值。

扫完一圈，郑长仁惊叹道："4.5。"

陆阳也惊叹："天呐。"

"4.5 什么？"楚陌窝火地问。

"4.5 薇可儿。"

"……"

郑长仁解释道："每个携带者的 buff 有强有弱，我根据父亲留下的研究成果开发了这个测算机器。因为薇可儿是我拉到的第一个盟友，所以就以她的 buff 强度作为基础单位。

"陆阳的 buff 强度是 1.15 薇可儿，这个差异构不成绝对优势，因为大家的 buff 强度都会随着精神状态波动。

"我们目前找到的大多数携带者，强度都在 0.8 到 2.2 薇可儿之间。

"南宫流云和赫尔曼的 buff 强度我没有实际测过，但我预估大于 5。

"而你，是我能找到的唯一有希望撼动他们的人了。"

"听上去胜算渺茫啊。"楚陌颇为置身事外地评价道。

没想到郑长仁缓缓摇了摇头："你知道 4.5 是什么概念吗？根据我父亲的资料，当年有个天生的 buff 携带者，叫金满堂，是个帮派老大，buff 是'百分之百被卧底'。结果，他那帮派里最终汇聚了十六个国家和组织的顶尖特工。根据我的算法，他的 buff 强度也不过是 4。"

"……"

"你已经是人形兵器级别了。"陆阳笑道。

郑长仁却说："但你输在不稳定。4.5 很可能只是你的峰值，而不是平均值。接下来，我们要逐步训练你，让你学会稳定精神状态，控制'域场'，提升这个数值。"

"我要怎么做呢？"

"机甲文男主赫尔曼的盟友里有个总裁男主，是他的武器供应商。此人叫顾天凉，buff 强度约 4.8 薇可儿。你的第一次训练，就是学会压制他，替我们弄到赫尔曼的武器资料。"

计划是这样的：由于总裁男主顾天凉是赫尔曼的合伙人，同时也是他最大的武器供应商，所以如果要打倒赫尔曼，最合理的方式就是从顾天凉处下手。只要楚陌能成功压制住顾天凉的 buff，哪怕只是暂时的，争取到一点儿时间弄到赫尔曼的机甲资料，那么他们就可以通过薇可儿家里百亿资金的资助，开发出与之匹敌的武器。

当然，没有人能够在一篇机甲文里打败机甲文男主。

所以他们精心筹备的机甲大战，也只是把楚陌送到赫尔曼面前的入场券。

想要打赢这场战争，他们把最终的筹码全部押在了楚陌身上。

郑长仁没有把这些都告诉楚陌，因为楚陌目前不仅明显不够格，而且相当不情愿。

他们想一步步地训练这位人形兵器，同时坚定其意志，直到他具备打倒赫尔曼和南宫流云的力量和决心。

⑤

第二天，郑长仁就带着楚陌前往顾天凉的地界——S市。

他们上了高铁，就有人追着高铁与女友泪别。

他们下了高铁，就有人在车站弹着吉他寻找故人。

他们上了出租车，出租车司机听着电台音乐泪流满面。

直到车子缓缓接近一座大楼，出租车司机讲到一半的初恋往事戛然而止。

司机抹了把眼泪，道："哎呀，今早这个大盘你们看了没？"

楚陌："？"

郑长仁说："不好，我脑子里青灰色的潮湿雨雾突然散了，甚至想起昨天的进账，开始感到美滋滋。"

郑长仁连忙吩咐靠边停车，拉着楚陌站在街边说："集中注意力，排开杂念，拓宽'域场'！"

楚陌："我要往哪方面集中注意力？"

郑长仁："想想你那死去的青梅竹马？"

楚陌顿时一腔哀痛与愤怒直冲脑门："你怎么可以这样利用她？我不允许任何人碰她，哪怕是碰她的记忆！"

只听半空一声闷雷，街上开始下雨。

郑长仁："有了有了有了有了！走走走，继续逼近敌营。"

他拖着楚陌走进了那座富丽堂皇的大楼，根据之前的调查杜撰了一场面试，通过了安检。

俩人没有坐电梯，而是选择一层层地爬楼梯。

每朝顶楼接近一层，郑长仁都要细细体味一下自己的心境。只要脑中闪现出了"私募""投资"之类的字眼，就立即停步，跟楚陌聊他的青梅竹马。

等到郑长仁连青梅竹马的出生日期这种信息都掌握了的时候，他们也终于来到了顶层。

郑长仁悄悄将逃生出口的小门打开一条缝，突然紧紧抓住楚陌的胳膊"看见没，走廊尽头那个面如刀削、眼神孤寒，正从秘书手中接过一杯浓缩黑咖啡的人，就是顾天凉。"

楚陌："……也不需要描述这么具体吧。"

郑长仁颤声道："不行，我脑子里全是挣他一个亿的念头，你加把劲儿压过他啊！楚陌？楚陌你在听吗？"

他转头去看楚陌，整个人顿时僵住。

只见楚陌靠着墙壁，双臂抱胸，眼神冷洌道："24 小时之内，我要看到他们破产。"

郑长仁毛骨悚然，磕巴道："你想让他们怎么破产？"

楚陌嗤笑道"那不是我该考虑的问题。没有能力的人，没资格为我工作！"

郑长仁一瞬间居然觉得他说得好有道理，羞愧地低下头检讨道："好的楚总，我这就去想办法。"

正在此时，顾天凉喝完了黑咖啡，乘电梯下楼了。

郑长仁："……"

楚陌："……"

郑长仁："你刚才说什么来着？"

楚陌别过头含恨道："我忘了。"

6

郑长仁拉着楚陌在楼梯间坐了一下午，直到担心引起怀疑才悄悄离开。

那之后，他们又变着身份和理由，连续一周混入大楼。

照理说这大楼的安保系统十分严密，但楚陌的 buff 在锻炼之下渐趋稳定，只要不离顾天凉太近，基本可以把面前的任何人带入青春伤痛的气氛之中，以至于所有人刚刚对他们生出一丝疑心，又会瞬间转移注意力。

就这样，他们一点点地摸清了顾天凉平日的日程安排，以及大楼里其他人的工作习惯。

现在，行动只剩最后一步了。

郑长仁："只要一次，只要五分钟，你的 buff 压制住顾天凉，我们就能成功。"

楚陌："我酝酿一下。"

楚陌蹲在楼梯间的角落里，与脑中炒股的冲动激烈抗争着，抱头酝酿了起来。

恰在此时，走廊上传来了轻盈的脚步声。他们从门缝中望去，只见一个小职员打扮、眉目清秀、素面朝天的姑娘抱着一沓文件走进了总裁办公室。

郑长仁了然："这大概就是总裁文女主了。"

楚陌突然有了灵感。

他深吸一口气，摒除杂念，灵台清明，天人感应，只觉得隐形的光波从身体里层层朝外扩散。

片刻后，办公室里传来了模糊的争吵声。

郑长仁伤痛而疑惑地看着楚陌："你干了什么？"

楚陌冷静道："过去看看。"

只听门后传出顾天凉和那女主的争执声："在你眼中，我们经历的一切，都比不上那点财富吗？"

"没有物质的爱情就是一盘散沙！"

"砰"的一声巨响，顾天凉砸碎了什么。

窈窕干练的女秘书适时地踩着高跟鞋赶来敲了敲门，试图打圆场。

顾天凉怒吼道："滚出去！"

女秘书并不惧怕，柔声把捂脸哭泣的女主劝走了，自己则开解起了顾天凉。

顾天凉满脸萧瑟道："都说我没有心，谁又真正在意过我的心？"

女秘书隐约觉得他这句话文风不对，但她自己也受到影响，半秒之后，脑中就充斥了少女时期的哀伤往事。

他们站在窗前开了瓶红酒，你一言我一语地聊了起来。

早已换上清洁工装束徘徊在门口的两人趁机进门，装模作样地打扫起了地上的碎渣。

郑长仁对楚陌比了个"撑住"的手势，自己悄然走到顾天凉的办公桌前，将一只 U 盘插上了他的电脑。

楚陌一边挥舞着扫帚，一边紧盯着窗前那两人的背影，费尽全力不让他们回神转身。

然而人越紧张，就越容易出错。

楚陌一个恍神，窗前的顾天凉突然身形一凛，面带狐疑地看向了女秘书。他的 buff 一恢复，女秘书便与他面面相觑。

俩人同时缓缓回过头来，望向看似老实巴交地扫着地的两个清洁工。

郑长仁的 U 盘还插在顾天凉的电脑上，来不及拔下来。他生怕被察觉这一点，疯狂地对楚陌使眼色。

顾天凉的眼神在屋内转了一圈，朝楚陌走近几步："你——"

千钧一发之际，楚陌用力一咬自己的嘴唇，一阵剧痛袭来。

这剧痛让往事在眼前一幕幕浮现：为她翘课的那一天，花落的那一天，教室的那一间，她怎么看不见。

伤痛 buff 加大马力运转，办公室门被撞开，素面朝天的女主跑了进来。

她一看办公室里手执红酒杯的顾天凉与女秘书，清澈的眼泪夺眶而出："好，我祝你幸福！"说罢转身奔了出去。

顾天凉慌忙追上："小暖！"

女秘书慌忙追上："顾总！"

一行人转眼消失在门外。

U 盘绿光一闪，郑长仁一把拔出揣进了兜里，拎着扫帚撤了。

当晚，郑长仁、楚陌和陆阳在基地房子里开了酒庆祝。

"你做到了！"郑长仁激动地说，"我一开始还以为你的峰值在 4.5，本来没抱什么希望，没想到你真的压制住了顾天凉，也就是说你的峰值至少有 4.8。"

"这兄弟没有极限啊，假以时日说不定真的能超过 5，到时候打倒南宫流云和赫尔曼就不在话下了。"陆阳说，"但我这会儿好像不太伤痛，你那 buff 是不是透支一次会冷却一阵啊？"

郑长仁拉着他一测："果然，这会儿只有 3.7，看来得省着点用。"

楚陌手机一响，原来是薇可儿遥遥发来了贺电。

楚陌问："薇可儿在干吗？"

"在工厂督阵，我们现在搞到了赫尔曼的武器资料，可以制造反机甲装置了。哦对了，她还说你弟弟的治疗很顺利，已经出院了。"

楚陌一愣。

他当初明明是为了弟弟才入的伙，但训练这么久，他居然把弟弟的病情彻底抛在了脑后。

又或许，那也只是他对自己撒的一个谎而已。他自以为残留的温情，不过是幻影罢了。

楚陌三更半夜回了家，不慎踢到门边挪了位置的衣帽架。衣帽架"哐当"一声倒了。他低声咒骂了一句，就见一盏灯开了。

弟弟穿着睡衣默默走了出来，面无表情地看着他。

楚陌狼狈不堪地冷笑道："怎么，等着去告我状啊？"

不知何时开始，这个方方面面都端正规矩的模范生弟弟，单凭自己的存在就能刺痛他。

他还记得小的时候，弟弟还不是这样的，也会跟自己疯跑玩闹。但父母的婚姻出现了裂痕，这裂痕越来越大，家里整日闹得鸡飞狗跳，父母也对两个儿子基本不闻不问。

有一天，小小的弟弟半夜不睡，摸黑爬到他床上，眼泪汪汪地问他，怎么样才能让爸爸妈妈不吵架。

楚陌那时已经有了叛逆的苗头，有了自己烦闷的心事。他不耐烦地敷衍道："只要你当好你的乖宝宝就行。"

万万没想到，弟弟从此真的转了性，成了个挑不出一点毛病的优等生。而父母有了个引以为傲的儿子，也确实战火渐熄，家里开始有了那么点和睦的氛围。

可这和睦的家里却没了他的容身之处。

父母开始对他横挑鼻子竖挑眼，样样拿他跟弟弟比，指责他没出息。楚陌就这样被那一声声的冷嘲热讽越推越远，直到与他们形同陌路。

此时看着灯下单薄的弟弟，楚陌恍然间想起了小时候的那一夜，心中一时钝痛，粗鲁地越过他朝自己的房间走去。

"哥。"弟弟叫住了他。

楚陌转头。

"我得到了好心人的医疗资助，以后可以继续正常上学了。"

楚陌顿了顿。弟弟似乎只是在单纯陈述一个事实，而并不知道这场资助与他有关。但那凝聚在他身上的眼神，却又让他忍不住怀疑，这天才弟弟是不是已经了然了一切。

楚陌心想：即使他是在感谢我，我也配不上他的感激啊。

他僵硬地说："是吗？恭喜你啊。"

"哥。"弟弟再一次叫住了他，这一次语气更加轻缓，"多回家待一待吧。"

然而楚陌最受不了的就是这种温情劝诫，他只觉得一股邪火蹿起，恶声恶气道："我这反面教材就不污染你的视野了，乖宝宝。"

弟弟被最后那三个字顶得说不出话。

开门声响，他们的父母听见动静走出了卧室，见到楚陌就骂了起来："逃课回来的？你还知道回来？你——"

楚陌"砰"的一声甩上门，将那一家三口隔绝在了外面。

楚陌的情绪波动严重影响了对 buff 的控制力。之后几次小任务，他都在掉链子的边缘徘徊。

反赫尔曼装甲的武器倒是顺利造了出来。尽管如此，郑长仁等人都不敢立即送楚陌去直面赫尔曼。

"我就直说了，你还不够格。看来还是要危险任务才能激发你的潜力。"郑长仁说，"这次我不带你了，你自己去 H 市吧，深入修仙阵营的领地，跟一个线人接洽，拿回南宫流云的情报。"

"我怎么没听说过你们在 H 市还有线人？"楚陌问。

"说来话长。南宫流云是修仙的，这已经彻底脱离了兵器战争范畴，我们当初就想着，硬碰硬不行，只好玩阴的，就派了个卧底去策反他的手下。"

"谁？"

"她叫田三九，是个种田文 buff 携带者。根据我的测算，她的 buff 数值非常奇妙，强度极高，但覆盖范围极小，基本只能影响她自己。换句话说，她不容易被南宫流云压制，但也改变不了身边的人。"

"那不是正好可以当卧底吗？不改变他人，就不容易被发现啊。"

"理是这个理。"郑长仁苦笑道，"可我没想到，她一到 H 市就开始种大米，一路把田开上了山，彻底忘了自己是去干吗的。"

"……"

郑长仁又说："那些修仙的辟谷不食，她就把粮食卖给平民，结果倒给修仙阵营提供了不少基金。不过好在她得到重用，自然也能掌握南宫流云的核心情报。你只要与她接洽……"

"不是，听起来她已经反水了啊！"

"没反，放心吧，她脑子里只有种田。我们弄到了一把稀有作物的种子，你拿去跟她交换即可。"

楚陌对这个任务的成功率毫无信心。但他最近心情极差，觉得就算送死也未尝不可，于是慨然前往。

他装扮成一个生活在附近的平民，低调地接近了修仙阵营的边界处，盯准了几个小喽啰套话。

"田三九？"聊了半小时伤痛往事后，喽啰已然放松了警惕，张口就说，"知道知道，半年前我还见过她一次。"

看来郑长仁给的情报没错，田三九在修仙阵营已经取得了举足轻重的地位。

楚陌又问她的办公室在哪，没想到喽啰抬手一指："天上呢。"

楚陌抬头望去，不禁一震——那灰蒙蒙的云层之上，竟真有一座恢宏的天宫若隐若现。

楚陌知道，那玩意是南宫流云的"域场"造物，正如薇可儿一高兴就会飘花瓣，而自己一伤心就会下雨。但即便如此，那琼楼玉宇的视觉冲击还是带来了前所未有的压迫力。

也难怪南宫流云的拥趸如此众多。在普通人眼中，他跟那些武侠男主、玛丽苏女主绝对不是一个级别的，已然不啻天神转世了。

"这等人物，我一个青春伤痛文男主真能打败吗？"楚陌望着那天宫的轮廓默默地想，"要是连他都能控制，那得是多大的伤痛？"

楚陌一时找不到法子上天，只得等在地上。

幸好三天之后，田三九下来了。

田三九衣袂飘举，步步生莲，左右手各拎着一只硕大无比的鸡。

楚陌见她行色匆匆，没带几个随从，连忙找了个无人的路段拦住了她，自称是来送稀有作物的农民。

田三九果然立即起了兴趣："哪儿呢？"

楚陌有意引她往僻静处走了几步，将信封里的种子亮给她看："可难搞到了，就是不太好种活。"

田三九受了激将："这世上没有我种不活的菜。"她凑近了观察那些种子，楚陌趁机在她耳边悄声说："郑长仁向你问好。"

"什么正常——"田三九眨眨眼，模糊地想起了什么，"哦。"

她警惕地看着楚陌："你要什么？我是不会放弃田地跟你走的。"

楚陌说："不要你放弃。我只想知道南宫流云有哪些信任之人，这些人里又有谁可以策反。你说了，我立即离开，种子留给你。"

田三九拎着巨鸡盯着种子考虑了半天，悄声报出了几个名字："这些是南宫流云的左膀右臂，但都对他忠心耿耿，策反怕是……"

正在此时，楚陌突然身形一凛，只觉一股强大的威压由远而近，刹那间到了身后。

他猛然回身，恰好看见一道金光落到地上，化出了南宫流云的人形。

南宫流云那清冷的目光在两人间转了一圈，淡淡招呼道："三九。你拎着的那是啥？"

田三九有种田 buff 护体，竟对他的威压毫无反应，面色如常地回话道："我在天界抓了只凤凰去与仙鹤配种。这是孵出来的崽子，炖汤味道不错，正想推向大众市场。"

楚陌："……"

南宫流云道："回头给我也整一个。"

田三九道："好嘞。"

南宫流云仿佛真是来打个招呼，转身就要离去，脚步却又顿了顿，停在了楚陌身前。

楚陌只觉得浑身僵冷，仿佛已经被这大 boss 一眼看透了灵识。他拼命想释放出伤痛 buff 与之抗衡，却丝毫不起作用。

田三九怕被牵连，试图为他打掩护："哦，这个是来送种子的农民。"

南宫流云盯着楚陌看了一会儿："农民？那还真是根骨不凡。"

楚陌大气不敢出。

南宫流云的嘴角慢慢勾了起来："可惜，潜龙勿用，阳在下也。地煞自有天罡来克，不足为惧啊。"

他拍了拍楚陌："你回去吧。"

10

楚陌侥幸捡回一命，却对南宫流云那句似是而非的判词百思不得其解。

他说的地煞是指自己吗？那相克的天罡又是谁呢？还有，他凭什么觉得自己不足为惧？

郑长仁却劝他："南宫流云真把自己当神仙了，你别往心里去，就当是天桥下算命的胡扯。他不把你放在眼里，那不是更好吗，咱们闷声发大财。"

郑长仁倒是心情很好——楚陌在南宫流云那里受了刺激，最近积极训练，时常出入于两大 boss 的阵营。虽然暂时没能策反谁，但自身的 buff 越来越强，也越来越持久了。

当然与之相对的是，他的生活也越来越伤痛了。

他几乎不回家过夜，宁愿在基地的沙发上凑合着睡；由于时常旷课加打架，他已经被学校记了大过，接近退学边缘；乐队的吉他手和鼓手为了音乐理念大吵一架，各自宣布退出，乐队名存实亡。

不过，与这世界陷入的境地相比，他暂时还顾不上那些麻烦。

一日，郑长仁正在基地里为楚陌测着 buff 值，薇可儿突然面色惊惶地赶了回来，张口就宣布："最新消息，赫尔曼和南宫流云谈判破灭，双方都正式宣战了，正在集结人马准备迎敌。"

郑长仁大惊："这么快？"

楚陌瞥了一眼仪器上显示的那不断波动的 buff 值，心一沉："可我还从来没有突破过 5。"

薇可儿迟疑地说："我们势单力薄，要不要让那两个 boss 先厮杀一轮，然后渔翁……"

"不存在渔翁，战争一旦打响就没有赢家！"郑长仁断然拒绝，"你想象过机甲和修仙两个阵营对战起来，会有多大规模的伤亡吗？百姓何辜？那些被他们的 buff 洗脑的普通人又有何辜？"

楚陌沉默。

郑长仁用力按住楚陌的肩："赫尔曼和南宫流云正在紧张备战，或许没有精力维持巅峰 buff 值。我们立即行动，在开战之前就解决掉他们俩，这是我们唯一的机会。"

"……"

郑长仁手指用力："我早该死了，活到现在就是为了这一天，为了偿还我父亲的债。"

薇可儿："……哥你这台词有点伤痛。"

楚陌被他的悲壮感染，咬了咬牙："我也早就该去找我的青梅竹马了。"

薇可儿又身不由己地摸出了口琴："怎么回事，这伤痛浓稠得我都要窒息了——啊！"她惊呼一声，指着那仪器，"快看，4.9 了！"

"太好了，快加把劲儿突破 5！"

两人都紧紧盯着楚陌。楚陌则屏气凝神盯着那仪器，有劲不知该往何处使，一张脸慢慢憋红。

尖锐的门铃声突兀地打破了沉默。

楚陌心中一惊，眼睁睁地看着那数值倏然跌落了下去："这种时候谁会来？"

郑长仁却忧心忡忡地看着他："心理素质不行啊。"

郑长仁打开电脑，调出了门口的实时监控画面。

三人都是一愣。薇可儿转向楚陌："你弟弟是怎么知道这儿的地址的？"

楚陌面沉如水地走过去开了门："楚归。"

单薄的美少年双手插兜站在门外，同样面无表情："哥。"

"你跟踪我？"楚陌尖刻地问。

楚归摇摇头："我调查了资助我医药费的薇可儿女士。"

"所以你是跟踪她。"楚陌嗤笑道，"有何贵干？"

楚归的目光却越过了他的肩头，径直望向屋内，有意无意地扫过了那些电脑和仪器："这就是你最近待的地方？"

楚陌怕他看出端倪，横跨一步挡住了他的视线："反正不是你该来的地方。滚回家当你的乖宝宝去。"

楚归安静了几秒："哥，跟我回去吧。有什么问题，我们一起坐下来……"

楚陌登时心头火起："你以为你是谁，来我跟前扮演善人？"他冲动之下做出了最后的决定，扭头对郑长仁和薇可儿喊道，"走，我们现在就出发！"

那俩人面带疑虑地走出门来。郑长仁问："你确定你准备好了？"

"开车去。"楚陌拽着他走向车库，"都到这关头了，还不分秒必争？"

楚归似乎从他这句话里听出了什么，小跑着追上两步，略显冲动地说："爸妈也在来的路上了。"

楚陌勃然大怒，转身用力推了弟弟一把："够了，我不在乎了！上课、考试、找爹妈告状，过你的小日子去吧，记着那是我用命换来的！"

楚归被他推得一趔趄，还想追上来，但终究慢了几步。楚陌甩上车门，催促道："走。"

"这可是要去上战场，真不跟你弟弟好好道个别？"薇可儿问。

楚陌顿了顿，不耐烦地说："走就是了。"

车子拐上大路，楚陌从后视镜里看见楚归捂着心脏站在原地，还望着自己离去的方向。

11

他们决定先攻破赫尔曼，再利用赫尔曼的高级机甲去突袭南宫流云。

整个战术可以概括为"擒贼先擒王"几字。

具体计划是：由陆阳带着他的好妹妹中最能打的一百位，使用反装甲武器在赫尔曼的阵营侧方制造出一些混乱。两军交战前夕，正是草木皆兵之时，赫尔曼一定会以为是南宫流云来了，派大军去迎敌。

等到陆阳支走了大批人马，再由薇可儿去后方探路。只要跟楚陌保持一定距离，她自己的玛丽苏 buff 就能发挥出来，没有人会为难这柔弱无助的七彩女子。

一旦薇可儿探明赫尔曼本人所在，郑长仁将驾驶着己方研发的机甲，将楚陌直接带到赫尔曼面前。

最后一步才是关键——楚陌必须在几秒之内将自身的 buff 提升到巅峰，压制住赫尔曼，让他丧失反应力，郑长仁再趁机结果了他。

兵行险着，想要出其不意只有一次机会，一旦让赫尔曼弄明白楚陌的 buff，他们就再也无力回天了。

计划是好的，现实是残酷的。

陆阳那边发起了突袭，薇可儿也摸进了敌营后方。然而她才刚刚探查了几间屋子，就听见整个阵营上空回荡起了一道冰冷的机械音："天网系统启动。"

紧接着，几台无人驾驶的铁灰色机甲腾空而起。

"遭了！"薇可儿花容失色，立即闪身躲进了一间低矮的空屋，"他们启动了自动搜寻入侵者的系统，我的 buff 只对活人管用，机器不会放过我的！"

"你躲在哪里？我们去营救你！"陆阳用语音装置说。

"我在三号……"薇可儿的定位报到一半，忽听那头的杂音戛然而止。

"喂？喂？"她又徒劳地喊了几声，这才意识到赫尔曼启动了某种屏蔽系统，隔绝了己方的联络。

薇可儿蜷缩在藏身之处，急得泪珠子都迸落在地化为了碎钻。

一架无人机甲降落在了附近，从探照眼中射出一道明晃晃的绿色光线，迅速扫过了薇可儿所在的空屋。

机甲抬起巨大的手臂，用机械臂的前端瞄准了薇可儿，却在开火前被一发导弹炸飞。

及时赶来的陆阳破门而入："没事吧？我送你回去，另做打算……"

薇可儿："啊。"

陆阳："啊。"

俩人面面相觑，诡异地静默了几秒。

陆阳说："初，初次见面。"

薇可儿则打了个寒噤："你还记得，我俩的 buff 王不见王吗？"

"情急之下没管那么多……应该没事……吧？"

陆阳话音刚落，一名扛着狙击步枪的妖媚御姐忽然闯入了小屋，站在他身后阴阳怪气地问："阳，你刚才命也不要，赶来搭救的就是这个妹妹啊？怎么之前没见过呢？"

薇可儿僵硬地小声说："你好。"

没想到那御姐亲切地拉住了她的手："放心吧，我也会保护你的。"

薇可儿意识到后宫文剧情已然开启，飞速瞥了一眼陆阳，从牙缝里挤出一句："你快点走开——"

陆阳还没来得及作出反应，一架造型精巧的机甲从天而降，落在了门口。几人正各自瞄准，那机甲胸口居然敞开了，一名健壮青年跳下来，指着陆阳醋意盎然地问："可儿，这是谁？"

"你又是谁啊？！"薇可儿崩溃道。

"你不认识我，我却已经注意你很久了。"青年抓住她的手腕，"跟我走，没人敢动你。"

然而他们还没走出一步，就被一个突然出现的双团子头萝莉拦住了去路："阳哥哥，这是哪位新姐姐呀？"

陆阳领悟了什么："完蛋了，我俩的 buff 值过于接近，这是在轮流坐庄。"他眼皮直跳，"撤，快撤……"

"撤？"新的机甲从天而降，"你不能撤，先解释一下你跟可儿的关系。"

五分钟后，小屋被挤得水泄不通，俊男美女前胸贴后背，别说是对打，就连呼吸都费劲儿，只能互相阴阳怪气地念台词。

薇可儿和陆阳被堵在这修罗场的正中间，如同两只无辜的小鹿，无助地喊道："你们不要再吵啦！赫尔曼要被引来了！"

"请求支援，请求支援！"陆阳全然不顾语音装置已经失效，绝望地重复着。

仿佛上天听见了他的请求，一屋子的说话声忽然同时停了下来。

屋顶上传来机甲降落的沉重声响，只听郑长仁在死寂中嘶吼道："你们在搞什么鬼？快跑！无人机甲全部围过来了，我只能拖一会儿！"

陆阳毛骨悚然地环视着身周众人："你那机甲里，是不是还装了个楚陌？"

郑长仁："……啊。"

12

郑长仁和楚陌僵硬地待在机甲里，听见底下的小屋里开始传出低低的啜泣声。

郑长仁开始颤抖："冷……冷静，总之先想想办法。"

底下的啜泣声越来越大，爆发出了葬礼现场一般的悲泣。

楚陌转头四顾，只见十几台无人机甲似乎检测到了这边的异常，飞速赶了过来。他念头飞转："我们能不能趁机把赫尔曼引出来？"

郑长仁却说："赫尔曼这厮精明得很，你看他故意派无人机甲来探我们的虚实，他自己还躲在后面收集我们的情报！"

出师不利，郑长仁无可奈何，咬牙宣告："撤退，必须先撤退。"

然而薇可儿、陆阳和陆阳的一百个好妹妹还被困在下面。如果战友发挥不出战斗力，他们连十几台无人机甲都打不过。

无人机甲已经开火，密集的炮火射入小屋中，底下传出的悲泣声里又夹杂了"你先走别管我""要死就死在你怀里"等哭喊。

"要想安全撤离，必须让你们三个 buff 携带者分开！"生死关头，郑长仁孤注一掷，将操作仪器扔给了楚陌，"你先挡一阵，必要时往上飞，把距离拉开，我下去拉开他们两个！"

楚陌目瞪口呆，正要发问，郑长仁已经把自己弹射了出去。

"不是，我一个伤痛文学男主怎么还开起了机甲呢？！"

反机甲武器研制出来后，楚陌只是跟着学过基本操作，以防万一。此时他半生不熟地按着一堆按钮，整个机甲在屋顶上失控地如旋转陀螺，冲着围堵过来的敌机没头没脑一通乱射。

"哪个键是起飞啊？！"他的嘶吼被淹没在了炮火声中。

屋子里的郑长仁宛如冲进了丧尸群，自己也被空前强大的伤痛 buff 笼罩，拼了老命才没忘记自己的使命，泪流满面地杀出一条血路去抓薇可儿的手。

终于，小屋的门口出现了郑长仁的身影。只见他周身开启了防弹激光罩，冒着枪林弹雨，从屋里拽出了薇可儿，护着她没命地狂奔，后头跟着一群痛哭的美男。

与此同时，楚陌找准时机，猛然一拍起飞按钮。

机甲打着螺旋斜飞而起，宛如跳着天鹅湖的芭蕾舞演员一般徐徐上天，一路转着圈播撒枪炮。

无人机甲检测到跟着薇可儿的都是自己阵营的青年，系统陷入了混乱，一时无法精确规划火力范围，于是暂时放弃了薇可儿，转而集中火力攻击小屋里的陆阳后宫团和半空中的楚陌。

楚陌快要被自己转吐了，在操作仪上一阵乱拍："救命啊！"

幸好此时三个 buff 携带者的距离终于拉得够远，小屋里的后宫团恢复了正常，纷纷抄起家伙冲出来干起了机甲。

楚陌这边受敌减少，总算缓过一口气，找到了那个停止旋转的按钮。他精神一振，赶紧俯冲下去，一边支援后宫团，一边挑了个人少的地方降落在地。

陆阳见状拔腿冲来，进入机甲，从他手里接过了操作仪。

楚陌让到一边，看了他一眼："你怎么也哭了？"

陆阳咬牙道："你不要跟我说话，你的 buff 现在特别强，我抵受不住。"他驾驶着机甲横掠过战地上空，"我妹妹们去救郑长仁和薇可儿，我先带你撤离。"

陆阳的技术就娴熟多了，一路击毁几台敌机，绝尘而去。

刚刚离开战斗中心，楚陌突然福至心灵般朝漆黑的地面定睛望去，紧接着脱口喊道："快降落！"

陆阳跟着一望，吓了一跳，紧急迫降。

楚陌冲出去，一把拖住正在迈入营地范围的少年，把他死命拽进了机甲里，冲他吼道："你不要命了？！"

楚归平静地陈述道："我想去帮你。"

楚陌气急败坏，示意陆阳往外开，自己抓着楚归恨不得揍他一拳："你？你能帮上什么忙？！"

楚归望着他，不再说话了。

机甲降落在敌营之外一个隐蔽处。陆阳试了一下，发现联络装置可以联系上郑长仁了，说明对方也已经逃出了赫尔曼的领地，于是通知他赶来集合。

楚陌还在训斥楚归："我再说最后一遍，回家去，否则你死了也是自找的！"

楚归："你说过。"

"我说过什么？"

"你说过希望我们还像小时候一样，一起叛逆。我不去当乖宝宝了。"

楚陌一时噎住。

楚陌平复了一下情绪，又组织了一下语言。或许是生死之间经历了一遭，他终于决定好好说一次话："我并不觉得你跟爸妈好好过日子，就是背叛了我。

只是那时候，我太焦虑，也太孤独，不知道要怎么找寻出路，只好都归罪于你。"

他又想了片刻，慢慢说道："其实我心里并不是那么想的。你能步上正轨，我为你高兴。这火坑有我一个人跳就够了，没必要把你也搭进来。"

楚归低着头，眼眶慢慢红了。

楚陌见一向冷静的弟弟这样，忽然也悲从中来，但这感觉却完全不伤痛。他莫名感到羞耻，急忙别开了头："我不恨你，你也别恨我。"

郑长仁赶了过来，语速很快地说："赫尔曼能追踪到我们，很快就会发起反击，而且刚才那一轮作战，我们的武器数据都被他收集到了，拖得越久对我们越不利。"

"薇可儿逃去哪儿了？"

郑长仁顾不上问楚归为什么会在这里，拖着楚陌和陆阳就走："薇可儿不肯逃。她把 buff 发挥到了峰值，拖住了那些敌方青年军官，说要为我们争取时间。"

"怎么能让妹子冲在前面？"陆阳怒了。

"所以我们赶紧上。我刚才在逃跑过程中已经确定了赫尔曼的大致方位，现在就带楚陌杀回去，不成功便成仁！"

到这种时候，楚陌反而完全不慌了。他回头看了楚归一眼，挣脱郑长仁，跑过去抱了抱单薄的弟弟："再见。"

楚归这次终于没追上来。

陆阳担忧地问："薇可儿能拖多久？我刚才突然感觉自己的 buff 弱了好多，楚陌的伤痛 buff 也没什么力度了，是不是刚才短时间内使用过度，现在已经进入了冷却时间？"

郑长仁奇怪道："你俩的 buff 就不是一个级别的，怎么可能同时进入冷却时间？我倒是怀疑赫尔曼在场内某处放了个削弱 buff 的装置……"

楚陌追上了他们："有那种装置吗？"

陆阳："没听说过。"

郑长仁脚下突然一顿："还有一个可能。你们的 buff 突然降低，或许是因为现场有个强大的免疫者。"

"免疫者?"

郑长仁带他们进入了机甲,一边起飞一边解释道:"世界上有两种buff携带者,一种是天生的,一种是我爸造出来的,也就是你们。你们的情况我都有定期追查,还没出现过免疫者,但天生的携带者之中或许有人产生了突变——据我父亲记载,从携带者到免疫者,只需要此人诚心诚意地自我放弃。比如说曾经有个人叫王一乎,拥有'百分之百被当作高人解说'的buff,但后来自愿放弃了自己的buff,就对该buff免疫了。"

楚陌对此闻所未闻:"你为什么不早点告诉我?"

"因为他需要你对付赫尔曼和南宫流云啊。"陆阳说,"但有史记载的免疫者,似乎都只能免疫自己曾经拥有的buff,而且仅限于免疫,并不能削弱。今天我跟楚陌的buff却同时被削弱,难道场上同时出现了两个免疫者吗?"

郑长仁说:"如果真有免疫者,我倾向于认为那是一个空前强大的免疫者。"

楚陌还在恼怒他对自己的隐瞒,正想继续质问,忽听他问道:"楚陌,你的数值之前不是也在测试期间突然跌落过一次吗?"

"……什么?"

"万一这免疫者并不在战场上,而在其他地方呢?以你的buff强度,你身边方圆十里以内,本不该存在和平的校园和美满的家庭。但你身边或许有个人一直压制着你,所以你的父母至今没离婚也没出事故……"

"免疫者有什么特征?"

"没什么统一的特征。但根据记载,免疫者曾经是携带者,只是非常痛恨自己的buff,才会产生突变。换句话问,你身边有没有人,特别向往和平的校园和美满的家庭?"

楚陌:"没有。"

楚陌:"……等等。"

13

这一刻，楚陌回想起了很多往事。

比如自己第一次带薇可儿去医院的时候，薇可儿的玛丽苏 buff 对楚归毫无作用。当时他只当是自己的 buff 太过强大，却从未想过，其实自己的伤痛 buff 对楚归的影响也微乎其微。

比如他们几个的 buff 值都曾经骤跌过。其中有几次，他能确定楚归就在不远处；另外几次情况不明的，也很可能是因为楚归暗中跟踪着自己。

见楚陌坐在疾驰的机甲里发呆，一脸若有所悟的表情，郑长仁也想到了什么，拍了拍他："你弟弟参加过我父亲当年搞的那个智力开发项目吗？"

楚陌："没有。当时他还小，只有我去了。"

郑长仁："那么，你弟弟就不是我父亲造出来的，而是天生的 buff 携带者。他的 buff 也不一定是什么文风……根据你的描述，我觉得他小时候可能带着'斩断一切红线'或者'身边的人一定会吵架'之类的 buff，但在某一年受了一次强刺激，自愿放弃了 buff，成了免疫者。"

楚陌清楚地知道他指的强刺激是哪一次。

小时候的那一夜，他躺在床上用被子蒙着头，却依旧堵不住从父母房间传来的尖声争吵。卧房的门突然被悄悄推开，小小的楚归爬上床来，泪汪汪地问他："哥哥，爸爸妈妈怎么才能和好呢？"

当时自己是怎么回答的来着？

……

楚陌艰难地问："他自己知道吗？"

郑长仁："他不需要知情，潜意识里就能做到，就像你在被我们找上之前也是靠潜意识释放 buff。而且，这还能解释你俩为什么都这么强。"

"为什么？"

"因为你拼了命要活在伤痛文里，你弟弟却拼了命要把你拽回正常生活。你的 buff 和他的免疫技能每天都在隔空对撞，互不相让，道高一尺，魔高一丈……就这样，你成了最强的青春伤痛文男主，而他成了最强的免疫者。"

陆阳突然插话："但还是你强。"

楚陌："为什么？"

陆阳："因为你弟弟的心脏病呀。'弟弟有心脏病'绝对是青春伤痛文的情节，他没能防住。"

……

楚陌："掉头。"

郑长仁："啥？"

楚陌失魂落魄地去抢他的操作台："掉头，回去。"

"别开玩笑了小鬼。"郑长仁挣扎着挡他，"这都什么关头了，有什么事不能等打败赫尔曼再说？你自己伤痛也不能拉全球人民陪葬吧！"

楚陌根本不听他讲话，只顾着伸直胳膊去拍机甲按键。一排按键被他们争抢中乱拍一气，整个机甲飞得歪歪斜斜，险些坠机。

关键时刻，陆阳猛然拽开俩人，将某支操纵杆一拉到底。

机甲骤然提速，一猛子蹿回了赫尔曼的领地。

陆阳冷冷地道："薇可儿和我的妹妹们还在坚持。"

此时他们与楚归的距离已经拉开，各自的 buff 值纷纷回升。但这一刻，几人脑子里汹涌的都不是伤痛，而是战意。

郑长仁意识到了什么，瞪向前方："赫尔曼本尊出动了。"

赫尔曼作为机甲文男主，机甲的先进程度和本人的战斗力，都远非他们这些半吊子可比。

只见前方天色暗沉，阴云滚滚，半空中不时有银光迸射。

一台银色的巨型机甲悬浮在营地上方，激光镭射犹如烟花般朝着四面八方开火。普通人哪里能驾驭这么复杂的操作？

"据说他精神力远胜凡人，用意识传输就可以操纵机甲。"郑长仁说。

围着那机甲，赫尔曼的下属们与陆阳的后宫军团陷入了鏖战。但陆阳的 buff 值过低，力量过于渺小，战场形势越来越往对面倾斜。

薇可儿更是不知所终，也不知是被俘虏了还是牺牲了。

陆阳开着的这台灰蒙蒙的小型机甲与敌方相比就像是个笑话。然而，这灰色机甲掠过战场上空，却没做任何支援，而是径直迎着银色机甲飞去。

彼此身量相差太远，这一幕犹如以卵击石，显得荒诞而悲壮。

一向冷静的郑长仁，此时声音也颤抖了："我们只有一次机会。楚陌，想想你的青梅竹马，想想你吵架的爸妈和生病的弟弟。你必须在我们撞上去的那一瞬间盖过赫尔曼的 buff。"

"等一下，盖过之后呢？他又不会从机甲里飞出来！"

"你还不懂吗？他的机甲是靠意识控制，一旦他的 buff 被压制，机甲就不听使唤了！而我们这台却是手动！"郑长仁捏紧楚陌的肩，"别管那么多了，给我集中注意力！"

集中注意力……

楚陌全神贯注，试图回忆青春里的累累伤痕，脑子里却只回荡着一句："哥，跟我回去吧。"

他越是试图屏蔽，那回声就越是震耳欲聋。

银色机甲的加农炮转了过来，正对着几人，炮口光束收缩，开始蓄力，灰色机甲却不顾一切向它撞去……

集中注意力……

来不及了……

加农炮的光束突然熄灭。

银色机甲断电般笔直地坠落下去，发出轰然巨响，土石飞溅，愣是砸出一个巨坑。这冲击力将旁边那些下属的机器都轰得七倒八歪。

成功了吗？

可自己明明还没有调整好状态啊！

楚陌狐疑地看看郑长仁，又看看陆阳。那两人的脸上有诧异，有茫然，却唯独没有伤痛。

但还是陆阳反应最快，不管三七二十一，对准地上那银色机甲的驾驶舱就是一阵轰炸。

离了赫尔曼的意识控制，银色机甲整个儿挺尸在原地，毫无抵抗之力，片刻便被轰出一个开口。

但驾驶舱里却不见人影。

"他躲到机甲内部去了？"郑长仁推测。

陆阳不假思索，开始暴力拆解，同时用扩音器喊话："赫尔曼，出来投降，我们是和平主义者，可以饶你一命！"

赫尔曼的属下连忙赶过来救援，陆阳的后宫军团则上前阻拦。但双方的斗志不知何时都变得极其低落，这会儿打得无精打采。

"我明白了。"郑长仁双手一拍，转向楚陌，"不是你成功了，而是你弟弟成功了。"

楚陌："什么？"

"他已经赶来了。"郑长仁调动着机甲的全方位视角找来找去，然而人类的身影在这偌大的战场上显得何其渺小。

"他肯定在某个角落。"郑长仁胸有成竹，"因为不仅是赫尔曼，所有人的 buff 都失效了。"

楚陌感受了一下，果然。

"你弟弟真是个奇才，回头能让我测一下他的免疫强度吗？"

陆阳动作很快，银色的机甲眨眼间被他拆去了小半边。

结果就在这时，一直挺尸的银色机甲蓦然诈尸般抽搐了一下。

陆阳一惊之下，一顿操作。

对面的扩音器里传来赫尔曼的冷笑声："你真以为我这机甲里不会留一个手动驾驶舱？"

话音刚落，银色机甲就地一翻，腾空而起。

"陆阳！"郑长仁急叫道。

陆阳哪还需要他提醒，当即扑了上去。

赫尔曼似乎也很少使用手动模式，操作十分生疏。大约正是因此，银色机甲没有开火，而是冲天而起，一路向上，然后一个突兀急停，横飞而出。

灰色机甲勉强挂在上面，没被甩落。

然而楚陌却意识到了什么："拦住他！"

自己没能找到楚归的位置，可是，赫尔曼呢？在这营地里拥有天网系统的赫尔曼呢？

银色机甲以实际行动给出了这个问题的答案。加农炮再次突出，光束收缩。

"不要让他开火，堵上去！"楚陌不顾一切地嘶喊。陆阳也领悟到了什么，千钧一发之际，灰色机甲破釜沉舟般以躯体堵住了正在蓄力的加农炮口。

然后就看见又一只炮口从旁侧露了出来。

"轰！"

一道银光掠过半个营地，消失在某个不起眼的角落。

几人连呼吸都忘了，惊恐地望着那个方向，可是只凭肉眼什么都分辨不出。

但很快他们就不需要靠肉眼分辨了。

银色机甲以流畅百倍的姿态回旋几圈，干净利落地甩脱了灰色机甲，与此同时炮口齐出，一起瞄准了他们。

赫尔曼冷笑道："少了一个碍事的。还是意识传输比较爽。"

14

银色机甲的所有炮口同时蓄力——然后，仿佛有人用阴森的咒语召唤出了黑暗，炮口的光束刹那间全部熄灭。

赫尔曼大惊。这台跟着他出生入死的极品机甲，居然在一天之内第二次不听使唤了。

刚才明明干掉了那个碍事的免疫者，为什么机甲还会罢工？难道有内鬼？

赫尔曼试图集中注意力排除杂念，重建精神链接。然而一片空白的大脑里，却忽然浮现出一些早已忘却的晦暗画面——他蜷缩在洗手间，被校霸们拳打脚踢；他畏缩在办公室，点头哈腰地听着训；他的buff忽然激活，在头痛欲裂中滚下楼梯……

赫尔曼从回忆的泥淖里挣扎着抬起头，隐约觉得大事不妙。

他从机身破损的大洞中朝外张望，整个营地不知何时已凄风苦雨，犹如黑夜。

战场上，他的手下一个个惶惶然如丧家之犬，他的敌人也动作迟缓，忽然失去了斗志。

一道倩影从远处提着裙角奔来。薇可儿边跑边哭，挥洒的泪珠在风雨中化为钻石滚落，身后还跟着一大串俊美战士，不断呼唤着她："亲爱的，不要逃！"

就连赫尔曼面前这一台灰色机甲，都没有趁火打劫发动攻击，而是垂头丧气地停在原地。

为什么？

所有人都怎么了？究竟哪里不对？

赫尔曼猛然间意识到了什么，连滚带爬地跑向手动操作机舱，一路还在与脑中源源不断翻滚而上的黑暗记忆作斗争。

紧接其后反应过来的人是郑常仁。

"楚陌！你的 buff 暴走了！"他抹着眼泪哭喊道，"快，快趁这个机会一举歼灭赫尔曼，我们还有机会接管他的兵力以迎战南宫流云！"

然而楚陌充耳不闻，如同雕塑般僵坐在原地。

郑长仁又喊了几声，却见他恍恍惚惚地站起身："我要去找我弟弟。"

郑长仁慌忙死死拖住他："别出去，你弟弟已经——"

楚陌回头看他。

郑长仁双目充血，也不知这悲痛是来自自身还是楚陌的 buff："你的buff 值现在暴涨，说明一直以来压制你的人，已经消失了。楚陌，节哀。"

楚陌摇摇头："我要去找他。我还没看到他在哪里。"

楚陌执意要爬出机甲，郑长仁焦头烂额地拦着。两人正拉拉扯扯，一旁的陆阳忽然按了几个键。

机甲视角一转，循着赫尔曼刚才那一炮的轨迹搜寻过去。营地一角，被轰得支离破碎的土地，以及地上残留的东西，毫无预兆地实时投射在了他们眼前。

"……啊！！！"

一声悲号犹如赤红的岩浆，冲破干裂的喉口，冲破瘦小的机甲，向上，向上，像要将厚重的云天一道刺穿。

喷发的火山灰遮天蔽日，覆盖而下。

十公里外的城市里，喧闹的街道忽然被寂静席卷，家家户户的欢笑声戛然而止。

在这片死寂之上，御风飞行的南宫流云身形骤然一顿。

他身后的修仙大军早已陷入一片混乱，就连田三九骑着的凤凰都哀鸣一声，挣扎着要飞去撞天柱而死。

"何物恐怖如斯……"南宫流云在惊悸中掐指一算，眼神一寒，"完犊子了，飞龙在天，命格已变。"

"什么？发生什么事了？"田三九奋力驱使着凤凰追上来问。她是唯一一个不受其他 buff 影响的人，当然，她的种田 buff 也影响不到自己之外的任何人。

南宫流云朝着前方黑云压顶处一指："不可再耽搁了，我们立即出战。"

"我们主动打赫尔曼吗？"

"不。"南宫流云面沉如水，"不是赫尔曼。"

田三九窥见他的眼角竟也微微泛红，不由得心里"咯噔"一声。

连南宫流云都顶不住？

15

营地里。

"楚陌，楚陌你冷静啊！"郑长仁与陆阳一边陷在 buff 里痛不欲生，一边绝望地试图唤回楚陌的神志，"buff 要用到刀刃上，别让楚归白死啊！"

楚陌惨白的嘴唇动了动："对了，buff。你说楚归会死，是不是因为我的伤痛 buff？如果我现在就放弃这 buff，能不能把他换回来？"

"别这样想，你弟当然不是死于你的 buff……"郑长仁拼命找好听的说，"他只是爱你，他的力量那么强，是因为他直到最后一刻都盼望你平安幸福啊……"

陆阳突然一拳挥向楚陌的脸，楚陌不闪不避，鼻血顿时喷薄而出。

"你干吗？"郑长仁怒道。

陆阳却面现惊恐之色："快把他揍醒，你没感觉到他的 buff 值真的在狂跌吗？他要放弃 buff 成为免疫者了！"

南宫流云来了。

他带着一众弟子，乘风而来，衣袂飘飘，身周金光护体，真如神兵天降一般。

赫尔曼的手下纷纷调转火力去阻拦他，却听银色机甲中传出赫尔曼的命令："停火。"

金光一闪，南宫流云孤身闪现在银色机甲旁侧，却看也不看它，并指一挥，一道紫色天火"刺啦啦"劈向了对面的灰色机甲。

灰色机甲猝不及防，仓皇逃窜。与此同时，赫尔曼手动操纵着加农炮，轰然射向它的去路。

两大巨头像是达成了什么无声的协议般，突然战略合作起来，一心只想先干掉楚陌。

灰色机甲里，陆阳把持着操纵杆横冲直撞，郑长仁已经崩溃了，抓着楚陌的双肩疯狂摇晃："伤痛啊！你倒是给我伤痛啊！现在放弃 buff 你就是狗！"

楚陌随着 buff 值狂跌，自己的神志倒也恢复了些许。他丝毫不做反抗，愣愣地任由郑长仁摇晃着，小声说："我控制不了。"

"什么叫控制不了？那么多训练是喂了狗吗！想想你的青梅竹马，想想你爹妈……"郑长仁狠下心来，"想想你弟弟！"

楚陌的泪水无知无觉地滑落："他小时候可胖了。"

郑长仁骂了句脏话。

楚陌的 buff 偃旗息鼓，南宫流云与赫尔曼的 buff 开始轮流坐庄，你劈一道雷，我轰一颗炮，磨合片刻后竟找到了默契，攻击愈发密集。

灰色机甲又垂死挣扎了片刻，终于避无可避。

眼见着一道天雷再次劈下，陆阳心如死灰地松开手，忽然眼前一花，一只巨大的凤凰横冲而来撞偏了机甲。

机甲被天雷腰斩，直接断成了两截，驾驶舱里的几人却险险避过，此刻都暴露在了空气中。

破碎的机甲朝地面直坠而下，骑在凤凰背上的田三九云手一收，隔空将几人拉到了身后，喝道："我又反水了！"

"……也不必喊得这么骄傲吧。"郑长仁说。

田三九理直气壮："南宫流云快顶不住了，我得保证自己今后有田可种。我想了个法子，或许能同时打败他们俩。"

"你是指南宫流云和赫尔曼？"

"对。"田三九驱使着凤凰飞入雨云间，穿梭躲闪着四面八方的攻击，"你们当初不是让我收集南宫流云的情报吗？我打听到他跟赫尔曼早就认识。"

"所以呢？"郑长仁揪着凤凰羽毛声嘶力竭地问。

"他俩刚激活 buff 还不会使用的时候，相依为命过一阵子。但后来南宫流云失手用 buff 害死了赫尔曼的妹妹，他们就反目成仇了。怎么样？听起来青不青春，伤不伤痛？"

"你是说——"郑长仁恍然大悟，"我懂了！"

郑长仁向几人飞快解释道："之前薇可儿和陆阳的 buff 对撞的时候，就因为不相上下，所以互有牵制，让楚陌一下子控了场。我一直计划把那两个巨头各个击破，但现在看来，他俩在一起时才最是有机可趁。我们只要把他们共同拉进一段伤痛剧情……"

"那不还是得让楚陌硬扛吗？"陆阳像拎小鸡崽子似的提溜着失魂落魄

的楚陌，防止他从凤凰背上滑下去，"你看看他！"

"不是硬扛，那俩人之间天然就有伤口，只需要楚陌因势利导……"

"咱就不能想个不需要楚陌的招吗？"陆阳已经不抱希望了。

岂料楚陌突然开口："让我上吧。"

"……"

田三九扭头，满脸担忧地盯着楚陌："你行吗？"

楚陌笑了笑："大不了就是个死。"

他看到其他几人的表情，又补充道："放心吧，之前拿顾天凉训练的时候，我在脑内给他安排过一段剧情，当时成功了。不过这次风险更大，你们别跟来了，我一个人去。"

"也只能试试了。"田三九撮唇打了声呼哨，从云中召来一只仙鹤（配种下蛋用），"去吧，我们掩护你！"

战场已经整个儿转移到了天上。那凤凰还在雨云间穿梭躲闪，南宫流云与赫尔曼一边追击，一边指挥着各自的手下包抄过去。

电闪雷鸣，万炮齐发，黑沉沉的包围圈越缩越小。

谁也没有注意到，远方一片孤云中，倏然飞出了一只仙鹤。

侧坐在仙鹤上的少年手无寸铁，怀抱一把吉他（"域场"造物），对着这一片血雨腥风轻轻一拨弦。

"喔……"低柔的旋律脱口而出，"安睡吧，山峦在结霜……"

"他在那儿！"赫尔曼猛然掉转机甲疾冲而去。

楚陌不为所动，用寂寞的眼神把它当作流星："安睡吧，诸星静静下降……"

郑长仁手下剩余的所有战斗力都挡了上来，在仙鹤前方组成一层屏障。

南宫流云急忙跟上，替赫尔曼解决了一台从背后偷袭的机甲。

楚陌不为所动，眼前只浮现出弟弟的面容，某首早已作废的歌忽然就突破了瓶颈："你是另一半的魂魄，是藤上对称的苦果……"

被炮火轰鸣声彻底淹没的歌声里，那银色机甲的攻势却微不可查地停滞了一下。

赫尔曼突然淡淡地说："真没想到我们还会有并肩战斗的一天。"

飞在他身旁的南宫流云下意识地按住心口，摸了摸那道疤痕——这是当年赫尔曼失手留下的，他一直没用法术修复——按下一幕幕浮上心头的往事，无力地笑道："是啊，真没想到。时间都去哪儿了呢？"

"是我纤毫毕现丑恶，是量身定制的枷锁……"楚陌全情投入地唱着。

赫尔曼操纵着机甲替南宫流云挡下一击，这一动作似曾相识，让他胸中蹿上一股邪火："可惜啊，我认识的那个南宫早就死了。"

"我知道你恨我。"南宫流云冷静道。

"你？"赫尔曼冷笑，"你也配？我根本不记得你。"

"你咋这么好意思，这些年暗杀我十八次的人是谁啊……"

银色机甲半空腰身一拧，一拳挥向南宫流云"为什么！你告诉我为什么！小纯她到死都爱着你啊！"

被遗忘的郑长仁一行骑在凤凰背上，默默望着远处这一幕。

云天破碎，洪水倒灌，暴雨中盛大绽放的紫色闪电劈得机甲迸裂开来，碎片四溅。南宫流云喊道："不为什么，因为这世界就是这么残酷！看看今天的你我，不都早已屈服于它了吗？"

"我跟你不一样！我永远——我永远不会忘记——"赫尔曼激动之下断开了精神链接，机甲直坠而下，他不管不顾，竟在坠落中打开了空间戒指。

金光一闪，南宫流云飞到他身前，云手一收将他救出了机舱。与此同时，赫尔曼却从空间戒指中抽出一把光剑，恶狠狠地朝南宫流云捅去。

"刺啦"一声，南宫流云被捅了个对穿。

观众席上的陆阳已经看呆了："要说那句台词了吗？"

"哪句？"田三九问。

赫尔曼瞳孔骤缩："为什么不躲？"

"就这句。"陆阳说。

南宫流云喷出一口鲜血，微微一笑。

楚陌琴弦一颤，音调拔高："是见血封喉的歌咏，是至死方休的苦衷……"

万里高空，诡异地寂静了一刹。

"还你们的。"南宫流云挣扎着吐出四个字，轻轻闭目，身躯缓缓消散，化作星尘飞向了天际。

"不——"

第一个喊出这声的竟然是田三九。

南宫流云一死，修仙 buff 荡然无存，那云天之上的琼楼玉宇都开始灰飞烟灭。田三九一下子涕泗横流："我在天界的田……"

"你先哭你自己吧！"陆阳惨叫道。他们屁股底下的凤凰正在逐渐消失。

与他们一同倏然下坠的还有赫尔曼——托住他的法力失效了。但赫尔曼愣是一声未出，仰望着最后几粒星尘，魔怔了般伸手去抓。

关键时刻，只有郑长仁临危不乱，指挥着手下的机甲接住己方几人，又抢在敌方之前朝赫尔曼扑去。

一片混乱之外，楚陌松手放开吉他，一边自由落体，一边微笑着唱出了最后一句："安睡吧……来路上请将我遗忘。"

16

楚归的葬礼在一个艳阳天举行。

由于在消灭两大巨头的战役中功不可没，他的葬礼相当隆重，有很多陌生人赶来为英雄送行。

楚陌没被获准参加，他的父母将他拦在了门外。这对夫妻面对着活下来的这个儿子，只剩一句台词："死的为什么不是你？"

郑长仁等人对此义愤填膺，反倒是楚陌宽慰他们道："算了，我也怕自己在葬礼上 buff 暴走。"

那一天的战役最后，在离地五米处，己方救下了他。

他活下来了，buff 也没有消失。对此楚陌万分不解。他觉得自己是诚心诚意想要放弃这鬼 buff 的，可它却像诅咒般阴魂不散。

郑长仁干咳了一声："对了，我在基地里找到了这个。"他将一封信递给楚陌。

是楚归的笔迹，写得很匆忙。

"哥，这段时间你行踪不明，我很担心，所以未经允许查到了这里，对不起。

"趁你们离开时，我研究了一下这里的资料，大致掌握了情况。结合过往的经历，我应该是个挺强的免疫者。

"恕我直言，想要阻止战争，我的能力比你更实用一些。所以，这任务就让我来替你完成吧。

"这一去凶多吉少，时间紧急，有很多话来不及细说了。哥，回家吧。你不爱听这句话，但有你在的地方，才是我的家啊。"

楚陌将信纸拿远了些，不让眼泪掉在上面。

片刻之后他收起信来，问郑长仁："你呢，接下来打算做什么？"

"我啊，我的人生目标就是替父亲赎罪，现在目标基本达成了，但还有些收尾工作。我打算好好研究父亲当初用的那一台实验仪器。"

"你不会造出更多 buff 携带者吧？"

"当然不会，只是搞清楚它的原理。这世上除了我父亲造出来的，还有很多天生的携带者，这些人里很可能就藏着下一个赫尔曼或者南宫流云——当然，也藏着下一个你。"

郑长仁望向远方："我已经在走申请流程了，想成立一个 buff 研究院。你要不要索性来跟我混？薇可儿他们都在。"

"我会考虑的。"楚陌委婉地说。

郑长仁听懂了，笑道："那留个联系方式，有事没事都可以来找我。"

17

楚陌没跟着郑长仁走，但还是决定自己搬出去住。

这个家其实早就没了他的容身之处，如今楚归不在了，最后的牵绊也断了。他原本打算半工半读养活自己，但薇可儿不容拒绝地往他手里塞了张支票。

楚陌越是感激他们，越是需要远离他们。

楚陌拖着行李箱走出家门，脚下顿了顿。

有个和尚站在他家门口扫地。

饶是他看遍奇景，还是愣了愣："……您哪位？"

"阿弥陀佛。"和尚说，"贫僧是从Z市一路化缘而来的。"

楚陌从模糊的记忆中翻出了关键词："啊。您是最早觉醒buff的那个……武侠男主？"

和尚呵呵一笑："那都是前尘往事了。"

"您这是，已经修炼成了扫地僧？"楚陌面露敬畏。

和尚又一笑："施主可愿随贫僧修行？"

"为什么？"

"因为你buff未断，冥冥之中，或许有天意指引，他日这buff另有机缘。"扫地僧打着不伦不类的禅机。

楚陌无所谓地耸耸肩："我是去哪儿都无所谓，但我这buff可是非常伤痛的，谁遇上谁倒霉，你不怕吗？"

"不怕，众生皆苦。"

"那走吧。"

1

我死了。

我死得壮烈非凡，在上班路上偶遇歹徒持刀抢劫，于是挺身而出上前阻拦，最终挨了十几刀，当场升了天。

可想而知，我上了报纸，上了电视，收获了一堆锦旗，甚至还被做成了雕像——这座小城市最近正在搞一些心血来潮的门面项目，那项目负责人八成是吃早饭时看见了我的新闻。

我也没个发表意见的机会，就这么"哐当"一声，被竖在了当日壮烈牺牲的那处街角。旁边插一金光灿灿的牌子：城市英雄。

关键是雕得也不是很像。

那你们肯定要问我为什么死都死了，还在这里讲故事。

本来我确实是已经成了飘在半空的一缕游魂，逗留个几日就该往生了。

这事儿怨就怨那个雕我的艺术家。此人师从某某大师，本事没学会几成，怪脾气倒是青出于蓝，非说自己画龙都要点睛的。他滴了几滴液体在雕像上，用的还不是普通墨水，是我的血！

我事后一想，这可能是个什么特殊仪式。总之鲜血从笔尖渗入石像的那一瞬间，我眼前一黑，再睁眼时就已经成了这座雕像。或者说，这座雕像就成了我。

我能通过雕像的眼睛看世界。

我甚至还能通过雕像的身体移动，只是动得很慢很慢。经我反复测算，具体速度是：1毫米/月。

那你们肯定要说这基本上等于动弹不得。

话不能这么说，其实照这个速度，只需三年，我这座雕像就可以闭上眼睛。只需六年，我就可以完成一次眨眼。

那不是还挺吓人的吗。

当然我没有把这点宝贵的移动机会浪费在眨眼上。

我缓慢地、缓慢地转动着眼珠，试图观察自己身处的环境。

这个街角其实相当冷清，仅有的几家早餐铺子也在我血溅三尺那天之后搬走了。如今荒凉到鸟不生蛋，四周出没的只有在此做窝的流浪汉。

流浪汉们白天去闹市乞讨，晚上回来睡觉。其中有个哥们儿靠武力值赢得了我这座雕像的使用权，刮北风时他睡我南边，刮西风时他睡我东边。

——这都是我凭动静推测的，毕竟我的眼珠子还没有移动到那个角度。

有个梗不知道你们听过没有，叫"你正在被做成表"——you are being watched。我观察这些流浪汉的时候就时常想起这句话，也不知他们何时才会发现，他们都在被做成表。

其实差不多一年之后，睡我旁边那哥们儿就已经有所察觉了。有一日他直勾勾地盯着我的眼睛，突然问其他人："这雕像的眼珠子是不是在动啊？

还有财主的脑袋是不是也偏了点儿？"

我弄不清他们黑话里的"财主"是指啥。我希望从对话里能找到点线索，然而其他流浪汉只是嗤之以鼻："你不用编这种故事来吓唬人，我们又不跟你抢那地儿。"

流浪汉的眼睛都是空洞无神的，瞧过去比我这雕像还死。他们对任何事情都不感兴趣，哪怕是闹鬼。

到最后只有我身边这哥们儿会三不五时地凑过来，盯着我看几眼。那表情与其说是害怕，倒不如说是在期待着什么。

我想让他知道他没猜错。我试图把这份鼓励之意从眼神中传递出去。终于有一天他下了决心，趁着其他人不在，凑近我悄悄说："哥们儿，我拿不准我是不是疯了。"

他一脸难以启齿的样子，挠了半天脑袋才继续道："这样吧，你这雕像不是手捧一束花吗，我现在拿笔划一条线，你要是能做到，就动动食指越过这条线。"

③

两个月后我的指尖盖过了那条线。

他活像是见了神迹，趁人不注意给我磕了个响头。

我很想告诉他倒也不必如此。

两年之后，我的眼珠子终于转到了合适的角度，能看见自己的脚边了。

然后我就惊呆了：我的脚边居然有条狗。

还不是普通的狗，而是被雕成了石像的狗。它吐着舌头，翘着尾巴，脑袋微微偏向我。

我可算是明白"财主"是谁了。

然而这条狗的存在本身就是个巨大的谜团。要知道我根本不养狗，为什么成了雕像之后反而硬塞一狗给我？难道这也是那艺术家的邪教仪式的一部分？

我盯着那条狗看了几个月，终于凭借非凡的观察力和耐心确认了一件事。

它也在看着我。

原来我也一直在被做成表。

解开这个谜团的人还是那个流浪汉。我现在搞清楚了，人家叫他老三。

有一天他对我说："你好久没动眼珠了，是不是看着财主呢？哦，忘了告诉你，其实财主是我的狗。"

我一脑门问号：为什么他的狗要被雕在我身边？

"是这样的，我这狗也不知是随了谁，看见闪光的东西就要叼。你壮烈牺牲那天早上，那歹徒不是戴了根大金链子吗……财主一看见就疯了，拦也拦不住，扑过去非要抢，跟着一起被捅死了。

"围观群众都以为它是你的狗，那报纸上写着'忠犬救主''不幸殉难'什么的，哎呀，真是闻者落泪，张罗着非要把你俩埋一起。我倒是想说句实话啊，有人理吗？"

老三这人说起话来不需要捧哏，自己一串一串地往外蹦，真是太好了。否则我也力不从心。

"结果它就跟你一起被雕出来了。雕你们的那艺术家是个疯子，抢在你俩火化前搞到了几滴血，我看着他滴在石像上的。"

他说到这里，抹了抹脸："老兄啊，我有个不情之请。你都这样了，闲着也是闲着，有空的话能不能摸摸我的狗啊？你不知道它这两年多时间里一直在慢慢慢慢转向你，好像还挺喜欢你的呢。"

我感动了。

我跟财主这样，也算是患难之交了。虽然它扑过来不是为了救我，但经此一役，应该是培养出了一些感情。毕竟如今我的感受只有它能理解，反之亦然。

于是我开始努力将手伸向它，争取早日能摸到它的狗头。

老三干不了别的，天天给我们喊加油。我想象了一下他的观感，大概类似于收看草履虫千米竞走吧。

但我们的努力还没持续一年，这块街角突然被一家旅行社给看上了。

要知道我们这种不依山不傍水的小城市，想开发旅游项目是很困难的。旅行社满大街乱转着找景点的时候，无意中瞧见了我们这一人一狗的雕塑，登时眼前一亮。

他们拿当年的新闻稿为模板，编出来一个舍己救人、义犬寻主、生死不弃的跌宕起伏、感天动地、荡气回肠的故事，洋洋洒洒三千字，然后通过社交媒体散播出去，誓要将这鸟不生蛋的街角包装成一个网红打卡胜地。

他们还真成功了。

自某日开始，此地游人就变得络绎不绝。小情侣们摸摸狗爪，洒几滴泪，拍个照，配句诗，发个朋友圈，最后还要投几枚硬币在我脚边，才算完成了一套打卡工序。

我对这工序的最后一道流程万分不解。我堂堂一介城市英雄，收什么硬币？要收也该是红票才对。

流浪汉们倒是心花怒放。此地变热闹之后他们只得搬去别的地方做窝了，但每日一等到最后一波游人散去，他们便会百米冲刺而来，将硬币扫进兜里。

大约过了半年，我凭借惊人的观察力与耐心发现，财主脑袋的移动轨迹变了。

它没再继续靠近我。它开始低头，试图去叼地上的硬币。

老三也发现了这一点。他有些尴尬，跳起来敲了几下狗脑袋："死了都不长教训。"

财主依旧吐着舌头，仔细一看似乎舌头也绷直了点，大概是想先舔到硬币再说。

⑤

我很没面子。

本来旅行社把财主打造成卖点我就颇有微词了，我堂堂一介城市英雄，人气居然不如一只莫名其妙赶来送死的狗。现在呢，连这只狗都为了几块钢镚儿而忘记了我。

我越想越想不开。死都死了，还要受此屈辱，老天把我困在这儿到底是为了什么？

老三试图替狗开脱："哎，要怪就怪你不是金子银子雕的——就算铜的也好点儿。我这狗太低端了，欣赏不了石头的好处啊。"

说得好像你自己不喜欢金银似的。狗随主人诚不欺我。

这天老三不知从哪里搞来一把卷尺，煞有介事地比画着量了量，告诉我："现在财主的舌头距离硬币差不多是三十厘米。按它的移动速度，舔到硬币大概需要二十五年。"

关我屁事。

老三有些焦虑："二十五年之后，也不知道我还在不在这里，到时候万一没游客来撒硬币了，这蠢狗可怎么办呀。"

关我屁事。

老三叹了口气："其实啊，财主本来没这毛病，是跟我混久了才养成的。我翻垃圾桶的时候发现的它，那时它都快死了，我看它可怜，就分了它一口吃的。这狗傻啊，看我乞讨了一阵子，大概是以为亮晶晶的东西都对我有用，就老是叼些啤酒瓶盖子给我。"

……

老三突然灵光一闪，从路边小摊里斥巨资买了卷透明胶带，又就地捡了一枚硬币，将它一圈圈地缠到了狗舌头上。

他又腰检视着自己的劳动成果，摸了把狗头："行了吧？这下满意了吧？"

财主还是那一脸傻了吧唧的表情，得过几个月才能看出它到底满不满意。

结果第二天那硬币就被另一个流浪汉扯走了。

老三晚上发现硬币不见了，勃然大怒，差点单挑他们所有人："谁扯的？谁？！站出来！一块钱也要跟一只死狗抢，丢不丢人？！"

然而流浪汉们谁也不承认是自己干的："哪至于啊，不至于。"

老三暴怒地喘着气，冲到我面前，在所有人看疯子的眼神注视下对我说道："哥们儿，你肯定看见了，到底是谁干的，你帮我指一指。"

……

别为难我一块石头了，大哥。

流浪汉们嘀嘀咕咕地走了，剩下老三一个人在地上抱着头蹲了十分钟，摆出破釜沉舟的架势，又去斥巨资买了一管502。

他爬上雕像底座往狗舌头上倒502的时候，我远远看见我妈来了。

我妈捧着一束花，穿着她上坟专用的正装，眯着眼睛朝这边望。等她走近到能看清老三的距离，陡然间停住脚步，接着果断转身，一路小跑远去了。

我不知道她要去干什么，但直觉不是什么好事。但我又没法出声提醒，只得默默看着老三作死。

片刻后，我妈带着两个城管小跑而来，手里还捧着那束被颠得七零八落的鲜花，指着老三叫道："就是他破坏我儿子！"

我觉得她这话有点歧义。毕竟严格来说，她儿子应该不是只狗。

6

老三因破坏公共设施，被罚款一百元。

城管写罚单的时候，老三搓着手试图解释："这是我的狗。这一块钱是给狗上坟的祭品。"

城管张了张嘴，似乎是想回答一句什么，但最终放弃了。我能从他们脸上看出一丝对精神病患者的恻隐之心。

老三根本拿不出一百块钱，原地打转几圈，又试图求他们。城管忍不住还是问了："你为什么不跑？"干他们这一行的大概很少遇到不跑的。

我妈也盯着他。

老三低声下气道："因为这真是我的狗。你们别弄掉这一块钱行不行？别不信我，你们问她——"他走向我妈，"你知道你儿子不养狗吧？它叫财主……"

我妈面带恐惧地后退了两步。城管去拉扯老三："老实点！"

"等等。"我妈看看老三，看看狗，又看看我。我可太熟悉她此刻的表情了——她这人就是耳根子软。

果然片刻后她开口了："算了，这一百我替他出了吧。"

喊人过来的是她，赔钱的也是她。城管都被她这一系列操作搞蒙了，一步三回头地走了。

我妈把花束放到我脚边，问老三："真是你的狗？"

老三也很蒙："你以前看到你儿子那条新闻的时候，没有考虑过现场为什么有只狗吗？"

我妈说："嗨，我儿子从小有佛性，招小动物喜欢，我以为那是老天爷不忍见他牺牲，派了只狗来保护他。"

老三说："……那老天爷成功率不高啊。"

我妈让老三先离开，自己在我跟前站了许久。

其实今天是我很长时间以来第一次听见她的声音。上一次还是在雕像刚刚落成的时候，她被人扶着来了，眼眶红肿，只说了一句："放心吧，我跟你弟会好好的。"

反倒是我弟骂了我几句，说我又没有武力值，不该为了逞一时英雄丢了命，害我妈一把年纪孤苦无依——我弟天生有点残疾，我妈原本是指望我的。

我自己也有点心虚，害怕我妈从此不来，又害怕她来了，让我看见她受苦的迹象。

我妈到底还是每年来一次。总是挑没人的时候，从不说话，只是默默地望着我，有时含着泪，有时带着笑。她可能以为这种眼神交流比较灵魂。

搞得我每次都百爪挠心，恨不得真的化身灵体钻进她脑内，看看他们到底过得怎么样。

今天她对别人倒是说话了，但对着我这块石头又不吭声了。我正在意念里急得跳脚，忽然看见老三去而复返。

老三像是闯入重要场合似的，蹑手蹑脚，嗫嚅着唤道："阿婶，你儿子……"

我妈回头等他说话。老三越过她肩头看着我，面色犹疑，欲言又止。

我突然意识到老三想说什么了。他想告诉我妈我还活着，活在这块石头里，徒有感知而动弹不得。

不要开口！——这是我的第一反应。不能让我妈知道这件事，她会崩溃的！

幸好老三对着我妈又退缩了，半天只憋出一句："节哀顺变。"

我妈勉强笑了笑："谢谢。今天的花被我颠散架了，我过段时间再来送一束。"

老三明显地松了口气："好好好，多来对他说说话，他，他在地下有知也会高兴的。"

⑧

我妈走后，老三立即又拿铅笔在我手边划了条线："哥们儿，不是我不告诉阿婶，我怕你不想让她知道啊。你如果想的话就不要动，如果不想就还是老规矩，把指尖越过这条线吧。"

我对老三的印象从未如此刻般美好，他简直是天使在人间。

但天使并没有获得好报：狗舌头上的那块硬币还是被城管找人来清理掉了。

老三站在不远处，眼巴巴地看着他们作业。他想不出新主意了，只得搓搓狗脑袋，再搓搓自己脑袋。他的头发太久没剪，整个人像一根失落的拖把。

我又开始向财主的方向伸手了。主要是考虑到它在二十五年之后有很大可能无硬币可舔，多少有点可怜，能摸还是摸一把吧。

反正一块石头也没别的事做，我一手向狗，一手越线，一时间竟还忙碌了起来。

老三揣着他那把宝贝卷尺，没事就量量狗又量量我，在半年之后注意到了我接近狗的动作。

他感动万分地对我说："哥们儿你放心，以后你的妈就是我的妈，我的狗就是你的狗。"

不是，等等？

9

等到我妈再一次来送花的时候，我的指尖已经明确无误地越过了老三划的那条线。

老三追问了我好几遍是不是决心已定，甚至还自作主张，给了个反悔的机会："反正阿婶还没来，你要是改变主意了就往回缩一点，我能发现的。"

我岿然不动。

老三只得叹息一声，但还是遵守了承诺，对我妈守口如瓶，只招呼了一声："阿婶来啦，多跟他说说话吧。"

"哎。"我妈答应着，拿眼望着我，开始了新一轮寂静无声的灵魂交流。

老三站在一旁，眼神在我跟我妈之间飘了几个来回。半晌后他尴尬地问："阿婶，怎么不说话？"

"说着呢。"我妈虔诚地说。

"……也对。"

老三又瞥了我一眼，仿佛指望我能给他使个眼色似的。我在意念里给他磕头，祈祷他能机灵点儿。

老三动了！他动了！

他搓着手走过来，抓耳挠腮，硬着头皮跟我妈搭话："阿婶，怎么每次都见你一个人来啊？"

我妈笑了笑："我儿子是我自个儿拉扯大的。他还有个弟弟，不过身体不太方便，也只有我来了。"

老三说："唉，也挺不容易吧？"

啊，是天使啊，这根拖把长出了天使的翅膀！

我妈果然被他撬开了嘴："其实这两年好起来了，我刚刚还在告诉我儿子呢，我跟老姐妹合伙开了间小店，能养活自己，他弟弟也在帮忙。"

"那太好了，你儿子也该放心了。"

我妈抬头温柔地看着我，烫染后的头发露出一截灰白的发根："我跟他保证过的，我们会好好的。我儿子是英雄，不能让他走得不安心嘛。"

……

我是个不孝子。

我妈对老三起了好奇心："你的狗，是你捡来的吗？它能跑过来救我儿子，我该谢谢它。"

"哦，其实它那只是……"老三越说越小声，最后抿上嘴巴，突然斩钉截铁道，"不用谢，那是它应该做的。"

啥玩意儿？！

老三躲避着我难以置信的目光，冲我妈娓娓道来，跟她讲述起自己与财主相依为命的故事。我妈听得泪花闪闪："是只好狗啊。"

"是啊，我一直教它做人做狗都要有爱心，它为救人而死，我很骄傲。"老三面不改色心不跳，"阿婶啊，我这狗没什么别的爱好，就是这个这个……"

然而我妈已经没在听了。我看见她眼里闪烁起慈爱的光，隐约觉得事情不妙。老三却浑然不觉，还在斟酌着措辞："这个硬币……"

我妈无可阻挡地问出了口："小伙子你人也不坏，怎么一直不找份正经活计呢？"

"嗯？"老三蒙了。

如果世界上存在"流浪汉十大禁忌话题"，这个问题肯定排名第一。我见过一个路过的老大爷质问这些流浪汉为什么不上班，被啐了一口。

但此刻，在我和我妈眼神的双重炙烤下，老三不敢造次，老老实实地回答道："以前不懂事，跟人打架断过几根骨头，就干不了体力活了。"

"不干体力活，也可以学门手艺吧？"

老三明显浑身不自在，动了动一把懒骨头，嘀咕道："主要也没机会。"

"机会得靠自己争取。"我妈的劲儿上来了，"那就这么定了，等我消息。"

"等，等等？"老三猝不及防，目瞪口呆，目送着她雄赳赳气昂昂地走了。

10

几天之后的傍晚，我们附近的游客还没散尽，老三正跟别的流浪汉一起虎视眈眈地等着抢硬币，我妈回来了。

她带来了几份文件："这张，还有这张，把个人资料填了，你识字的吧？不会写问我。"

老三还处于呆若木鸡的状态："这是什么？"

"报名表。专门为贫困人口开的培训班，免费的，阿婶给你当了担保。你可以选择以后当个理发师，还是家政，或者服务员……哦对了，学完之后他们还有就业引导的，到时候你就多去应聘，记得把自己收拾得利索点。听过来人的，一开始啊别计较待遇，多吃点苦，以后就……"

老三茫然地望着滔滔不绝的我妈。

他真傻，真的。他单知道要忽悠我妈，他不知道我妈的恐怖之处。

我妈自己做不到，也见不得别人半死不活。

在游客和其他流浪汉的围观中，我妈用二十分钟的时间，把他的后半生安排了个明明白白。

老三开始上课。

他那一把懒骨头闲置了不知多少年，都生锈了，如今又被迫"嘎吱嘎吱"地运转起来。

他甚至还不能逃课，因为我妈会时不时打电话过去，询问他的情况。在确定他还在好好学习的情况下，我妈每个月会给他一点钱，但仅仅够他每天吃饭，使他不至于回去刨垃圾桶。

我妈说这是借他的，等他工作了再还。

我思索过老三找到工作之后直接人间蒸发的可能性。毕竟对于这些在深渊里摸爬滚打过的人，道德只是一个概念性的东西。

但我又打消了这个疑虑，因为上面这些事都是老三他自己来告诉我的。

他现在不再抢硬币了，趁夜来了，也只是抱膝在财主旁边坐上一会儿。我几乎认不出他了。他的拖把头被剔成了板寸，换了身干净衣服，整个人的精气神也大不一样。

但他出现得越来越少了。流浪汉们偶尔会谈论起他，嗤笑道："等着吧，老三迟早会回来捡钱的。"

很多习惯了泥淖的人即使被拉上岸，最终还是会跳回去。

但我相信——或者不如说我希望——老三不会。

那样我妈会失望，财主也会伤心。

12

老三已经很久没来了，我妈也没有。

游客依旧来了又去，流浪汉依旧混吃等死，连每天抢硬币的动作都没什么变化。时间长了，让我有种自己身在一段无限循环的程序中的错觉。

我只能通过越来越仓促的日落和越来越寒冷的夜晚，推断出又是一年的尾声。

谁也不会注意到这城市角落里少了个大活人。就连流浪汉们都不再提起老三，似乎默认此人已经彻底消失。

日子一天天地过去，我从心存希望变成了不抱幻想。

财主无精打采，尾巴蔫下去了一个微妙的弧度。变成石头已经是它狗生不可承受之重，如今连主人都没了，我能想象它的生无可恋。

至于我，我同时生着老三和我妈两个人的气。气老三欠钱跑路，也气我妈自说自话非要考验人性。结果毫不意外地被现实打脸，就消沉到干脆连这儿都不来了——我又做错了什么呢？！

但是说实话，我也没有那么生气。

或者不如说，其实我现在连这点可怜的怒意都要很费劲儿才能维持。

当你不能动弹，只能被迫接受周身一切信息的时候，世界便逐渐演变成一部冗长琐碎的连续剧。日复一日的喜怒哀乐，日复一日的生老病死。我几乎记不清身为人类的感受了。

那时候的自己到底在纠结些什么、困惑些什么？有什么事值得欣喜若狂，又或放声一哭？

我这样，还算是活着吗？

也许这世上的每一座雕像都曾不只是雕像。也许它们也曾观察过、思考过、几不可察地移动过。直到最终再也没有任何东西值得它们费神，它们便在麻木中归于顽石。

13

这个冬天的第一场雪落下时，有个爱心泛滥的游客爬上雕像基座，为我和财主各挂上了一条围巾。

"可不能让我们的英雄冷着啊！"她微笑着说。

我很想告诉她没必要，真的没必要。等她一走，底下的游客就会如同嗅到肉味的兽群般涌过来，一通猛拍，迅速修图，发上社交媒体，配上一些"暖心""泪目"之类的字眼，说不定还会冲上热门，引来更多兽群大宴一场——本市的旅游局和附近的流浪汉想必都乐见其成。

二十四小时后，这两条围巾就会被雪水浸得皱皱巴巴，美观程度大打折扣；一两周后，它们的状态基本可构成视觉污染；最后在某个夜里，它们会被悄然清理进垃圾桶。

我已经看见了大结局，却没法剧透给她，只能眼睁睁地看着她将围巾系了两个结，开开心心地走了。

人类有时真是短视到不可思议。

这两条围巾本该是我关于初雪这天唯一的记忆。

然而入夜之后，老三来了。

老三这一亮相，我才清晰地感受到时间过去了多久。他穿着一身看着就像打折货的西装，还系了条不伦不类的花领带。打扮虽然尴尬，但精神面貌堪称脱胎换骨。

"我工作了！"他对我高调宣布，"不容易，真不容易啊，之前领不到工资我都不敢来见你……现在有钱了，哥们儿你放心，我很快就能回报阿婶了。啊对了，说到阿婶。"

他从口袋里摸出一只破手机，特地转了个角度，方便我和财主观赏他打电话的造型："喂，阿婶啊，我已经到啦！要不要我去接你？不用？哦哦哦，好，那一会儿见，嗯，哎，好，嗯，拜拜。"

他一脸干练地将手机揣回兜里。

如果我还能笑的话，我会笑的。老三这状态活像是衣锦还乡，要让父老乡亲刮目相看。可惜他的父老乡亲只有两块石头。

很快我妈也到了，穿得相当富贵，还烫了个大波浪。看来小店生意不错。

老三二话不说就要给我妈下跪磕头，被她拼命拦住了。我妈也红了眼眶："阿婶也要谢谢你的。"

老三惊呆了："谢我什么？"

"谢谢你这么争气。"我妈没让现实打着脸，心满意足。

老三呆愣道："哦，那不用谢。"

我只恨敲不到他的后脑勺。

14

老三和我妈"吭哧吭哧"地清理了落在我和财主身上的雪——又是两个做无用功的。

我以为他们做完这些，自己得到心灵慰藉了，又该匆匆离去各过各的日子了。没想到老三这厮今日良心发现，提出一个建议："阿婶，我们坐这儿聊聊天吧，也让你儿子听一听。"

他用前流浪汉的专业手法扫去了雕像前头那一块地上的积雪，铺开几张报纸，又跑去买了两罐啤酒——这时我才反应过来，他可能是没钱请我妈吃饭才想出这一招。

我妈居然乐呵呵地答应了。于是两个人在寒风里席地而坐，对着雕像喝酒。

老三分享了他找工作的艰辛之路。他没有文化，又干不了体力活，就算有心当学徒练一门手艺，年纪也偏大了。不知碰了多少次壁，好几回都想着索性回来接着捡垃圾。但因为不愿面对财主失望的眼神，只好继续咬牙坚持，最后终于被某家饭店招进了后厨。

对此我觉得大可不必。财主是条纯粹的狗，它的眼中应该没有贫富与贵贱，只有硬币而已。

我妈却感动得不行："真是狗中天使啊，一定是它在保佑你。"她站起身来，踮着脚摸财主，"辛苦你了，当年还去救我儿子……"

老三僵住了。

老三做贼心虚地瞥了我一眼，露出了便秘似的表情。

这会儿才受到良心谴责，他的良心怕不是哑了。

15

老三蓄了十分钟的力，终于还是向我妈交代了财主当年冲向我的真相。

我妈哭笑不得，事到如今也只能说："狗还是一条好狗。"

老三低着头不敢看她："对不起，我当时骗你，只是想让你同意我粘一枚硬币在雕像上。没想到你帮了我这么多，我再骗你就太不是东西了……"

我妈倒挺豁达："算了算了，怎么说你也算与我儿子有缘。硬币你想粘就粘吧。哦，不过别人发现之后又把它铲掉怎么办？"

老三感动得眼泪汪汪："你能同意就好了，我想了个法子，不会被别人发现。"

他又瞥了我一眼。我有种不详的预感。

"我把硬币粘到你儿子的指缝里行不行？"他问。

啥？

"你看他手的姿势，别人站在下面是看不见的。就算日后有负责人发现了，它这么隐蔽，也不值得大费周章来清理。这样这枚硬币就永远待在离我狗最近的地方了。"

他爬上来指着雕像比画给我妈看，趁机凑到我耳边小声说："拜托了哥们儿。这样财主会靠近你这只手，你再努把力，只要十几年就能摸到它了。到时候他有钱舔，你有狗摸，不就齐活了吗。"

说得好像摸到他的狗是什么天大的福利似的。

我妈积极响应："这样好，我儿子也会同意的。"

我还没说话呢。

"是啊是啊，他肯定会喜欢财主的。"老三顺水推舟。

我妈也就算了，你丫倒是问问我啊？

老三一拍巴掌就要去买胶水。我妈豪迈地说："去吧，我望风。"

倒也不用这么积极吧？

老三跑远了。我妈抬头望着我，两眼亮晶晶的："儿子啊，以后跟财主好好相处哦。"

我被她这引导小学生交朋友的语气弄得一头雾水，仔细一看她红通通的脸色才明白过来，一罐啤酒她就喝高了。

我妈低头抹了抹眼角，又笑着看我："有财主陪着你，妈妈也高兴。儿子你高不高兴啊？"

云层中又漏下些零星的小雪，老三正提着胶水小跑而来，财主还是一脸傻乎乎地看着我们，皱皱巴巴的围巾在路灯下泛着暖色。

自从变成石头之后，我还是第一次生出如此充沛的情感。

我几乎又像个人了。

尽管只有今晚。尽管时间在此驻足一步后，又将裹挟着这一切，喧嚣地奔向大结局。但人类自有面对永恒的最终武器——短视。

10

我原本还在担心我跟财主这样做相对运动，迟早有一天会被我妈发现。

但我多虑了。那个冬天之后，我妈就不再过来看我了。也许是终于对我的死释怀，专注于事业了吧。

老三偶尔会来，但总是风尘仆仆的，对我打声招呼，摸一摸狗，就又走了。要不是他自称在饭店后厨，我会以为他搞的是长途货运之类的。

不过，就算他换了工作，我也无从得知。他很久没有跟我分享过近况了。

春去秋来，又到了我的雕像落成纪念日。我妈无论多忙，这一天总该准时出现了。我指望着老三也能赶过来，为我跟财主打个掩护，别让她细看我微妙位移了的手。

我从日落等到深夜，没等到我妈或老三，倒是等来了一个稀客。

我弟拄着拐杖来了。他行动不便，若无大事是不出远门的。所以看见他的那一刻，我的心就悄然沉了下去。

他走到我面前，凝视了一会儿，冷冰冰地说："雕得不太像啊。"

落成那天你不是已经评价过一遍了吗？

"不过也可能是我的记忆出现了偏差吧。毕竟都这么多年了。"

确实，当初的毛头小子已经比我死时还成熟了。

不过这不是重点！为什么是你来？我妈怎么了？

"妈生病了。"他通知道，"病了很久，刚确诊时还坚持来看过你，但今天她来不了了，所以让我代替。"

我突然想起那个雪夜里她那头夸张的大波浪。现在想来，那更像是一顶假发。

"你那个朋友，老三，经常赶过来帮忙，说是报恩。"我弟面无表情地说，"妈心情不错，看得很开。她让你别难过，她要跟你相聚了。"

可我不会跟她相聚。我不在天上，也不在地下，我在这儿，困在这块石头里。

我弟仿佛只是例行公事，汇报完毕之后转身就走。我心中一片空白，听着他的拐杖击地声渐渐远去，又忽然停了下来。

静夜里，他不高的声音清晰可闻："你本可以陪着她。你还可以升职、结婚、养个孩子，最不济也能养条活着的狗。那路人的命是命，你的命就不是命了吗？

拿命换这么个丑雕像，你开心吗？"

……

第三遍了。

这雕像到底是有多丑？

17

我妈走的那天，我弟没来通知我。来的是老三。

"我没让别人跟来，要是让你亲戚看见我在这儿滔滔不绝，感觉怪怪的。"他盘腿坐下，"还是这样轻松些，我俩好好唠唠。"

他说了很久，描述了我妈最后的一段日子，也详细转述了葬礼的计划。我妈走得很平静，葬礼也安排得很妥善，会有亲戚和小姐妹去送她。

我不知他这些话语里有多少安慰人的成分。不过考虑到他这脑子，估计编也编不出这么多，大体是真的。

最后老三向我道歉："之前来了那么多次，都没跟你说阿婶的事，是怕你难过。"

是啊，告诉我又能改变什么呢，我移动一毫米都要一个月。

与其站在这儿受煎熬，倒不如一无所知吧。

道理我都懂，可我还是愤怒。

别哭了，你的每一滴眼泪都是赤裸裸的炫耀，炫耀你还有泪可流。你的呼吸是挑衅，眨眼是卖弄，就连你前几天新长出的皱纹都在我面前招摇过市——你活着，你还会死去。

我妒火中烧，怒不可遏。

"你别太伤心，阿婶在天有灵也肯定希望你……嗯……好好的。"老三说得磕磕巴巴。连他都想不出我这德行要怎样才算"好好的"。

他叹着气去摸财主，脸上写满了"等我也死了你要怎么办"，这表情也刺激着我。快滚吧，别再回来展示你的人生新阶段了。你们已经把我甩得够远，干脆一步到位吧。

我再也不想认识任何人。

18

人活得越久，日子过得越快。这个定律换成"死得越久"也同样成立。

直到我妈去世为止，我的死后人生还是按月计时的。那一天后，时间就突然提速，开始按年流逝了。

我几乎封闭了感官，不再理会外界的信息，一心只思考一个问题：如何再死一次。

打断我思考的是一声惊叫。

一名旅客惊骇欲绝地指着我："雕像好像变了！"

终于注意到了吗？这么说来，真是过去了好多年啊，我的手和财主的头明显接近了一截。

然而那游客反复对比着我与他手机里的某张旧照，最后说的却是："表情变了，你们看眉头和嘴角，像不像在伤心？"

表情？我移动过五官吗？我竟浑然不觉。

19

我的变化催生了"雕像闹鬼"之类的怪谈，最后被专家用热胀冷缩、自然侵蚀等一系列胡扯糊弄过去了。

本地旅行社倒是又编了好一段情海恨天的新故事，试图垂死挣扎蹭一波热度——这些年，我们这网红景点已经逐渐过气了。

可惜本市旅游业烂泥扶不上墙，不过一两年，猎奇者奔着新的都市传说去打卡了，此地终于被彻底遗忘。

于是我踏实地干回了本职工作——替流浪汉挡风。

人不能忘本啊。

雕像附近变回流浪汉做窝的荒凉之地后，老三造访倒是方便了。他不用再等入夜，白天也会过来。

我脚下的流浪汉早就换过不止一波，现在的小流浪汉不认识老三，笑问客从何处来："喂你谁啊，干什么？"

"我是你祖师爷。"老三递给他一张看上去很像传单的东西，"成人夜校了解一下。实用技能，包教包会，第一学期免费。"

小流浪汉啐了一口，把传单揉成一团丢回给他，跑了。

老三也不气恼，又将那一团展开来亮给我看："我跟人一起办的。前段时间跟你说过，记得吧？"

我没听。

"做菜啊，理发啊，家政啊，我们都教。我以前那个饭店的大厨，退休之后偶尔也来免费讲个课。当年我觉得他凶巴巴的，没想到老了以后慈眉善目，像个弥勒佛。"

老三一如既往地絮絮叨叨，我听到半截就开始习惯性放空。

老三突然拍拍我："阿婶知道我干这些，会高兴的吧？"

嗯，会高兴的。

20

我弟也来过一回。我险些没认出那中年人是谁，直到他开口说话："这表情就更丑了。"

放过雕像吧。

我弟神情复杂地打量我许久，冒出一句："我女儿十岁了。"

你什么时候结婚的？

"上周学校布置的作文题目是'我心中的英雄'，她写了你。"

我欣赏这大侄女。

我弟又沉默了很久："我听说你的表情像在伤心。虽然挺迷信的，但可能人老了就是会开始迷信吧。我有些话，本来想去你坟前说，可老三不知为什么坚持劝我来这里。"

老三是个好人。

他低下头去："那时我骂你瞎逞能，白送一条命，是我不好。年轻的时候，我对自己太没把握，你走后所有担子都落到了我肩上，我却只想逃避……现在想来，我光顾着赖你，却从来没有好好理解过你。"

当年的毛头小子抬头望着我，脸上多了沧桑的痕迹："其实就算没那件事，你也一直是我的英雄。"

他说着，突然一脸恍然："我知道老三为什么劝我来这里了，他是想让我解开心结吧。看不出这人还挺细腻。"

……不，这点是你想多了。

"下次请他吃饭吧。"我弟凭实力当冤大头，"走了，等我带上家人再来看你。"

21

这天老三来看我时，带来了一个戴着细边眼镜、气质相当沉静的青年。

我正疑惑老三这厮怎么会跟这样的人有交集，就见那青年走上前来，对着我一板一眼地说："您好，我叫郑长仁，叫我小郑就行。"

我大惊。

老三告诉别人我的存在了？

然后这人还真的信了？！

小郑摸出一张名片，举起来给我看：Buff 研究院院长。

"我的成人夜校遇上了一点儿灵异事件，是小郑帮忙解决的。那时候我才知道世上还有个什么什么……八福院。"老三在一边解释道。

小郑似乎牙疼了一下："Buff 并不是灵……"

"然后我就想起了你和财主啊！我就问他来着，这里还有个灵异事件，八福院管不管啊？"老三眉飞色舞，"结果他一听就说，当初雕刻你们的那个艺术家也是个什么八福携带者。"

小郑清了清嗓子："没错，那个携带者是个危险人物，已经被我们控制了。但是很遗憾，由于你的躯体已经实际死亡，我们也没有办法把你从这种状态里解救出来。"

他开始讲解一些高深莫测的名词，什么域场、脑电波干涉、微粒子重组……我根本没在听。老三就更不用说了，粗暴打断道："所以我这哥们儿和狗，就要在这两块石头里被困到永远？"

小郑摇头："不是永远。当初那携带者往雕像上滴了等量的两管血。这个 buff 正是被这两管血所限，等到渗入石像中的血液彻底消失，血液主人的脑电波也将不复存在。"

他观察了一下雕像的材质，又凑近找寻到了我和财主那道几不可见的深色血痕，最后推断道："嗯，照这个侵蚀速度，还有大约二十年吧。"

我被这从天而降的好消息砸蒙了。

还有二十年就能解脱了？无期徒刑突然改成了有期，我欢欣鼓舞，恨不得立刻让这二十年快进过去。

小郑恰在这时说："哦对了，我们还可以用一些人工手段加速这个侵蚀过程。"

老三问："那能缩短到多久？"

小郑比画了一个动作："大概七八下。"

抡锤子而已，不用说得那么高大上吧。

老三说要征询我的意见。

小郑很好奇他要怎么征询。老三深沉道："涉及一些复杂艰深的知识和不可外传的技术。"

铅笔画线重出江湖。

"我想好了，财主反正也听不懂人话，这个决定就由你为代表，一起做了吧。"送走小郑后，老三边在我手边画线边说，"要是现在就想消失，就把食指越过这条线。我会同时送走你俩，免得留下一个，太孤单。"

他说得冷静，结果说完之后站在那里愣神了许久，嘴巴张开又关上，像只呆滞的金鱼。

最终他只加上一句："我一个月后回来检查。"

我考虑了许久。

能解脱固然轻松，可是我只差一厘米就能摸到财主了。

它也怪不容易的，就让这场相对运动有始有终吧？

老三既震惊又释然："你没动食指？太好了，我还有点舍不得呢。"

他将那条被风吹雨打得有些模糊的铅笔线又重新描了一遍："这样吧，哪天你实在不想待了，就跟我说一声。"

这是历史性的一天。

我终于摸到了财主的狗头。

万里长征胜利结束，人和狗都很疲惫。保持着这姿势，一微米都不想动弹了。

我终于没有牵挂了。

可是说到牵挂，我弟似乎说过要带家人来看我。他们怎么还不来呢？

24

我弟来了，带着弟媳和又大了两岁的侄女。

侄女很可爱，原地蹦跳着想要拥抱我。我弟在一旁酸溜溜地问："那么喜欢大伯？"

"喜欢！"侄女仰头看着我双手合十，"大伯保佑我打游戏别被发现哦。"

这个恐怕有点难度。

侄女又转去摸财主，忽然惊呼一声："猫！"

"瞎说，那是狗。"

"不，真的有猫！"侄女指着财主肚子底下的阴影处。

哦，那只黑猫啊，那是财主最近交的小女朋友。

之前这一块越来越荒凉，开始有野猫野狗出没了。某一天这只黑猫为了躲雨，钻到了财主的肚子下面。然而雨停之后它也没离开，而是目不转睛地盯着财主看了很久，最后竟打着呼噜上前蹭了蹭财主的脸，仿佛在对待一只真狗一般。

人说猫能看见鬼，我这回信了。

自从小黑把这儿圈定为自己的地盘，财主就有事可忙了。它的眼珠子一点点一点点地转向了小黑常待的方向，舌头也一毫米一毫米地吐了出来。我觉得它的脑袋很快就会抛弃我的手，投奔向那温柔乡。

这种关头，我总不能贸然移动食指，终结它的幸福。计划只好继续推后。

25

小黑被我那大侄女抱回家了。

据说——据老三说——她为了养这只猫从小学闹到了初中，发动了所有亲朋好友去劝她爸妈，终于得偿所愿。

小黑现在也不叫小黑了，改名叫多米尼克——什么母猫会叫这鬼名字？

哦，我搞错了，它是只公猫。

财主的梦碎了，狗生再无指望，脑袋又贴了回来。

但侄女偶尔还是会带着小黑来看望它。她不知不觉把我这雕像当成了树洞，总要坐下来啃只苹果，倒豆子般说上一堆心事和烦恼。

有一说一，她那班上的臭小子确实挺讨厌的。我放不下这颗心一走了之，起码得等她升入高中。

……

26

老三那条铅笔线已经换成了马克笔线。反正这雕像早已被遗忘，也没人来找他的茬了。

"马克笔不容易掉色，又好分辨。我这眼睛啊最近都老花了，哪天你真动了手指，我怕我看不清……"

他席地而坐，抬头看看我，"扑哧"一声笑了："但你不会动手指了，是吧？"

他的视线从我头顶移向湛蓝的天空："人间还是很美的，是吧？"

是啊。

苹果很脆，面包很香。但我们不会久留。

事实上，正是在我得知余生其实有终点之后，那按年飞逝的时间才又奇迹般地放慢了脚步。徐缓地，安稳地，珍重地。由年到月，由月到日，直到捕捉到秒针的"嘀嗒"声。

能死掉真是太好了。

会死的人，才会好好活着啊。

27

最后一滴血液消失的那天，所有人都在。

我弟坐着轮椅，两鬓斑白，手里还提着一袋饮料。弟媳推着他，笑问老三："怎么想起喊我们过来？"

老三说："好久没聚了嘛，想着最近天气不错，适合春游。"

我侄女抱着一只小黑猫去逗财主。它是多米尼克的孙子，长得跟爷爷一模一样，脾气也像。迷你版的多米尼克盯着财主看了半晌，发出了低低的呼噜声。

老三趁所有人不注意，对我挤了挤眼。

我弟望着侄女逗狗，突然冒出一句："你都比大伯还要大一岁了。"

"是啊。"侄女笑道，"小时候我老是跑过来跟大伯说话。你们可能不信，我一直觉得大伯在冥冥中保佑着我呢。"

不敢当。

"那年高考那么顺利，好像有人握着我的笔一样……"

那是真的不敢当。

弟媳忍不住吐槽："你大伯都不认识你。"

"肯定认识的。"侄女微笑着望向我，"大伯看着我们呢，是不是啊大伯？"

嗯，以后也会看着你们的。

小猫的鼻尖贴着财主，财主的脑袋贴着我。阳光温暖，晒得石像也暖和起来。老三走过来拍拍狗又拍拍我，用口型无声地说着："再见，再见。"

这是最好的一天。

卧底

①

杨槐的冷汗流了下来。

他的头目鲍国申说："不坑你，鲍哥怎么会坑你？这任务虽然危险，但只要人杀死了，货到手了，金老大那边自然会记你一功。将来鲍哥得道，你就是那升天的鸡犬。"

杨槐不能接这个任务。他其实不是个黑道喽啰，而是个卧底警察。就算是为了执行卧底任务，也不能滥杀平民啊。

杨槐狗腿地谄媚道："谢谢鲍哥提携，喝水，喝水。"说着倒了杯水递给他，结果手一抖，水全洒在了半路上。

鲍哥猛然拍桌道："没用的东西，这么点事儿就吓破了胆！"

杨槐哭丧着脸说："鲍哥，我没杀过人，怕任务出状况啊。我死了不要紧，到时候连累你在金老大那里挨批就不好了。"

鲍哥冷声道："组织不养废物，这人你杀也得杀，不杀也得杀。"

他顿了顿，看着杨槐颤抖的双腿，无可奈何地加上一句："黄奋进，你带他一起。"

②

杨槐千恩万谢地退下了。

黄奋进接了任务，走出房间，转过一个墙角，冷汗流了下来。

他摸出手机，打了个电话："领导，说好了就调查三年，可这三年之后又三年，鲍哥最近越来越重用我了，我现在骑虎难下该怎么办？杀人？让我一个新闻记者去杀人？！"

送走杨槐和黄奋进，独自留在房间里的鲍国申的冷汗流了下来。

鲍国申打了个电话："Killers on their way to murder civilian. I repeat, killers on their way to murder civilian! Send help!"

鲍国申跟 FBI 上级制订着神不知鬼不觉地解救目标的计划，殊不知门口路过了一个胖墩墩的扫地大妈。

扫地大妈拐过墙角，冷汗流了下来。

扫地大妈摸出一个微型对讲机："情况复杂，这个黑帮可能跟境外势力有牵扯。"

微型对讲机那头传来声音："别管他们，执行你的任务。一天是动保人，终生是动保人，记住我们的使命，去拯救实验室里的小白鼠吧！"

大妈着急地说："不是啊，如果他们跟境外势力有牵扯，那小白鼠也可能是境外物种，一旦释放有可能对本地生态构成威胁！"

对讲机那头沉思了几秒，妥协道"那你先闯入他们的实验室，偷一只出来，交给我们检查一下。"

扫地大妈说："了解。"

扫地大妈装作扫地，路过实验室大门，一记手刀劈晕了戴着墨镜的保安，从他腰间摸出门禁卡，刷卡走了进去。

倒在地上的保安冷汗流了下来。

保安悄无声息地爬远了，用瞳孔指令打开了高科技墨镜上的联络开关，说道："Последующие действия！（跟进！）"

也不知他的克格勃上司给了什么指示，只见他迅速拉响了警报。

黑帮基地里警铃大作，脚步纷杳，一片大乱。

推搡的人群之中，杨槐收到了指示："趁乱去李哥房间，偷出他们下一笔交易的凭证。"

杨槐知道时间不多了。他无声无息地摸到了李哥的房间，用小道具撬开门锁，翻箱倒柜地找了起来。

幸好多年的训练没有白费，凭着惊人的直觉，他只花了半分钟就搜到了李哥藏在床底下暗格里的文件，当场拍照发给了上级。

上级："检测到李哥正在接近房间，快跳窗撤走！"

杨槐："等一下。"

杨槐又翻过一页文件，冷汗流了下来。

"这个缩写代表的定位卫星是……这组织什么时候跟 NASA 有了牵连？NASA 要借黑帮势力做什么？"

上级急切道："来不及了，快撤！"

门开了。

李哥走了进来。

李哥环视四方，看见一切如常，只有窗子开了一条缝。他立即警惕地扑到窗边查探，却只见到一只野猫从窗台上跳下去。

李哥又看了一会儿，就从窗边离开了。

吊在半空一只手扒在窗沿上的杨槐长吁一口气，汇报道："没事，安全。"

李哥坐到床上，用颤抖的手点了根烟，汇报道："没事，安全。"

"好的。"NASA 上级对李哥说，"继续搜寻目标组织里的外星势力。"

野猫跳到草丛里，对路灯下一只橘猫汇报道："没事，安全。"

"好的。"橘猫说，"继续监视愚蠢的人类。"

与此同时，黄奋进走进了组织的黑诊室。

值班间里坐着个护士，抬头与他交换了一个熟稔的眼神。黄奋进压低声音说："明天的任务我绝对不能去。我觉得他们已经在怀疑我了，你得帮帮我。"

护士："你想怎么样？"

黄奋进："断一根肋骨。"

护士想了想，摸出一条毛巾递给他。黄奋进接过去，咬在了嘴巴里。

护士关上门，片刻后，门内传出黄奋进凄惨的闷哼。

护士将黄奋进安置在病床上，推门走出，冷汗流了下来。

她打了个电话："帮我接通时空管理局的徐主任。"

徐主任很快接通了："怎么样？"

"排除一名长期观察目标，黄奋进大概率不是特殊 buff 携带者。"

"但这个组织里肯定存在一名超强 buff 的携带者，时管局的情报不会出错。必须找到这个人，并且弄清他的 buff 究竟是什么。"徐主任说。

护士叹息："我已经排除了九成以上的目标，剩下的都是我接触不到的高层头目。"

"你想办法混进他们明晚的庆功宴吧，高层都会出席。"

与此同时，杨槐也接到了最新指示："你现在处于暴露边缘，不能再继续待下去了，我们会尽快安排你安全撤退。"

杨槐怒道："不行！我都已经忍辱负重这么久了，不能功亏一篑！"

"……明晚，明晚的庆功宴是我们给你的最后期限。击杀他们的头目，不要让我们失望。"

与此同时，鲍国申："Tomorrow? Roger."

与此同时，保安："Понятно（明白了）."

4

庆功宴来了。

黑帮老大金满堂上台致辞。金满堂大腹便便，长得福气团团。

不知有多少双盯着他的眼睛暗藏杀机。在场的卧底收到的指令大同小异，都是在金满堂致辞完毕、举杯致意的时候，以摔杯为号，开始行动。

金满堂首先花五分钟回顾了一下自己心酸的童年，又花了十五分钟回顾了一下贫困潦倒、流落街头的少年时代。

金满堂："但是呢，我这个人哪，天生向善，心中总是有一些英雄梦想。"

金满堂从秘书手中接过酒杯，顺带擦了擦汗。

"也许是我天生比较有领导能力吧，虽然混迹街头，但身边很快就聚集了一批很有能力的恶人——用这个词希望诸位不要介意啊，哈哈哈。他们虽然一个比一个恶，但却又一个比一个有手段，有人帮我搞到了资金，有人帮我打通了人脉。不知不觉，我们的帮派越做越大，干的恶事也越来越多……"

杨槐的精神高度紧张，冷汗流了下来。

他擦了擦汗，突然发现前后左右也有很多人在擦汗。是屋子里太热了吗？

金满堂："有一天我突然意识到一件事。我可能是一个 buff 携带者。我的 buff 就是，'百分之百吸引恶人'。"

杨槐愣了愣。

一定有哪里出了差错.杨槐知道自己肯定不是恶人，所以这百分之百并不是百分之百，最多也只有百分之九十九。

身边传来水杯被打翻的动静，杨槐扭头，看见了同样面有异色的护士小姐。他又看向鲍国申、李哥等人，却见那些小头目彼此之间正迟疑地交换着目光。

杨槐心中突然冒出了一个极其疯狂的假设。

他戳了戳腰间绑着夹板的黄奋进："你是不是？"

黄奋进狐疑道："是不是什么？"

杨槐："我是。"

黄奋进："……"

杨槐："你是吗？"

黄奋进："……我也是。"

杨槐又一指鲍国申："他们也是？"

黄奋进："也许是，也许不是。"

杨槐："那还有谁不是？"

俩人环顾全场，只见每个人都在擦冷汗，连角落里偷粮食的猫都目光躲闪。

"你说，金老大的 buff 会不会其实是……'百分之百被卧底'？"

金满堂还在继续说："前面说了，我这个人呢，还是有一些英雄情结的。虽然携带着这个 buff，就像被诅咒了一样，但我真正的理想，其实是做个好人。"

台下众人一个接一个察觉了异常，逐渐露出了哭笑不得而又如释重负的表情。

金满堂："于是我决定，索性把组织做到最大，把全球的恶人吸引到麾下……然后在一个晚宴上，用一发炸弹与他们同归于尽。"

……

金满堂："诸位怎么不说话？你们这些恶人也有吓破胆的一天吗？"

现场鸦雀无声。

只能听见不知从哪个角落传来的炸弹倒计时的"滴答"声。

突然，所有人都同时开始说话。但他们的声音谁也盖不过谁，以至于金满堂一句话都没听清。

金满堂自顾自地冷笑一声："不必垂死挣扎了。大门已经全部锁死，胜利的礼花很快就会绽放。我金某人今日心意已决。这杯酒，就敬我自己吧！"

说着举起酒杯，一饮而尽，轰然倒地。

众人骇然。只见金满堂的秘书战战兢兢地站起身："我得到的指令是在酒里下药迷晕他……"

炸弹的"滴答"声还在继续。

王一乎生来就带着一个名为"百分之百会获得旁白解说"的 buff。

譬如说小时候，他在上课。

老师说："小王，你回答一下这道题。"

王一乎老实说："不知道。"

老师的脑门上冒出了三个感叹号："！！！他竟然说不知道？怎么可能？不，没那么简单。呵，是我大意了，我竟然忽略了这样重要的细节。他虽然说着不知道，可他那坚定的目光、那不屑的嘴角，以及……！！！"老师双目圆瞪，"他的右手，比画了一个'三'字！这就说明他知道这道题选 C，可他却故意说不知道，一定是题目藏着什么玄机！"

这是一道古文阅读题。老师回去彻夜研究，发现答案里的这个词，换个朝代就是另一个意思了。

老师震撼道："太厉害了！"

老师就此深入钻研，发表了一篇研究论文，获得了学术奖项。

学校表彰会上，老师捧着奖状说："这都要感谢我生命中的贵人——王一乎小朋友。如果不是他精妙的提点……"

王一乎说："等一下，我什么时候提点过你？"

老师又冒出三个感叹号："！！！他一定是要隐瞒什么重大的秘密，而我却不知好歹地泄漏了天机！我真是太弱了。"

王一乎的这个 buff 是牢不可破的。即使他在空无一人的洗手间里独自放水，百里之外也会突然有一个扫地大爷狂奔过来，站在窗边解说道："！！！这澎湃的真力，老夫已有三十年没见过了。"

虽然身边时刻环绕着 360°立体解说声，给生活增添了很多负担，但随着年纪渐长，王一乎逐渐意识到这个 buff 能带给自己各种特权，于是开始滥用它。

大学毕业后，他丝毫没做准备，就直接走进了一家业内超牛的公司求职。

面试官："说说你来我们公司的理由。"

王一乎："呵，你们公司前门左边的盆栽，枯了。"

面试官："！！！这个人！这个人莫非是传说中出生即开天眼的风水大师？他可以根据盆栽的枯荣，判断公司的运势？我们决不能放走这样的高人！"

面试官微笑道："恭喜你，你被录用了。"

王一乎说："呵，不用谢。"

其他应聘者满脸错愕。

面试官鞠躬："慢走！"

其他人窃窃私语："这人到底是哪门子关系户？"

王一乎顺着走廊离开，不经意间朝着他们微微一笑。

其他人："！！！那，那是一种什么样的威压，竟恐怖如斯？或许这就是强者的世界吧？"

王一乎还没入职，就传为了公司的神话。

三天后他拎包入职了，同事点头哈腰地带他去见上司。

王一乎说："呵，你好。"

上司低着头摆弄电脑："你好，之前有相关工作经验吗？"

王一乎说："呵，没有。"

上司皱着眉抬头看了他一眼。

上司问："你呵什么？"

王一乎几乎不敢相信自己的耳朵。

这个人对他免疫！

王一乎的冷汗一下子流了下来。他强作镇定地回到自己的工位上，立即开始搜索自己上司的履历。

这上司叫张看川，在公司里也是不大不小的一个传奇。从小就获得了各种竞赛大奖，各种奖学金，一路跳级，名校毕业，德智体美劳全面发展。毕业后入职公司，之后连年晋升，现在是史上最年轻的部门总管。行事作风以冷静、缜密、非情绪化而闻名。

简直是个机器人。

王一乎考虑片刻，面无表情地站了起来，出门拐到隔壁部门，敲了敲隔壁主管的门。

王一乎说："您有空吗，我们聊聊？"

隔壁主管："！！！"

当天下午王一乎就调任到了隔壁部门，远离张看川的视野。

之后的两年，王一乎一路开挂。

他跟团队一起负责一个项目，他只在开会时说了句"我觉得首先得做个项目计划"——

团队成员："啊，振聋发聩！"

此时一定有个人小声向其他人解说："你不要小看这句话，老大虽然只是说了一个显而易见的事项，但是他在此时提出必有深意。我们中间一定有人偷懒了，所以他才会强调做好计划这一点。多么含蓄温柔的提醒方式啊！我要哭了。"

之后他们找领导做 PPT 汇报。王一乎本想翻到下一页，却不小心点到了上一页。

王一乎说："不好意思。"

领导从瞌睡中惊醒！

领导问身旁的秘书："那个年轻人是谁？他两次向我展示那一页 PPT，其中必有深意。"

秘书去仔细一查，发现那信息没什么特别的。

但领导说有特别的，就一定有特别的。

于是秘书顺着这个项目历年的收益增长指数，一路顺藤摸瓜深入调查，最终查出了一个财务漏洞。

于是，领导嘉奖了整个团队。

团队成员连声说："都是老大的功劳。"

这下就连王一乎都不好意思了："其实我只是读了下 PPT……"

团队成员 & 领导："！！！（以下省略三千字）"

③

这一年王一乎就申请晋升了。

但晋升面试他的人不止有他的主管和 HR，还有其他一些联动部门的主管，其中就有那个机器人般的张看川。

王一乎这两年都尽量绕着张看川走，不想引起对方的注意和猜疑。但真到了面试的时候，他仔细算了个账，发现张看川的一票反对票也左右不了局势。于是他就泰然了。

王一乎做了个干巴巴的 PPT，全程棒读地做了汇报。

领导们根本没在听，因为他们忙于解说，场面一片混乱。

王一乎在解说噪音中翻了一页PPT，不经意地扫了张看川一眼。

张看川没有说话，手中转着一支笔，冷冷地看着他。

王一乎僵硬在原地。

领导们："！！！"

领导A："哦，来了，这个意味深长的停顿！"

领导B："他为什么看着小张？这个沉默的对视意味着什么？"

领导C："风，有风在吹动我的头帘，空气中有杀气的碰撞！"

这时张看川站了起来。

张看川说："我建议申请者暂时离开房间，给我们一点儿讨论的时间。"

王一乎不想走。但房间有监控，他不能做得太不合规矩。

他只能慢慢离场，把耳朵贴在门上偷听。

张看川"啪"的一声合上电脑，冷冰冰地说："诸位，我反对申请人晋升。"

领导A、B、C："为什么？如果今年只有一个人晋升也该是他啊！"

张看川说："是吗？那他具体都做了些什么业绩呢？"

领导们开始天花乱坠地讲述王一乎的光辉事迹。

张看川听了片刻，语带讽刺地复述道："哦，所以他在一页PPT上多停留了几秒，帮助我们查出了公司的财务漏洞。"

领导们突然陷入沉思。

偷听的王一乎恨不得杀死张看川。

眼见着领导们开始动摇，王一乎本来还想在张看川这个特殊人物面前多少隐藏一下自己的特异功能，此时也顾不上那么多了。

王一乎做了一件事。

他轻轻敲了敲门。

领导们："！！！他为什么敲了三下？'三'这个数字代表着什么？三思而后行吗？这是启示！是神谕啊！"

张看川冷眼旁观着王一乎获得了晋升。

4

又一年后，王一乎跟张看川平级了。

平级之后，王一乎跟张看川的交集陡然增多。高管开会他们隔桌相对，高管团建他们挤在一车，财经报道上他们被相提并论。

甚至，公司计划投入巨额资金开发一个新的产品，大老板拍板让他俩共同负责。

大老板："没问题吧？"

张看川："嗯。"

王一乎犹疑道："我大概……"

大老板："！！！"

王一乎说："……成吧。"

大老板："！！！"

大老板开始解说的时候，张看川转身就走。

王一乎讪讪地跟着出来，对张看川伸手："那合作愉快？"

张看川理都没理他，目不斜视地走远了。

王一乎心想：你就是嫉妒。

借此掩饰自己的那一丝心虚。

新产品紧锣密鼓地筹备了起来。两个团队加班加点，密切配合。更确切地说，是张看川同时指挥两个部门，王一乎在一边高深莫测地说着"不错""是这样"。

王一乎有时候心血来潮，会在两个部门的会议上，突然皱眉道："有点问题。"

其实他根本不知道有什么问题。但每当他这样做的时候，惊恐的众人就一定会使出浑身解数，直到揪出个问题为止，然后热泪盈眶地赞美他高瞻远瞩。

王一乎有意无视了张看川日渐加重的黑眼圈和阴沉的情绪，不断说服自己：我这个 buff 也是出了力的。打定主意不肯面对自己的愧疚。

一日，他发现张看川的下属跟张看川就一个决策问题产生了争执。

那下属比张看川年长，似乎在借此拿乔，为自己争取资源。张看川双臂抱胸倚在椅背上，看着很疲惫，没有了往日的精英式自持。

王一乎心想：我的机会来了。

王一乎走过去拍了拍下属，温和道："我觉得你需要再仔细考虑一下。"

下属："！！！（以下省略三千字）"

下属点头哈腰地走了。

王一乎转过脸来面对着张看川，心中窃喜地等待着他的道谢。

张看川面如冰霜地看着他。

王一乎说："……嗯？"

张看川说："王主管，请你下次不要擅自加入我与下属的对话。"

王一乎说："我只是想帮忙……"

张看川说："那我真是感恩戴德。现在你可以走了吗？"

王一乎："……"

张看川不等他离开就自己先撤了。

⑤

在张看川的操劳和王一乎的划水下，产品一经推出就获得了巨大的成功。大老板在公司年会上当着所有人的面感谢了他们的付出。

王一乎虽然于心有愧，但在赞誉和奖金面前难免有些飘飘然，心中觉得自己跟张看川也算是半个战友了。

为了向张看川表达感激，他利用了自己的 buff，深沉道："张主管付出良多。"

他只说这一句，接下来的三万字是别人给他解说的。

张看川连个笑容都没给他，提前离场了。王一乎烦躁地灌了瓶酒。

年会结束后没几天，张看川提交了辞呈。

其实张看川这样的天才精英，早就有数不清的公司挖墙脚了。只是本公司给他的待遇优越，还有股份，加上共同打拼的情谊，他就一直没挪窝。

然而这一次张看川去意坚决，甚至讲明了不必谈条件，什么条件都留不住自己。

大老板伤心又困惑。

大老板问："我做错什么了吗？"

张看川沉思片刻，关起门来跟大老板长谈了一小时。

张看川离去几天之后，王一乎听到了风声，说大老板嘱咐了自己的顶头上司多留意自己的一举一动，据说原话是"不要盲目听信他"。

王一乎听完，还有什么不明白的？肯定是张看川警告了大老板。

王一乎气疯了。

王一乎四处找人打听张看川的新公司和联系方式，一周之后的晚上，终于在大街上堵住了张看川。

张看川看见他，并不意外，平静地问："有何贵干？"

王一乎压低嗓门愠怒道："我抢你功了吗？我给你使绊子了吗？我做了任何对不起你的事吗？我虽然顺风顺水了一点儿，但又没有影响你的仕途！你凭什么针对我？"

张看川双手插兜，波澜不惊地看着王一乎。

王一乎也不知道这眼神为何如此激怒自己。仿佛自己唯有在他面前什么都不是——不，比"什么都不是"还要严重，恐怕是跳梁小丑、无头苍蝇、人形自走垃圾桶之类的碍眼东西。

张看川的存在提醒着他，他认为是上天馈赠的一切，其实本质上是骗来的、偷来的。

可他却非要跑到张看川面前叫嚣，仿佛只要张看川认同了他，一切就能合理化，他就不必再面对自我怀疑和良心谴责。

王一乎突然泄气，低着头又强调了一遍："我又没对不起你……"

张看川说："我并不是因为私人过节才针对你的。"

王一乎："？"

张看川考虑了一下："跟我来。"

王一乎："？？"

张看川一言不发地把他带进了街角的一个小店铺。

进去之后他才发现，这是一家桌游吧。

张看川将他带到一张桌子旁，跟别的顾客凑了一盘狼人杀。

王一乎问："什么意思？"

张看川平静道："玩就是了。"

王一乎抽到了平民。王一乎其实根本不会玩，也就勉强知道规则而已。

第一夜过去。他左边的小姑娘被杀了。大家开始讨论票谁。

法官问到王一乎时，他仍旧一头雾水，心虚地说："呃，我觉得，那边那个妹子有点像狼人？"

所有人："！！！"

所有人二话不说把那妹子票了出去。

王一乎慌了："等等，那个，我也不确定……也说不定是那边那个汉子？"

所有人："！！！"

第二夜过去，汉子被票了出去。

王一乎手忙脚乱，一通乱指，他们迎来了惨败。

王一乎逃出店去，张看川跟了上来。

王一乎咬牙道："所以你就是为了看我出丑？"

张看川说："我说了，这里面没有私人过节。"

"那你是什么意思？"

"想像一下，如果刚才不是一局游戏呢？如果现实中你的项目遭遇了失败，大家聚在一起追究责任，而你随口指责了一个看不顺眼的人呢？"

王一乎："……"

张看川说："又或者你抽到了狼人。你做了错事，捅了篓子，偷了钱，甚至杀了人。"

王一乎皱眉："我不可能——"

张看川打断了他："可你不承认。只要你不承认，就没有人指责你。"

王一乎无言以对。

张看川说："你以为你是第一个拥有这种特殊能力的人吗？你不是。在你之前还有许多这样的人，只需要只言片语就能轻易地赢得信任，甚至动摇他人的观念。其中最有名的一个叫希特勒。"

王一乎听着听着，渐渐回过味来。

王一乎问："你为什么对我免疫？"

"现在才问这个问题，你也太迟钝了。"

"你也有这种体质，对不对？一路跳级，品学兼优，名校毕业，破格晋升……你自己明明也占尽便宜，凭什么指责我！"

张看川说："我可没有。我从初中开始就放弃了这种能力。"

"骗鬼去吧。"

"你见过我身边的人对我进行解说吗？"

王一乎一愣。好像确实没有。

王一乎问："这还能放弃？就算真能放弃，有人会选择放弃吗？"

张看川说："如果你从心底愿意放弃，它就只是一袋随手抛掷的垃圾。如果你内心动摇，它就是一颗割不掉的肿瘤。"

"哥们儿，你经历了什么？"

"我啊，我当了一回乱票人的平民。初中班里有个女生丢了钱包，我票错人，那男生被迫退学了。一个月后，真正的小偷去找了班主任。"

王一乎僵硬了。

张看川说："我试图弥补，去找老师，找校方，想给那同学补偿。但他已经转去了别的学校，从那以后直到现在，再也没跟任何一个老同学联系。"

张看川说完这番话就走了。

他没有继续劝说王一乎，似乎觉得能说的已经说尽了。

6

王一乎固然遭受了一番冲击，但内心深处还是觉得希特勒什么的太危言耸听了。他没有那么大野心，只是想占占小便宜，发点小财。

所以在张看川离职后，他的日子反而更滋润了。如今不用担心被人拆穿，他就赖在主管的位子上，活丢给下属干，自己集万千宠爱于一身。

然而，张看川的预警终究还是应验了。

第一次事件发生在团建时。王一乎的部门里有个美女，样貌娇俏，性格讨喜。王一乎在饭桌上跟她聊天，说起了同样在自己部门的一个年轻职员。

美女似乎一提到那职员就嘴角带笑，有意无意地夸赞他年轻有为。

王一乎作为争强好胜的雄性动物，难免酸溜溜的。他故作无心地说了一句："他呀，好像有点自大。"

美女："！！！仔细一想，好像确实是这样。"

王一乎说完就忘，直到一周之后那年轻职员黯然辞职，他好奇问了一句，才知道年轻职员和美女是一对儿。可美女自从团建回去之后就对年轻职员冷淡了许多，最终跟他分手了。

从此王一乎受到了教训，努力提醒自己别再说人坏话。

但横竖吃亏的不是他，教训不够深重，时间长了他也就淡忘了。

第二次事件则严重得多。

王一乎作为一个绣花枕头，全靠投机取巧指挥着一个部门。常在河边走，哪有不湿鞋。终于在一个重大项目上，他的一句不经意的指示，导致了团队的失败。

那天下午，整个团队坐在会议室里。王一乎坐在会议桌上首，望着所有满脸写着焦虑苦楚却还满怀信任地看着自己的员工，这幅景象与那天夜里的桌游吧重叠在了一起。

是时候票人了。

可他不是平民，他是那头闯祸的狼。

王一乎知道，自己只要随口点一个人出来背锅，甚至不需要解释，那个人就会引咎辞职。别人都不必担责任，他还是可以过他浑水摸鱼的日子。

如果他再卖力一点，想个理由出来，那么连那个背锅侠本人都会深信不疑，愧疚万分，把罪责揽到自己身上。

王一乎沉默了很久很久，久到会议室的众人开始解说他的沉默了。

王一乎站了起来。

众人："！！！"

王一乎说："再见。"

他说完就走，把万千解说锁在了房中。

王一乎引咎辞职了。

然而，没有一个人相信错的是他。众人热泪盈眶，纷纷解说道："真是个自我牺牲的大英雄啊。"

整个团队从此受到刺激，奋发向上，并且心里都把他当作重要的人生导师。

大老板紧紧握着他的手，告诉他如果想去创业，自己可以介绍合作伙伴给他。

王一乎确实去搞创业了。

大老板介绍给他的都是有真才实干的人，他沉下心来跟着他们好好学习，一边打拼，一边提高自己，收获良多。

然而他的 buff 还是没有消失。

他的创业伙伴都觉得自己祖坟冒青烟，三生有幸能跟他合作。

拉投资的时候，他刚介绍了三四句话，投资人就热泪盈眶道："合作愉快。"

王一乎说："……谢谢啊。"

投资人："！！！这句谢谢是不是有什么深意？"

他们的公司蒸蒸日上，很快有个巨头前来谈收购了。

王一乎当仁不让地作为代表出席了会谈。

一开门看见了张看川。

王一乎："……"

张看川："……"

王一乎说："你好。"

张看川说："再见。"

王一乎说："等等！你等等！！"

王一乎追出门去："不是你想的那样！我们公司真的有点东西！！！"

王一乎软磨硬泡，强行把张看川拖回会议室，向他介绍了自己公司研发的技术和产品。

张看川惊讶地发现这公司确实有点东西。他代表巨头而来，评估之下，意识到这技术虽然还没有发展成熟，但如果现在不立即收购到旗下，很可能在未来落入竞争对手的手中。

张看川说："……你，挺可以的嘛。"

王一乎飘飘然道："那总得有点进步才不负你的教诲。"

张看川虽然最终点头，执行了这次收购，但心里其实很不情愿。他当初跳槽，正是为了在工作上远离王一乎。

作为唯一一个知道王一乎底细的人，他觉得王一乎这个 buff 就是个定时炸弹，没出岔子的时候或许还有点用，一旦有什么地方出错，就会连累整个公司万劫不复。

张看川如今在母公司也坐到了高位。在他的坚持下，母公司虽然收购了王一乎的公司，但还是保持其独立运作，日常不参与决策。同时，张看川主动申请负责跟王一乎的公司对接，定期要来王一乎这边巡视一番，听取一下他们的业绩报告。

王一乎对此虽然有点焦虑，但隐隐又有点安心。他觉得张看川相当于他跟这个世界之间的安全阀，有张看川盯着自己，自己的 buff 也不至于出什么大乱子。

而且，张看川跟世界上所有人都不同，只有他必须基于一定条件才会认可自己。这也让他那一丢丢的认可，变得极其珍贵。

王一乎使出浑身解数提高着自己，争取每一次汇报，都向张看川展示出一些进步。

在几次跨部门合作里并肩作战之后，张看川终于相信王一乎不会那么容易变成希特勒了。他看向王一乎的目光松动了一些，有时还会闲聊开玩笑了。

唯一让张看川放心不下的是，王一乎的 buff 依旧没有消失。这就说明王一乎并没有从心底里放弃这个 buff。

在一次母公司年会上，张看川找到机会把王一乎领到无人的角落里，低声提起了这个事。

王一乎说："没事，这不是有你把关吗？我这 buff 适当的时候还可以给公司做很多贡献啊。"

张看川说："那些贡献你现在不需要 buff 也可以做出来了。"

这角落虽然无人，但根据王一乎"百分之百会获得旁白解说"的 buff，命运总要安排一个人过来。王一乎瞥了一眼推门进来围着自己解说的人，依稀记得这人叫李四，是自己的一个下属，便不以为意了。

王一乎在李四滔滔不绝的解说声里不受干扰地说："留着以防万一嘛。你有没有想过，万一世上还有其他这样的人，到时候跟我们对着干，我们拿什么去当筹码？"

张看川轻描淡写道："那概率也太低了。"

李四解说完了，在他俩面前脱下外套，当场跳了一段四小天鹅。

他们淡定地观看完毕，仍旧不以为意。

因为李四的 buff 就是"百分之百会被不以为意"。

李四这辈子无论说什么做什么，别人都不当回事。就算他赤身裸体在大马路上伴着交响乐做瑜伽，过往路人看见了，也会觉得"哦，没啥大不了的"。

某种意义上，这buff比隐身还可怕，因为如果他在千万人面前突然隐身，也没有人讨论他。

小时候，他的同学如果考了第一，就会被众星捧月地表扬称赞。而他考了第一，却没有一个人会多看他一眼。

有一天他心情郁郁，直接翘课逃学了一整天。第二天他做足了心理准备回到学校，迎面遇到老师。

老师叫住他："哎那个谁啊，帮我把这些作业搬去你们班。"

李四问："……老师你没什么要跟我说的吗？"

老师说："嗯？"

"我逃课了一整天。"

"哦，没什么大不了的。"

李四："？？？"

老师说："认错就好，现在你能帮我把作业搬去你们班了吗？"

李四不死心地问："老师你不打算批评惩罚我吗？"

老师已经在看别的方向了："哦，那你就去罚站吧。"

李四瞪视着老师。李四突然怒吼："我要去校长办公室蹦迪！"

话一出口，他自己打了个激灵。然而老师心不在焉道："别闹了。"

"……"

李四冲到走廊上，对每个经过的同学怒吼："其实我是变态！"

他们似乎多看了他一眼，然后又各聊各的了。

李四就这样孤独地长大，进入了王一平最初所在的那家公司。

顺便一提，他是怎么进入公司的呢？他大摇大摆地走进面试室，直接在HR面前的名册上给自己打了个勾。HR不以为意。

但是进入公司之后，他过得很不如意。虽然可以频频出错而不被刁难，但他奋发向上，却也完全没人认可他的努力。

在团队里，即使他声嘶力竭地强调自己的观点，同事也不以为意。五分钟之后，有个同事突然"灵光一闪"，提出了他刚刚提过的那个点子，而其他人纷纷露出新鲜的表情："好主意啊。"

李四琢磨着想去报复社会，去偷去抢。他敢说如果自己去抢钱，连被抢的人都会不以为意。

但他又临时决定做个人。因为他爱上了隔壁部门的孔落落。

孔落落年轻貌美，业务能力更是强大。但她也没有免疫李四的 buff：李四无论做什么，都无法引起她的注意。

不过仗着自己的 buff，他还是获得了一些便利。他不用偷偷暗恋，他可以每天给她送花，为她倒茶，甚至站在她面前朗读情诗。反正所有人都不以为意。

他就这么坚持了半年，终于有一天，当他又一次站在她面前朗读情诗时，她突然问："你在干吗？"

李四说："……念诗。"

孔落落问："为什么？"

李四的心脏疯狂跳动起来。这辈子第一次有人打探他的动机。

李四说："因为我喜欢你。"

"啊……"孔落落似乎愣了愣，但下一秒就被别的事吸引了注意。

李四没有气馁。他觉得持之以恒，她总会注意到自己的。因为有这个念想，他不敢报复社会，生怕成为让她厌恶的人。

一周以后，他正在对孔落落朗读莎士比亚，孔落落突然抬头："！！！"

李四不知道发生了什么事。他只看见孔落落如同受到某种神秘的召唤，冲出了房间，冲上了楼梯。

李四连忙跟着她跑，发现她停在了茶水间门外。

原来，王一乎这时独自在茶水间倒咖啡，旁边一个人都没有。

那根据"百分百被旁白解说"的 buff，与他物理距离最近的孔落落就被命运安排过去解说了。

李四跟在孔落落身边，看着孔落落神情陶醉地说："我的天哪，这样优雅而又矫健的倒咖啡动作真的是人类做出来的吗？"

就在那玄妙的一瞬间，李四听到轻微的迸裂声。他的眼前有一层滤镜被打碎了。

强刺激之下，他的 buff 暂时压制了王一乎的 buff，他突然察觉了王一乎的异常。

从此他留意起了王一乎。虽然王一乎的 buff 对他依旧有影响，时常让他觉得英明果决、光芒万丈，但由于心里有这么一片阴影，他模模糊糊地意识到这不正常。

他开始质疑彼此处境的对比，思考王一乎比他究竟强在哪里。他分析了方方面面，终于隐约猜到了异常之处。

就在这个时候，王一乎引咎辞职，出去创业了，留下一地传说。

李四在王一乎出去创业之后，也赌气跳槽了。他心中憋着无名之火，要证明自己也能在世上干出一番事业。

跳槽就像当初应聘一样，对他来说易如反掌。他选择了一家巨头公司，跟张看川所在的巨头公司是竞争对手。

但他在新的公司依旧混不出名堂。新的公司虽然没有王一乎这种压倒性变量，但他的处境在一堆普通人中也没有任何改善。

李四固然可以干很多出格的事，求财求权而不被追究责任。但他的需求是被人重视、被人仰慕，而这个需求永远得不到满足。

眼见着王一乎的创业顺风顺水，还被巨头收购，李四扭曲的内心逐渐生出了一个执念。

他要把王一乎踩在脚下，让王一乎在众目睽睽之下对自己认输。如果从王一乎口中说出认输的台词，那至少大家会永远记得自己的名字。

李四决定去王一乎身边当卧底，盗窃他们的关键技术，献给自己的公司，立下惊天功劳。

李四说服了自己的上司。具体操作是：他坐在自己上司旁边，对他耳语了一万遍"让我去当卧底吧"。

上司虽然对他干了什么不以为意，但终于在潜意识里接受了心理暗示："那你去吧。"

李四没有想到的是，在王一乎手下打工会对自己造成严重的创伤。

每个人都对他不以为意，但每个人都把王一乎奉若神明。他根本撬不动任何人的嘴，获取不到任何商业机密。

他只能对王一乎本身下手。但他自己也并不能完全克服王一乎的 buff。

王一乎说一句"这个项目很重要"，他就满脑子都是："！！！是的这个项目决不能搞砸，那我必须全力以赴！"半小时后才会回过味来，恨得撞墙。

不过由于他多少可以观察王一乎，他也就逐渐发现了王一乎跟张看川之间，好像有点什么。

王一乎只有在面对张看川的时候，态度会突然转变，不再是一副对什么都胜券在握的漫不经心的样子，而是满脸郑重投入。

而张看川看王一乎的目光也跟所有人都不一样，不是那种狂热的崇拜和无条件的信任，而是非常沉静，隐约还有点合作无间的默契。

李四试图从这里下手对付王一乎。

一次团队开会，所有核心成员都在。他故意当着众人的面，毫不拐弯抹角地问王一乎说："你跟张看川之间是什么关系？"

他没有必要拐弯抹角，因为大家都会对他的问题不以为意。大家只会在乎王一乎的回答。

但这一次他失策了。王一乎认真地盯着他，似乎在考虑怎么回答，又似乎在疑心他为何会问出这种明显暗含敌意的问题。

可惜王一乎这种疑心只持续了三秒钟，就被他的不以为意 buff 压制了。

王一乎说："朋友呗。"

而王一乎刚才那三秒钟的盯视，似乎赋予了李四空前绝后的存在感。

王一乎的助理徐小月在解说"老板人缘实在太好了跟大家都是朋友呢"之余，多看了李四一眼。

会后，徐助理走过李四身边时，轻描淡写地说了一句："我们要认清自己的位置，别打探老板的朋友圈子哦。"

徐助理说这句话的本意，也许只是想让李四专注工作。但是听在李四耳中，却是赤裸裸的轻蔑和敌视。

那句"认清自己的位置"就好像在提醒他，他这种人一辈子只配被王一乎踩在脚底。

李四心中对王一乎积压已久的仇视，在这一瞬间沸腾成了滔天恨意。

10

一个月后，王一乎在办公室里，挨个儿叫下属来做绩效总结。有的表扬几句，有的敲打一番。

轮到李四。

王一乎对这个人几乎毫无印象，记忆一片空白。但他对这种反常的空白不以为意，随口敷衍道："嗯……表现不错，再接再厉。"

李四："！！！我从未听过如此振奋人心的鼓励之语！"

李四："……"

李四花了一分钟时间才摆脱王一乎的 buff，忍着恶心站起来，一把抓住王一乎的茶杯扔出了窗外，然后单手表演了几个侧空翻，走了。

轮到徐助理。

王一乎说："这个季度你略有懈怠啊，预期目标有几项没有完成。"

徐助理："！！！"

徐助理的天空当场失去了颜色，泫然欲泣，滔滔不绝地开始自我检讨。守在门外的李四听见抽泣声，暗想撬墙脚的机会来了。

王一乎知道自己这 buff 的可怕之处，稍微敲打了两句后，连忙补充道：

"但你的综合能力还是很出色的，我相信你会很快找回状态。"反手帮天空恢复了颜色。

徐助理一走出办公室，李四就跑到她身边连声安慰："老板太不体恤人了，怎么能那样对你说话？"

徐助理不知道他是怎么偷听到对话的。她狐疑了一秒，随即不以为意："老板挺好啊。"

李四："……"

李四重整旗鼓："我只是想安慰你，在他手下干活很难受吧，那么个自大狂。"他担心一遍不够洗脑，索性开启了复读模式，"那么个自大狂，那么个自大狂，那么个自大狂……"

徐助理皱眉望了他一眼，随即不以为意地打断了他的复读："不关你的事吧？摆正自己的位置，工作去吧。"

又是这句话！

她的目光从惊讶转为漠视的一瞬间，李四仿佛看见映在她瞳孔中的自己，从一个人变成了一只蝼蚁。

李四攥在手心的指甲嵌入了肉里，调整出一个假笑，朝她追了上去。

11

第二天，王一乎坐上飞机，去大洋彼岸出差，在空中飞了十几个小时。

落地之后，风云突变。

他刚一开机，那手机就跟羊癫疯了似的震动个没完，无数短信和未接电话提示海啸般涌入，他一眼瞥见其中一条，似乎是个新闻标题："……XX公司深陷舆论风波……"

正是他的母公司。

就在出神的这几秒钟，又有人打来了电话。王一乎隐隐觉得不妙，点下拒接，继续看那条新闻，背脊一阵发寒。

他前脚刚上飞机，徐助理后脚就跳楼身亡了。

这个楼跳得轰轰烈烈——她在母公司重要的活动上，在无数主流媒体的直播镜头中，直直坠落在几个大老板面前，摔得血溅三尺。

这条骇人听闻的惨闻以火箭般的速度成为超级热点，街头巷尾人人皆知，压都压不下去。人们调取了监控录像，发现她确实是自己跳下去的，而且看上去神志清醒。

于是社会将矛头指向了公司，质疑这个公司到底对可怜的员工做了什么，以至于她要以死亡作为报复。

两个小时后，一段录像被发送给了各大媒体，然后迅速出现在了公众面前。

录像内容是王一乎跟徐助理的绩效谈话的前半段。徐助理开始抽泣着道歉时，视频戛然而止，在最后意味深长地放大到了王一乎面无表情的脸。

王一乎脚下发飘，梦游般走进机场，去取行李。他身边站着不少中国游客，都在低头摆弄手机。王一乎瞥了一眼身旁的小伙子，发现对方的手机正在播放那个视频。

与此同时，对方也抬起头看到了他。

小伙子的表情忽阴忽晴，混乱到了极致。王一乎这辈子除了张看川，还从未在别人脸上见过这种警觉与敌意。

小伙子问："你是不是这个王总？"

王一乎说："……是我。但这事跟我没关系。"

按理来讲，他只需要说这一句，小伙子就会自动放下戒备为他开脱三百句。

然而小伙子僵硬了数秒，突然大声解说道："不，没那么简单，你虽然神情自然，但双目中流露出的紧张却暗示着某种巨大的阴谋！"

王一乎如坠冰窟。

四周的人也发现了他，渐渐聚拢过来，七嘴八舌道："他的手部姿势似乎在口袋里藏了武器！""有杀意，我从未感受过如此浓重的杀意……""不好，他看过来了，这种目光意味着什么？！"

王一乎从来没想过，只需要一次强刺激，自己这 buff 就能如此轻易地变成 debuff。某种牢不可破的东西出现了裂纹，并且一发不可收拾地支离破碎。

眼见着即将被人群团团包围，他抓过行李夺路而逃，身后的男女老少穷追不舍，解说声汇成了蝗虫般惊人的声浪。

被他攥在手里的手机震动起来，是张看川的通话邀请。

王一乎一接起，张看川开门见山道："XX 出口，我替你叫了车，车牌号 XXXXX，他会把你送到酒店。锁上房门等我，我几小时后到。"

他居然是飞在半空用 wifi 处理的这一切。

王一乎勉强摆脱追兵，冲进了网约车里。司机显然还对新闻一无所知，用鸟语热情解说了他狂奔的英姿。

王一乎躲进酒店房间，缩在淋浴头下瑟瑟发抖。

张看川赶来之后径直走进房间，王一乎正颓然坐在窗边，头发还在往下滴水。

王一乎说："你嘲笑我吧。"

张看川："……"

王一乎说："你早就预言了我迟早有今天，是我太自大侥幸，这下好了，背了条人命。"

张看川："……"

王一乎叹息："我知道自己每句话都会对别人造成心理暗示，所以说完那几句话之后又特意开导了她，没想到她居然恨我到这种地步……"

张看川打断道："也就是说，视频没有录入全部对话，被剪掉了后半截。"

王一乎似懂非懂地望向他："那不是理所当然的吗，她要报复我呀。"

张看川冷静道："不，我不觉得她是为了报复你，我也不觉得这一次是你的 buff 坏了事。"

王一乎愣住。

张看川说："第一，时机太巧了，一切恰好就在你飞行断网的时候发生，不给你任何还手的机会。这不像是冲动自杀者的行为，倒像是早有预谋。第二，

108

你的 buff 太强大了，我见过你的徐助理，能看出她对你死心塌地，这一点至少在绩效谈话之前不会改变。所以提前安装摄像头录下对话的人，不会是她。我觉得幕后黑手另有其人。"

王一乎难以置信道："你相信我？"

"我要是不相信你，何必赶来帮你？"

王一乎热泪盈眶地抓住他的手。

张看川僵硬道："……过头了。"

张看川抽出手来，在床上坐下："不过这场死亡好像对公众造成了可怕的精神影响，现在所有人都对着你的照片、视频，把你往灭世魔王的方向解说。"

"是的，他们对我真人也这样。我现在连眨眨眼睛都是在对同伙发送摩斯电码。"

张看川笑了笑："那就很讽刺了，现在我倒变成世上唯一一个相信你的人了。"

不幸中的万幸是，张看川是世界上最理想的帮手。他很快找来纸笔，逼着王一乎复述出徐助理死前那一天发生的所有事情，并认真追问了无数细节。

"……然后我又面试了下属四号，接着就轮到徐助理了……"王一乎回忆道。

"下属四号有什么异常行为吗？"

王一乎回忆了一下那只被扔出去的杯子和那几个侧空翻，不以为意道："没有。"

张看川搁下笔吁了口气，慢慢分析道"我之前想，这个人既然能对你下手，首先需要对你产生恶意。而对你产生恶意的前提是……"

"对我的 buff 免疫？"

"我一直是这样考虑的，但是，如果这人对你免疫，那他在人群中必然格格不入，就像当初的我一样。我们应该很容易发现他。结果这样听下来，你身边似乎找不出可疑人士。"

俩人陷入沉思。

王一乎突然说："也许我的思维存在盲区，只是我自己没发现。"

张看川一拍手："有这个可能。还是得回去搜寻一下证据……这样吧，你不是说老外没看新闻，对你的解说还是正面的吗？你就留在这里待一段时间，我回去查查看。"

王一乎立即拒绝："不行，我不能让你一个人去冒险！"

"别天真了，我没有什么危险，倒是你回国寸步难行，那 buff 还会碍事……"

"张看川，那是个杀人犯。他也许还会干掉更多人。既然他是冲着我来的，我决不躲在你身后。"

张看川："……"

第二天，王一乎戴着帽子墨镜和口罩下了飞机，走进了国内机场，一路上紧紧躲在张看川身后。

张看川咬着牙没有推开他。

12

他们一回到公司，就发现大门前拉起了横幅，里三层外二层地围着人。

家属来闹事了。

王一乎被媒体和看热闹的人群远远隔在外头，只听见家属被扩音器放大的哭诉声："……三天两头加班，那黑心老板还指责她工作懈怠……母亲重病住院，下班了还要去陪护，每天睡在医院里，做上司的一点儿援手不伸，反而求全责备，把她往死里逼……"

王一乎："……"

张看川拍了拍他。

王一乎茫然道："她没说过母亲的事啊。"

张看川说："那就是她不希望其他人知道。别自责了，你最后留给她的话不是责备是鼓励，她不会恨你的。"

张看川的手机震动了。他低头看了一眼，神情凝重："公司叫我们回去开会讨论这件事。你做好心理准备，为了平息民愤及时止损，他们很可能会……"

"开除我。"

公司如果不开除王一乎，那么"包庇罪犯"这顶大帽子所造成的舆论影响与隐形损失是不可预估的。

张看川说："所以我们更要尽快行动。这样，我回一趟公司，你先去躲着。你家现在说不定有媒体蹲守，去我家吧。这就发你地址。"

"你要去开会吗？别逞强，他们现在听不进不同意见的！"

张看川嗤笑道："放心吧，我又不是傻子。我只是去把这几天的监控录像搞到手。徐助理跳楼前，幕后黑手要么是怂恿了她，要么是威胁了她，总会留下蛛丝马迹的。"

王一乎说："没用的，警察肯定都查过了。"

张看川没吭声，似乎有什么模糊的想法不便拿出来讨论，摆摆手走了。

王一乎也想立即撤，但家属撕心裂肺的哭声一阵一阵地传入耳中，他双腿灌了铅似的迈不开步子。

只是迟疑了这么几秒，他的超高存在感就成了诅咒。

家属："！！！"

家属泪眼婆娑地抬起头："那，那道身影是……！"

王一乎戴着口罩和墨镜，路人们甚至还没认出他，口中已经不由自主地开始了解说："是什么刺痛了我的眼睛？是那徘徊的步履还是那阴冷的目光？"

有眼尖的媒体认出了他："是他！是王总！"

寂静三秒之后，成百上千个路人同时开启了解说模式，一边大喊着什么一边朝王一乎包围而来，场面犹如丧尸围城，令人毛骨悚然。

王一乎拔腿就逃，还没跑出三米就被人拽住衣角，拖倒在地上。

王一乎绝望地说："我是无辜的！"

众人："！！！他说这话一定是为了误导我们！"

人群一拥而上。眼见着即将被人潮淹没，王一乎手中的手机屏幕突然亮了。

张看川发来了三个字："反着说。"

王一乎："……"

王一乎大喊一声："我身上绝对没有绑炸弹！！！"

下一秒，千山鸟飞绝，万径人踪灭。

13

王一乎目送着人群一边尖叫着什么一边绝尘而去，爬起来一瘸一拐地往前走去，颤抖着长吁一口气："可算是逃过一劫。"

李四说："是啊，好险。"

王一乎转头看了一眼跟在身边的李四，不以为意。

张看川的高级公寓就在附近，王一乎跟李四一前一后地赶去。

李四之前已经在公司大门外蹲了一天，就蹲在家属边上。

他听了一天家属的泣诉，听得冷汗浃背，面色铁青，难以自持地抱住了头。当然，没有人在意。

他不了解徐助理。没有人了解他，他也从不费心了解别人。

但这次不同以往了。这条生命消失在他手上，他才发现她不是一个符号，不是一道剪影，而是一个女儿，一个妻子，一个本本分分、在生活的苦海里努力维持尊严的员工。

他杀人了。

身边的路人来来去去，痛骂着王一乎，却都轻巧地绕开了抱头蹲地的他。他不用受到任何责备，不用付出任何代价。因为他跟这个世界之间本就没有契约。

他没出生过，没存在过。

李四的衣服干了又湿，他觉得自己要脱水了。

就在这时，王一乎出现了三秒钟，顺理成章地吸引了所有火力。

人群散去后，李四不由自主地朝着王一乎走去。

李四自己也无法解释自己的行为。

李四问："所以，你猜出徐助理为什么跳楼了吗？"

王一乎说："没有，不过这件事背后一定有一个可怕的黑手。"

李四："！……"剩下的感叹号刚冒出半截就被他自己压了回去。

王一乎没有听见解说声，略觉蹊跷地看了李四一眼，但这一次他的注意力也只集中了两秒。

李四沉默良久，一直跟着王一乎走到了张看川家门口，才说："那个人应该很厉害吧？"

王一乎随口道："是个聪明人啊，简直把我耍得团团转。"

李四露出一个古怪的微笑，走了。

李四走远了，才从口袋里摸出手机，一遍遍地播放录音："是个聪明人啊，简直把我耍得团团转……"

李四记下了张看川家的住址，.群发给了所有媒体。

14

张看川还没到家，就发现大事不妙。

他住的那栋高级公寓楼现在被堵得水泄不通，有疯狂的记者甚至在试图顺着水管爬上十楼，从窗口拍摄。

张看川当机立断地躲回了车里，打电话给王一乎："怎么回事？"

王一乎那头传来"哐哐"的砸门声："不知道啊，我顶不住多久了！"

张看川说："我弄到了录像。"

"那你快发到我邮箱，我们一起看看！"

张看川照办了。他们各自快进着看完，追溯了徐助理跳楼前接触的所有人，却没有找到异常之处。

王一乎那边传来的砸门声越来越响了。

王一乎乱了阵脚："这回怎么办？"

张看川吁了口气："给我三分钟时间思考。"

"快点儿，门要开了，我不敢用 buff 驱散他们，我怕闹出踩踏坠楼事故！"

张看川挂了电话。

他们固然可以反向利用王一乎的 buff 为他开脱。只要他承认罪名，人们就会将他朝着"替人顶罪"的方向解说。但问题是这样就会打草惊蛇，引起真正的黑手的警惕。

他们不仅要洗清王一乎的名声，还要揪出黑手，此事才算真正了结。

王一乎绝望地倒数了 180 秒，张看川的电话又进来了："开门。"

王一乎问："你疯了？"

"不要紧，我也在门外。开门放他们进去吧。"张看川如此这般地嘱咐了几句。

王一乎瞬间五体投地："都听您的。"

王一乎一咬牙打开了门，张看川被记者组成的巨浪卷进了家门。

王一乎站在书房门口，面对蜂拥而来的人潮，临危不惧道："进来呀，都进来。"

所有人紧急刹车。

王一乎随便点了个看起来比较灵光的记者，说："只有你除外，你绝对不能进来。"

那记者高声痛斥着他的阴谋，夹杂几句对父老乡亲的遗言，毅然决然地进了书房。

张看川也跟了进来，打开电脑让那记者看屏幕。

王一乎迟疑了一下："……真的有用吗？"

张看川冷静道："我不确定，但我们别无选择。如果这个黑手的 buff 真是我推断的那样，那我们就只能寄希望于你的 buff 能强过他的。"

王一乎清了清嗓子，指着录像对记者说："这个红衣服的绝对不是我的同伙。"

记者："！！！这句话看似理所当然，但一定是在掩盖什么。这个红衣服的行为似乎没有特别之处，但细细观察就会发现，他的行走方式略有异常！"

张看川也凑过去看了看："这是我们部门的小李，一直有点瘸。下一个。"

王一乎说："这个灰衣服的绝对不是我的同伙。"

记者："！！！虽然你费心洗白，但瞒不过我的眼睛，他一天去了三次洗手间！"

张看川说："下一个。"

时间一分一秒地流逝，被关在门外的记者们又开始躁动挠门。王一乎不安地回头看了一眼。

张看川断然喝道："集中注意力，把你的 buff 发挥到极限！"

王一乎颤声道："万一我们猜错了……"

张看川说："那就一起死。"

王一乎吸了口气，斩钉截铁道："这个黑衣服的绝对不是我的同伙。"

有那么半分钟的时间，记者没有说话。

不祥的沉默笼罩了书房，连外头的记者们似乎都察觉到了某种气流的冲撞，逐渐安静下来。

王一乎和张看川目光灼灼地盯着记者。

记者的额头不知何时已经盈满冷汗。

良久，他颤抖着说："你说得对，这人没什么异常。"

王一乎："……"

张看川："……"

张看川一只手紧紧抓住王一乎的肩头："努力。"

王一乎说："这人没什么异常！"

记者："对，这人没什么异常……"

"努力！！！"

"这人没什么异常！！！"

记者前后摇晃着身躯，连脖子都涨红了，突然喝道："你骗鬼去吧，这个黑衣服的在受害者耳边趴了足有一个小时，一直在嘀咕些什么！"

……

更长的寂静。

王一乎缓缓放大了那个视频的画面："你能看出他的口型吗？"

张看川无视了还在滔滔不绝阴谋论的记者，眯眼猜测道："'你应'……
'你应该去'……"

记者："'你应该去跳楼'！他就是这个口型！你们还有什么好说的！"

王一乎和张看川面面相觑。

王一乎难以置信道："为什么我们之前没有发现？"

张看川说："我们发现了。但我们不以为意。"

15

王一乎公司的会议室里，针对徐助理跳楼事件的大会已经接近尾声。
大家一致通过了开除王一乎的决定，并讨论了一系列安抚亲属和公关通稿
的问题。

李四就在这时推门而入，爬到会议桌上，俯视着全场，抓起麦克风举到
了嘴边。

所有人不以为意地看着他。

与此同时，王一乎正在警察局里，指着录像冲一群警察疯狂嘶吼"这个
黑衣服的家伙绝对没有教唆自杀"。

李四对着麦克风清了清嗓子："是我干的。"

所有人不以为意地看着他。

李四说："告诉你们也无妨，因为教唆一个神志清醒的成年人自杀，目
前还构不成犯罪。你们拿我无可奈何。"

李四笑了笑："我怂恿她去死，是为了报复她对我的轻蔑和漠视。事实上，
我希望在座的各位都去死。"

所有人不以为意地看着他。

李四面无表情地环视全场一周，似乎直到此刻才做了一个最终决定，他耸耸肩说："但还是算了吧。那么，再见了。"

与此同时，张看川正在王一乎身旁，淡定地对一群面色苍白的警察说："相信你们现在都领悟此人的危险性了。他已经导致了一起死亡事件，谁能保证没有下一起呢？我们知道目前无法关押审判他，但我们只有一个诉求。"

李四已经走出了会议室，走出了公司大门，消失在了长街尽头。

良久，会议室里有个人犹疑不决地说："他认罪了。"

另一个人点头："他还逃了。"

他们恍恍惚惚地对视着："但这事儿重要吗？"

李四转去了他以前的公司，找到孔落落，将一只 U 盘塞到她手里。U 盘上用记号笔写着"请在一周后打开"。

孔落落接过来，既没问他的来意，也没问 U 盘里是什么东西，不以为意地顺手放到了办公桌上。

李四目不转睛地盯着她。

如果他想要用复读大法洗脑她，这就是最后的机会。他可以复读一万遍"你喜欢我"，没准儿她从此就死心塌地地爱上了自己呢？

但不知为何，他唯独不愿对她使用这招。

潜意识里他很清楚，即使自己没有这 buff，她也并不会对自己动心。恰恰相反，如果没有 buff，自己这样无休无止的示爱只会让她感到厌恶和恐惧。

但他尽量不去那样想。他把一切归罪于 buff，尽情地感动于自己的一腔痴情，伤怀于彼此的有缘无分。

李四凝视了孔落落十几秒，终究什么也没做就转身走了。仿佛这样做的时候，自己也从尘埃里拔起了三厘米，成了稍微高尚一点的人。

警察们开了几天会。在此期间王一乎挥洒了无尽的汗水。终于警方得到上级批准，从所有渠道放出了通缉令，同时出动警力去追查李四的行踪。

他们很快发现李四根本没有费心掩盖行踪。他居然去旅行了，山山水水走一遭，一路下飞机上火车，如入无人之境。

即使有人看见了他的脸，也只会心想"这人是通缉犯吧，不过好像不是什么大事"。

但他越走越偏，终于在某处荒凉的雪山附近断了踪迹。

王一乎张看川跟着警察追到那雪山，搜寻良久，才发现一行被掩埋得差不多的足迹通向山顶。除此之外，四下杳无人烟，完全是荒山野岭。

警察："不知道躲到哪个石缝里去了。天快黑了，只能先下山，明天再来搜吧。"话虽如此，他们都知道这样拖下去希望渺茫。

王一乎沉思良久，说："只能这样了。"

张看川："？"

王一乎对警察们说："你们先撤，我们两个再转悠一下。"

警察："！！！这决定看似鲁莽，但背后必有一番考量，莫非他们隐藏着什么不便示人的绝妙计划？"——警察现在信任王一乎了，解说又正面起来。

警察先走了。

王一乎开始往山顶爬。

张看川问："你在干吗？"

王一乎爬到了雪山之巅，最后一抹金红的夕照铺开在白雪上。他深深看了张看川一眼，原地趴下，做起了俯卧撑。

张看川问："你在干吗？"

王一乎说："等几分钟。"

王一乎连做了几分钟的俯卧撑。就在他气喘如牛快要瘫倒时，远处传来了微弱的动静。夕照中有人披风踏雪，狂奔而来。

张看川是不会解说王一乎的。那根据王一乎"百分百被旁白解说"的buff，这方圆百里，与他物理距离最近的李四，就被命运安排过来了。

李四身不由己地狂奔到王一乎面前："！！！这俯卧撑……"

李四深吸一口气，为了抑制住自己的解说欲而屏住呼吸，憋得脸色发紫。

李四说："你来了。"

王一乎说："我来了。"

李四轻蔑地扬起头："但警察没有理由关押我，因为我的行为构不成犯罪。你们就算抓住了我，回头也只能放我走。你们已经输了。"

王一乎说："我知道。"他顿了顿，"但我不以为意。"

寂静几秒，突然有人"扑哧"一笑。

王一乎惊讶地看着忍俊不禁的张看川，然后也被传染得笑了起来。

李四恼羞成怒："你们觉得这很好玩吗！"

但他们对他的怒火不以为意，笑得更开心了。

李四从怀里掏出一把刀子，冲向了王一乎。

这三秒仿佛被拉长了一百倍，王一乎眼睁睁地看着李四冲到面前，手中的刀子闪烁着寒光，却不由自主地不以为意，全身肌肉放松得犹如吃了软筋散，连躲避的劲儿都提不起来。

还是张看川挣扎着喊了一声："用你的 buff ！"

王一乎懒洋洋地打了个哈欠。

李四的动作被强行中止，僵硬在半路上："！！！这个哈欠……"

王一乎的 buff 和李四的 buff 此消彼长，趁着暂时压制住对方，他连忙弯下腰抓了一把雪，朝后退去。

李四扇了自己一巴掌，咬牙咽下解说，穷追不舍。

王一乎丢出第一个雪球。

"！！！这个雪球……"

王一乎丢出第二个雪球。

"！！！这个大雪球……"

张看川抓住一切机会，试图嘴遁李四。

张看川说："死去的徐助理是个平凡的人，天资有限，工作辛苦。但她从不怨天尤人，一直努力靠双手改变着命运。而你，让她所有的憧憬都戛然而止。你恨她什么？难道'默默无闻'就那么可怕吗？"

李四咆哮道："就那么可怕！！！"

李四咬牙切齿道："你们又知道些什么？你们这些活在聚光灯下的人，怎么知道生为蝼蚁、拼尽全力一辈子也只是避免被踩死的感受？"

然而王一乎根本没在听，有这工夫已经跑出了二十米。

张看川也没在听，但却策略性地集中精神，直勾勾地盯着李四。

李四有生以来头一遭接受这种心无旁骛的凝视，霎时间几乎被那视线灼伤，不由自主地退了半步。

张看川没有忘记自己来此地的任务："告诉你一件事，buff 是可以放弃的。只要你从心底里完全舍弃它，它就会自动消失。"

李四说："不可能。"

张看川说："你的 buff 到现在都没有消失，原因只有一个……"

李四说："闭嘴，你在撒谎。我怎么可能不愿舍弃它？我恨透了它！"

"你恨透了它，但也依赖着它。你在这个世界之外待了太久，没有勇气重新走进来。你偷偷享受着肆意妄为的便利，享受着冷眼旁观的乐趣……最关键的是，你还享受着把一切失败归罪于 buff 的心安理得。"

李四："……"

王一乎见张看川成功控场，又兜了回来，补刀道："你是个 loser。"

李四："！！！这句话……"

李四咽回解说，双目充血："那你呢？你不也没放弃自己的 buff 吗？你配得上那些万众瞩目、一呼百应吗？"

王一乎不以为意道："但你还是个 loser。"

李四一刀捅向王一乎。

王一乎在最后半秒敷衍了事地躲了躲，刀子没入了他的胳膊。

李四："！！！这血……"

王一乎剧痛之下登时神志清明，求生欲终于姗姗来迟，反手拔出刀子，跟跟跄跄地刺向李四。

王一乎的 buff 在这一瞬间高涨到极致，愣是逼着李四把一句完整的解说吐了出来："！！！这一招看似破绽百出，却留有后手！"

李四避过刀刃矮身一推，王一乎倒了。

李四："！！！这一倒看似狼狈不堪，却暗藏杀机！"

李四全神戒备着一脚踹去，王一乎翻滚着飞出了三米。

李四："！！！……"

王一乎迅速被打了个半死。

张看川拼命克服着自己的不以为意，冲过去拉扯李四，口中还在竭力劝说："你以为你是第一个拥有这种特殊能力的人吗？你不是。在你之前还有无数这样的人，那些连环杀人案里销声匿迹的凶手，那些躲在黑暗里不见天日的罪人……难道你也想继续堕落下去，成为那样的人吗？"

李四顿了顿，露出了一丝古怪的笑意："不。我已经做好准备，带着这该死的诅咒一起下地狱了。"

王一乎抓着山岩奄奄一息地爬起来，闻言一怔，随即不以为意。

李四红着眼睛看着他："但既然上天安排你出现在这里，大概是对我最后的指示吧。下地狱的可不该只有我一个啊！"

李四一拳击倒张看川，然后握着刀子逼近王一乎。

王一乎背靠着山岩，躲无可躲，只能试图使用 buff："停……停手！"

然而这一刻，李四的 buff 带着排山倒海的杀意压过了王一乎的 buff。李四连一个感叹号都没冒，步履毫不停顿。而王一乎却被毁灭级的"不以为意"淹没，靠在山岩上躲都不愿躲。

李四突然绊了一下。张看川趴在地上抓住了他的脚踝。

李四杀红了眼，也不在乎再多带走一个，俯身提刀便刺。

王一乎瞳孔骤缩。

这是玄妙的一秒钟，李四的眼前忽然一黑，依稀闪过了万古星辰，再恢复视线时，刀已经刺了下去——完全没入了王一乎的背心。

王一乎在最后时刻冲过来替张看川挡了一刀。

王一乎痛哼一声，栽倒在张看川身上，断断续续地说："我就说这buff……留着有用。"

张看川震惊到说不出话。

李四："！！！这个挡刀的动作……"解说到一半，戛然而止。

他的解说欲凭空消失了。他再也感受不到王一乎的 buff 了。

李四脑中一片混乱，下意识地要去拔刀。

有人轻而易举地推开了他。张看川翻身爬起来挡在王一乎身前，冷冰冰地对着他。

李四更混乱了，因为他分明感到了对方的目光落在身上时，有了沉甸甸的重量。

李四说："我的 buff，也消失了？"

张看川还没来得及回答，突然感到一阵不祥的震动——刚才那一下 buff 与 buff 的对冲释放了巨大的能量，他们脚下一整块山岩颤抖着断裂开来，带着他们缓缓滑向了万丈深渊。

张看川和李四同时本能地冲向旁边稳固的山体，王一乎却半死不活地趴在那块山岩上，动弹不得。

张看川喊道："伸手！"

王一乎挣扎着伸出手，张看川抓住了他，却拖不动他。

千钧一发之际，李四又跳回了那块即将滑落的山岩，揪起王·乎抛给了张看川。而山岩却在反作用力下加速了断裂，土石簌簌而落。

李四在彻底坠落前回头看了王一乎和张看川一眼。

他们满脸都写着感叹号。

李四当时似乎是笑了一下。

16

这起事故发生后的第三天，孔落落终于注意到了办公桌上的 U 盘。

她想起这是李四递给自己的，困惑地打开其中的文件，发现是个音频。

王一乎的声音没头没尾："是个聪明人啊，简直把我耍得团团转……"

除此之外还有一段没头没尾的文字："当你注意到这个 U 盘时，我应该已经死了。既然我死了，王总的嫌疑应该已经洗清，他的 buff 也该恢复正面作用了。希望他的声音会让你永远记住我。"

孔落落听了几遍，还是莫名其妙，只好将之扔到了抽屉里。当天下班时，她已经将这件事抛在了脑后。

李四千算万算，终究没算到王一乎的 buff 会消失。

⟨17⟩

与此同时，王一乎躺在医院里，百无聊赖道："给我削个苹果呗。"

张看川低头削苹果。

王一乎等着苹果，突然说："好安静啊。"

张看川说："？"

王一乎说："我的世界里终于没有解说声了。"

张看川说："遗憾吗？"

王一乎说："倒也没有。至少现在可以听清你的声音了。"

铸_

-林晔-

审讯室里的灯光白晃晃的，林晔几乎睁不开眼。

"姓名？"桌子对面的男人问。

"林晔。"

"年龄？"

"二十九。"

"工作？"

"互联网公司，搞技术的。"林晔使劲揉了一下眼睛，"同志，灯光能不能调暗一点儿……"

男人没搭理他，将手中的笔转了一圈："说说今晚的事吧。"

男人身材高挑，长着一张棱角分明的脸，望过来的目光出奇的冷漠和锐利，仿佛在透过显微镜凝视细菌培养皿。

林晔咕哝道："我记不清了。我喝了很多酒。"

"我来提醒你一下。"男人说，"今晚九点半，我们抓住你的时候，你正在湖滨商场六楼，用毛衣把一个窨井盖捆到一名男子的身上。"

124

片刻沉默。

男人似乎也思量了一下这整件事要从哪里开始盘问，最后做出了选择："窨井盖是哪来的？"

"撬的。"林晔老实巴交地说。

男人提笔"唰唰"记了几个字："为什么偷井盖？"

"我不是为了偷，我是为了跳下去。但我刚刚撬起井盖，交警就开着车子来追我了。我一时害怕，拔腿就跑，我跑进商场跑上六楼，才想起来井盖还在我手里。"林晔揉了把脸，"我喝多了。"

他双目无神，透着静静的绝望。

"那你为什么要把井盖绑到别人身上？"

"我想嫁祸给他。"林晔又老实巴交地说。

男人记到一半愣了愣，抬头望着林晔："你的叙述跟我们查到的监控记录完全不一致。监控显示，九点十五分，你走在街上，发现有个小偷在偷包。你上前将他制伏，把包还给了失主。接着你接了个电话，原地转了几圈，突然跑去撬起井盖，又抱着井盖去追刚才那个小偷，一路追上六楼，最后将井盖绑到了他身上。"

林晔低着头不吭声。

男人面对这件事里铺天盖地的槽点，再度犹豫了几秒，挑了下一个问题："电话是谁打来的？"

"乔……乔靖。"

"乔靖是谁？是他指使你偷井盖的吗？"

"不是。"林晔立即说，"乔靖是……我正在追求的姑娘。我今晚跟她有约，但抓小偷耽误了时间，所以迟到了，她只是打电话问我到哪儿了。"

"那你为什么接了她的电话就要去撬井盖？"

林晔不说话了。

如果他抬头看看男人的表情，就会发现对方那一脸冷漠正在变成可疑的凝重。但男人并未让这情绪渗透进自己的语气里，听上去仍旧气定神闲："嗯？"

"因为我为了壮胆，出门前自己先灌了两瓶……"林晔盯着地板看了半天，冒出一句，"算了。"

"算了？"

"这事儿说了你也不会相信的。你们就把我当偷井盖的拘留吧。"林晔自暴自弃地说。

男人顿了半秒，一掌拍向桌子："你还摆起谱来了？给我老实交代！"

"……"

林晔叹了口气："我喝多了才会管闲事抓小偷。乔靖打电话来时，听见我气喘吁吁的，周围还很嘈杂，就问我怎么了。我总不能说我刚抓了个小偷，她不会相信的——"

"她怎么就不会相信了？"

"——所以我就想找个别的理由。但我喝多了，脑子比较乱，我这边看看那边看看，瞧见路边有个没盖好的窨井盖，就随口说我掉进窨井里——"

"这个理由比抓小偷强在哪里？"

"——她听了特别着急，问我在哪儿，她要来找我。我左思右想，事已至此，我只好真的跳下去。"

男人一时说不出话。

林晔却破罐子破摔地说了下去："但我正准备跳时，突然又想起，我口袋里装着个不能进水的东西，原本是想给乔靖看的。我一摸口袋，却发现东西不见了——"

"什么东西？"

"——我心想肯定是刚才扭打的时候被那小偷摸走了。我急得抱着井盖就去追他，追到六楼才追上。我把他撞倒在地，搜他的身，却找不到我的东西。那东西不值钱，肯定被他丢了——"

"到底是什么东西？"

"——我万念俱灰，想杀了他。但这时你们追过来了，我没时间揍他，只好把井盖塞给他，让他替我进局子。结果他死活不接，我就脱了他的毛衣，把井盖绑到了他身上。"

林晔长出一口气，抬头木然地望着男人："就说你不会相信的。你信吗？"

男人倾下身，冷冷俯视着他："我最后问一遍，你故事里的这个东西，是什么东西？"

林晔突然崩溃。

他把脸深深埋进掌心里，颤抖着说："是一张老照片……这世上没有一个人相信它的存在，只有乔靖有可能相信……但现在永远都不会有人信我了……"

-235-

235 生于黑暗之中。

235 没有名字——235 只是个编号。与那些浪费能量的低等生命体不同，235 的世界里既不需要语言，也不需要称谓。当你将自己交给绝对的秩序，秩序即是你本身。一个编号足以涵盖你一生所需。

235 已经在这片黑暗里生活了很久很久，但直到此刻，他还没有发现自己身处黑暗。一分钟后，他才会得知这一点。

现在，235 正在与 119 完成交接。"交接"是他不断重复的日常工作：从一批同伴身上卸下货物，然后转身，前进，将货物送给另一批同伴。235 对这个工作已经非常熟悉，就像呼吸和睡眠一样自然。

正在此时，119 倒下了。

235 知道发生了什么。衰老的 119 正在死去，这也像呼吸和睡眠一样自然。于是，他将 119 也一道扛了起来，因为 119 马上就会成为货物的一部分。

作为摒弃了语言的生命体，他们之间的沟通比"交谈"更加迅速和有效。无须开口或聆听，235 可以直接识别同伴释放的信息。不过，在扛着 119 前进的时候，他接收到了一条前所未有的信息："我想死在外面。"

235 没有回应。濒临死亡的个体有时会发出混乱无意义的信息，回应他们纯属浪费能量。

235 前进了一段，再次收到了同一条信息："我想死在外面。"这一次信号已经低弱了很多。

在此之前，235 偶尔也会接触到"外面"这个概念，但他从未仔细分析过。235 又前进了一段，忽然间被一道新的思绪钉在了原地：外面是什么？

原来自己不在外面。原来自己在里面。

什么的里面？

235 干了有生之年第一件违背秩序的事。他消耗了一点儿宝贵的能量，对 119 做出了回应："外面有什么？"

"外面有光。"

119 正在变得僵硬沉重，235 知道时间不多了。他再次消耗了一点儿能量："光是什么？"

但 119 已经归于寂静。

235 即将把 119 交接给下一个同伴时，微弱的信息仿佛从极其遥远的地方传来："光不是黑暗。"

-林晔-

如果你采访林晔生命中出现的任何一个人，询问他们对林晔的印象，答案都是"毫不起眼"。

这倒不是说他毫无可取之处——事实上，林晔无论从样貌还是能力上都不至于丢份儿。但他似乎一早就打定了主意，要活成一颗泯然众人的尘粒。

无论在学校还是在公司，林晔从不参与任何竞争，不邀功，不画饼，甚至不为自己美言。他在狼群里当着羊，全办公室最窝囊的受气包都敢在他面前耀武扬威。一次他带头的项目大获成功，领导请他分享几句经验，他涨红了脸嗫嚅半天，居然在众目睽睽之下落荒而逃。

但林晔也不是生下来就这副德行的。小学那会儿，他的内向羞涩还在正

128

常人的范畴之内，班里也尚有两三个朋友愿意带他玩。

直到四年级时，老师布置了一个任务，让同学们回去翻翻家里的老相册，带一张老照片来跟大家交流。

林晔翻出家里压箱底的照片簿，在一摞摞积了灰的薄脆泛黄的照片中，一眼看见了一幅最不可思议的画面。

那是个少女。

照片中少女的面目已经模糊，但依稀还能看出其秀丽娇憨。她梳着一对麻花辫，穿着灰扑扑的棉袄，站在雪地中，双手举着一把剑——一把平直狭长、通体透光的剑。

林晔呆滞地盯着那把长剑。即使透过这层泛黄的纸，他仍旧能感受到它苍莽肃杀的锋芒，仿佛裹挟着远古而来的雷霆风暴。它不该出现在这里，不该出现在一个农村少女手中。

他被这怪诞神秘的画面蛊惑到忘记了呼吸，好半天才捧着照片去问他爸："这是谁？"

"这个啊，好像是你太奶奶。"

"爷爷的妈妈？"

"奶奶的妈妈，很早就去世了。"

"这……这把剑呢？怎么在发光？"林晔磕磕巴巴地问。

他爸笑嘻嘻地摸他的脑袋："因为这不是俗世之物呀。你看这剑身上的凹凸，像不像伏着一条龙？"

林晔眯着眼睛去瞧，但照片太老了，那所谓的凹凸只能看出模糊的影子。

"你奶奶跟我讲过这个故事，说当年鬼子进村，杀了好多人，你太奶奶差点就死了，幸好捡到这把神剑，助她死里逃生……"

林晔兴奋得双目放光。

第二天在课上，同学们挨个儿把家里的老照片放在投影仪上，向大家介绍当年的房子、衣服、食物。林晔在座位上简直坐不住，频频举手，终于轮到他了，林晔赶紧跑上讲台亮出了自己的照片，鹦鹉学舌般把他爸的故事重复了一遍。

残酷的战争、美丽的少女、神乎其神的天降之剑。

有那么几秒，他确实在不少同学脸上看见了艳羡甚至嫉妒的神情。这在林晔的人生中还是头一遭。然而，没等他尽情享受这一刻，就有人举手问他："你太奶奶从哪里捡到的这把剑呢？"

林晔愣了愣："我爸爸说是天降的。"

"林晔同学，我们要笃信科学，不谈封建迷信。"老师皱着眉说。

林晔迅速憋红了脸："也许就是地上捡的……"

"还有还有，它是什么材质，为什么像星战里的光剑一样通体发光？"有同学追问。

"还刻了龙呢，哈哈哈，像电视剧里的那种东西！"

林晔瞥了老师一眼，把"神剑"两字憋了回去："也许是玉？"

"玉剑也不会发光吧。再说玉剑那么贵重，怎么会随随便便丢在地上？更别说是抗战时期……"

林晔求助地望向老师。

老师也正望着他，用一种十足耐心的口吻问："林晔同学，你告诉老师，这张照片是真的吗？"

"假的吧！""肯定是P的！"同学们七嘴八舌地起哄。

林晔的眼泪在眼眶里打转："是真的，我爸爸说是真的。"

"如果是真的，这把剑现在在哪里呢？"

林晔的脸色一下子苍白起来。讲台下同学们的面孔变得模糊扭曲，他仿佛能听见汹涌的血液淌过鼓膜的声音。半晌，他才细声细气地说："在我家，藏起来了。"

老师似笑非笑地说："这样吗？那有空带给大家看看吧。"

然而到了下一周、下下周，他都拿不出这样一把剑。

班上的同学很快给他取了新的外号：照骗王。孩子的记性是最好的，幽默感也是最残忍的。他们直到毕业都没有假装遗忘这件事。从此无论林晔开口说什么，哪怕是说一声"数学老师要收作业了"，都有一群家伙兴奋地嚷嚷着："照骗王又有新故事了！"

林晔曾经哭着问过他爸。他爸也没想到事情会发展到如此地步，懊悔地挠挠头发："我就是想讲个故事哄你开心，你奶奶当年也是这么哄我的……我可真不知道这故事的真假。发光？大概是曝光问题吧，毕竟当时的照相技术……"

林晔把照片塞回了箱底。

小学毕业后，林晔的性格已经定型。他再也不指望——说得更极端一点——再也不相信有人会相信自己了。

他绝口不提自己。他害怕与众不同，害怕引人注意，最害怕的就是"讲故事"。他尽了最大的努力遗忘那张照片。

直到遇到乔靖。

乔靖是突然出现在他的生命里的。他们在公司年会上相识，在此之前他都没注意到公司里有这么一号人。

她站在他身旁不远处跟其他人聊天，端着一杯柳橙汁，杯子里插着一根圈圈套圈圈的绿色吸管。当他第三次偷瞄那根吸管时，她转了过来，笑眯眯地解释道："吸管是我自带的，论坛上的道士说这个辟邪。"

他知道自己脸红了，却还是忍不住问："什么论坛？"

他们就这样开始了一整晚的交谈。她滔滔不绝，眉飞色舞，丝毫不在意他的口吃和沉默。

那天晚上分别时，林晔透支了一辈子的勇气，向乔靖要了联系方式。

乔靖狡黠、古怪，可爱得超出想象，像是午夜电影院里奶油味的爆米花。她热爱一切神神道道的事物，对世界五十大未解之谜如数家珍，家里攒的古早恐怖片的光盘可以堆到天花板。

"要是我也能撞一次鬼就好了。或者被外星人绑架也行，我不挑剔。你呢？"她问。

林晔欲言又止。

"你这个神秘的表情是怎么回事？"

"我不知道，"他半开玩笑、一语双关地说，"也许我心里已经有鬼了。"

乔靖眯起眼睛看着他："我心里也有鬼哦。我心里的鬼比你的还大，我心里养着一只泰山府君。"

他们哈哈大笑。

这对他而言简直是个灾难。乔靖太轻信了，她简直渴望着相信世上的一切。她那拥抱万物的快乐姿态，像一个必死无疑的陷阱，而他注定要跌落。

他编辑了一条信息，对着它灌了两瓶酒，终于按下了发送键："今晚出来喝酒吗？我家有张老照片，想给你看看。"

"好啊好啊，什么老照片？好玩吗？你先用手机发给我！"

他将面前泛黄的照片翻拍到手机里，但犹豫再三，还是坚持道："你不会相信的，我得先给你看实物。"

"行，一会儿见！"

-235-

119 死去后，235 继续在黑暗中工作了很久。

在学到光不是黑暗、外面不是里面之后，235 又逐渐明白了另一件事："上面"不是"下面"。

他终于弄清了这黑暗的形状。原来他们生活在一座密闭的塔楼里。塔楼高耸而狭窄，被坚硬冰冷的石壁包围，无门无窗，自上而下被分成数十层。底部的楼层拥挤不堪，用来转运和存储物资。上面的楼层则空旷安静得多，居住着那些编号在 1 至 50 之间的高贵同类——他只是这样听说，但从未获准通行过。

235 所在的最底层，有着整座塔楼唯一的门。这扇门外，有一条细细长长、弯弯绕绕的甬道，穿透厚不可测的石壁，通向"外面"。

每一天，编号超出 300 的同类们从外面运来源源不断的物资，而 235 的工作就是在底层来回穿梭，交接这些货物。

非常偶然地，如果运气足够好的话，他会在交接时遇到垂死的同伴。

只有在这种时候，235 才敢耗费能量与他们进行工作之外的交流，而不必担心他们告发自己。

从这些衰老或负伤的同伴输送来的零碎信息里，235 一点点地拼凑出了"外面"的样子。

那里有光，有寒冷和热，有颜色和气味。

它们全都美丽而致命。

235 曾经试过悄悄走出那扇大门。但他才刚刚进入甬道，就被一圈圈的守卫拦了下来。

"你的序号在 300 以内，终身受到塔楼的保护，不必也不可离开。"

-林晔-

"你可以走了。"高挑冷峻的男人说着，将没收的手机丢还给了林晔，带着他朝派出所的大门走去。林晔把手机揣进兜里。

"顺便一提，我们审问过那个小偷了，也检查了他的随身物品。那张照片不在他身上。"

林晔的心脏抽动了一下，低头眼神空洞地望着自己的脚尖。

男人顿了顿："根据你的供词，我去调出了另一个街角摄像头的监控记录。监控显示，那张照片在你们搏斗的时候就掉出了你的口袋。"

林晔猛然抬头。

"……然后被吹进了那只没盖好的窨井盖的缝里。在你去撬井盖之前，它已经掉下去了。"

林晔又把头埋了下去。

男人等待了一会儿，见他没有反应，微微叹了口气："这位兄弟，你还没听明白吗？你觉得我为什么要跟你说这些？"

"……"

"我说这些是为了让你知道，我还挺相信你的。"

林晔慢慢抬起一对布满血丝的眼睛："什么？"

男人微不可察地笑了一下："我看了你手机里翻拍的那张照片。我碰巧对兵器史有点兴趣，就去调查了一下图中的剑。"

林晔下意识地打开手机里的图。

"图片有点模糊，不过单看长度和样式，这应该是一把汉剑。"男人将剑尖处的收腰部分指给他看，"可惜图中看不出铭文，没有更多信息了。最解释不清的就是它为什么会发光。"

林晔被刺痛了："我也没说这一定是古剑……也许有人闲着没事仿制了一把，被我太奶奶捡到……"

男人打断了他："没错，但你还是没听懂。我想说的是，既然连我都相信你，你追的那个姑娘更不可能把你当骗子。"

林晔半晌说不出话来。来自陌生人的善意令他手足无措。片刻后他才哑声说："说什么都晚了。照片已经没了，我没有东西能给她看了。"

男人皱眉："你这不是有电子版吗？"

"但电子版就更像 P 的了，我怎么解释原图在哪儿？总不能说原图掉进了窨井里吧？她不会——"

"不会相信，不会相信，你除了'不会相信'还会说什么？"男人不耐烦地说，"我要是活得像你这么憋屈，还不如不活呢。慢走。"

林晔怔忡着没来得及说话，男人已经关上大门，将他挡在了派出所外。

林晔站在原地发了良久的呆，直到手中的手机振动起来，来电显示的人名是"泰山府君"。

乔靖在电话那头焦急地问："你在哪里？怎么一直不接电话？我找到那个窨井，他们说你抱着井盖跑了……"

林晔盯着派出所紧闭的大门，回味了一遍男人的话语，艰难地清了清干涩的喉咙："我当时在追一个小偷。"

"哇！"乔靖说，"你没受伤吧？"

她的反应仿佛往林晔的血管里注射进了一点儿兴奋剂。他的声音顺畅起来："没有，但我不该撬那个井盖，所以跟小偷一起进了派出所，刚刚才出来。"

"井盖是怎么回事？我想听整个故事！"

林晔这一回不需要喝酒壮胆了。他呼出一口气，不由自主地咧开一个微笑："这故事有点长。我先发给你一张照片，你记得接收一下。"

-235-

时间永不停歇地流逝着，235 已经非常衰老了。

从浑浊的空气中，他嗅到了死亡临近的味道。

为了这一天，他已等待多时。

235 继续按部就班地工作着，同时冷静地评估着自己的情况，直到身体散发的热度渐渐降低，气息与气味也同时微弱了下去。

然后，有生以来第一次，他放下手中的货物，开始蹒跚着向上攀登。

他穿过拥挤的底层，越过忙碌的同伴，一层、两层、三层，他向上，再向上，没有受到任何阻拦。

在绝对的黑暗里，当他无法被听到、嗅到、感知到时，他就是隐形的。

当然，他并不指望单凭这一点就逃出底层的大门。门边那些可怕的守卫会尽忠职守，确保他在高塔里咽下最后一口气。但他们却忘记了守卫塔楼的另一端——顶端。

向上，向上，235 拖动着虚弱的身子。

他打探到的传闻是真的，随着楼层不断变高，每层同类的数目也在不断减少。那些编号在 50 以内的不可一世的同伴，已经在过于优渥的生活中丧失了敏锐的感官。当235从他们身边经过时，他们甚至没扭头找寻。

235的速度在变慢，身体的每一处关节都在发出能量耗尽的悲鸣。但他仍旧没有停步。

如果不能死在外面，那么他要死在上面。

如果不能死在上面，那么他要死在攀爬的途中。

-方居延-

方居延正在修复一条龙。

这条龙被绣在一件古老的袍服上，无论是绣线还是袍服本身都破败得厉害，泛黄的布料已有多处开了洞。显然，在三百年前——或者更早一点——曾有另一个人修复过这条龙。三厘米见方的龙身上交杂着两种绣线，针脚细细密密地重叠在一起，单凭肉眼几乎无法分辨。

方居延趴在仪器台上，操纵着纳米机器人，将那三百年前略显杂乱的补线溶解一空。他时不时略微抬头，对比一下左手边悬浮的、放大了一千倍的三维显像。

"老方！"有人敲门，"你怎么还在这儿？时管局的人来了，领导喊你开会。"

方居延迷迷瞪瞪地抬起眼："时管局怎么又来了？"

那同事耸耸肩："说是出台了什么新条例，陆主任亲自来交流的。快点儿，你这都第几次迟到了！"

方居延叹了口气，摘下口罩，走出了实验室。外面那同事已经跑得没影了。方居延顿了顿，认命地小跑起来。他走路时还挺正常，一跑起来姿势却笨拙得近乎怪异，仿佛左右脑不太兼容似的。

等方居延赶到圆形会议室，里面已经坐了一圈人。无论男女，所有人都留着一头飘逸的长发，只有一个年轻的短发男人翘着腿坐在上首，显得无比扎眼。

方居延蹑手蹑脚地溜向自己的位子，正在讲话的短发男人却停下了话头，冲他笑道："方博士，日理万机啊。"

方居延身形一僵，勉强牵了牵嘴角："不好意思，有点事耽搁了……陆主任，您又来指导我们考古工作了？"

"不敢当，不敢当。"年轻的主任似圆滑又似讥诮地说，"在座各位都是考古界的栋梁，哪里轮得到我来指导呢？只是在时空管理方面，大家要增进一些了解，毕竟都是为了更好地搞研究嘛。"

一片喃喃的附和声。

"那么，3023年新版时间旅行规范守则已经出来了。我今天想谈谈其中几条跟大家的工作相关的内容……"

方居延打了个隐蔽的哈欠。

考古学在两百年前迎来了黄金年代。从那时起，人类终于实现了单向的时间旅行，可以将人送回过去。当然，由于技术的不成熟和不稳定，旅行者的名额极难争取，需要通过重重测验，而且还要签生死状。

几乎所有考古学家都在第一时间报了名。

对他们而言，这种诱惑是致命的：三千年前戛然而止的战役、四千年前下落不明的文物、五千年前尸骨无存的新娘……一切曾被历史长河淹没的谜题，突然都有了被解答的可能。

方居延是拿到资格证的幸运儿之一。虽然舞台在一夜之间变得广阔无边，但他很快意识到，自己还是得戴着镣铐跳舞。

这镣铐就是时空管理局。

"每次旅行的安全时长由45分钟缩短为40分钟。我知道有些人抱着侥幸心理，觉得在那头多耽搁几分钟也不会出事，但请记住，新设备也不是绝对可靠的！去年就有三个人因为设备故障而丧命，我真心希望各位别用生命增加这个数字了。40分钟内，必须回到传送点，否则如果出现意外，概不负责。"

陆主任环视全场一周，见没有人提出异议，才点点头："第二件事，本着'不干预'原则，最新规定是不能被古人看见。只要被看见一次，从此吊销资格证。"

会议室里一片哗然。

方居延左手边的同事大声问："我们已经不能移动物品、不能跟古人说话了，这回连看都不能被看见了？！"

"没错，核心原则就是只能观测不能干预……"

"那你倒是说说，一个古人看了我一眼，这怎么会干预历史进程？"那同事暴躁地抓起自己的一缕长发，"服装、发型、妆容，我们都能做到以假乱真，连动作和神态都严格训练过，费了这么大功夫，本来就是为了不引人注意啊！"

"就是，"有人帮腔，"不能被看见，那城镇乡村都不能靠近了，等于说我们只能在荒郊野岭打转？那还考什么古？"

陆主任换了种柔和的声调："任何一丝微小的干预都有可能是掀起风暴的蝴蝶，以大家的智慧肯定可以理解。我们不能冒险。往好的方面看，荒郊野岭也留存着许多人文的痕迹——"

他对着一屋子行业精英，活像在哄劝小朋友。方居延终于忍不住了："陆主任，你恐怕不太了解考古的意义。"

寂静两秒，陆主任皮笑肉不笑地转向他："方博士，你恐怕不太了解时空秩序的意义。"

方居延站了起来。身旁的同事想拉住他，但失败了。

"我当然没有干扰时空秩序的意思。我只是觉得，为了避免那百万分之一的可能性，而将一整片丰饶的学术土壤列为禁区，这牺牲与得到不成正比。说得难听点，这样一来时管局倒是减少了很多工作量，可我们……"

"老方！"同事绝望地扯他。

陆主任也站了起来。他身高腿长，短发凌厉，气势上就压了方居延一头。

"工作量？"他绕过会议桌，朝着方居延步步逼近过来，"让我们做个假设，一个考古人员出现在唐代的大街上，挡住了一名书生的视线，导致他没有看见他本该一见钟情的妻子。你知道这件事里最可怕的是什么吗？"

方居延冷静地回答："极端情况下，地球上会有一些人口因此消失，还有一些人口凭空出现。但正像我说的，这是百万分之一的……"

"这件事里最可怕的是，"陆主任微微抬高声音，"没有一个人知道，地球上哪些人本该出生、哪些人不该出现。甚至在百万分之一的概率里，我们都是本不该出现的人。"

"……"

"历史的洪流一旦改道，我们站在洪流的末端，单单是探测出这次改道的发生，就需要多大的工作量，你真的知道吗？更别提测算它原本该流向哪里，甚至把它改道回去——不如用你那睿智的大脑做个初步预估？"

陆主任语气中的盛气凌人已经不加掩饰了。

方居延对他怒目而视。危言耸听是时管局的风格。即使对于考古学家来说，"历史的洪流"也是个大而无当的词。

陆主任却忽然轻笑了一声："不过，对你来说也没什么必要了。"他将敌意收了个干净，双手插兜走回了自己的座位。

方居延愣了愣，半是狐疑半是恐惧地望着他的背影。

时管局固然毛病百出，但如果一个时管局的人用真正看死人的目光看你，这绝对不是什么好兆头。因为他们不仅见过你的过去，很可能也见过你的将来。

-阿月-

"姐姐，快来看冰墩墩。"破庙里的小孩说。

他牵着阿月的手，将她领到庙后头的雪地上。那里立着一棵已经枯死的树，树下支棱着一只只圆润矮胖的冰墩墩，在阳光下晶莹剔透。阿月正想问它们是怎么来的，就有两个小孩走过去嬉笑着尿出了两只新的。

"好看不？"牵着她的小孩松开手，抹了抹自己结成白色冰渣的鼻涕。他的裤子太短了，露出两段脏兮兮的黑脚杆子，冻得皲裂出了一道道的口子。

阿月摸了摸他的头，掀开手中篮子的蒙布，招呼破庙里的孩子们来拿自家烤的饼子。

阿月一身灰扑扑的棉袄，梳着一对乌黑油亮的麻花辫，脸蛋儿像被稻田的秋风吹红了，透着一股不加矫饰的秀丽娇憨。在贫穷、饥饿和炮火的轰鸣声里，她简直不像是被粗粮野菜喂养的，而像是吸收着阳光与露水茁壮生长起来的。

"只有这些，让给弟弟一点儿。"阿月分完了饼子，挎着空篮子走进坍塌了一半的破庙里。

这破庙曾有过它的好时候，如今早已荒废多年，也没人有余裕来修缮。左近几个村里在战火中失去了房子和亲人的孤儿，就都躲进那没塌的半边庙里，生起火来，靠着村民东一口西一口的救济熬过苦寒。

一座半人高的佛像不幸被供在塌了的那半边，如今已经整个儿埋进了雪里，活像只大雪人。

阿月放下篮子，念了声"阿弥陀佛"，伸手拍掉了佛祖脸上的雪，露出底下斑驳的泥。

佛像也不知多老了，遍布着细小的裂纹。阿月第一次近看佛祖的脸，见他长眉、高鼻、深目、薄唇，像是村里传说中的外国男人，嘴角还扬着一抹似是而非的笑意，美则美矣，看上去并不很慈祥。

就在她的注视下，佛像内部隐隐传出几声不祥的"咔啦"声，脸上的裂纹又多了两道。

阿月内心不太信任这个佛祖，但还是跪下来端正地拜了拜："佛祖保佑我们活过这个冬天，别被鬼子杀掉。等开春了，我们就来修好你的庙。说好了？"

远处闷雷滚滚。

"姐姐，"破庙角落里传来微弱的声音，"你明天还来吗？"

阿月转头去看，那里有个女孩子躺在火堆边，脸色灰败。阿月走过去摸了摸她的额头，滚烫。

闷雷声似乎又响了一点儿。阿月从兜里摸出最后一只饼子递给她："吃吧，我明天还来。"

但阿月一回家就被关了起来。

"鬼子已经到了山那头，谁也不知道他们会不会打过来。"阿月她爸把老婆孩子全关进地窖里，"今晚睡在这儿，我在外面守着。不管听到什么都绝对不要出来。"

夜里，远方的闷雷滚到屋前，化作了枪林弹雨。

狂暴的雷声响了两天两夜，终于安静了下来。

第三天日出之前，阿月她娘带着他们爬出地窖，打开半毁的屋门，刚朝外看了一眼就晕了过去。

阿月裹紧棉袄迈出家门，瑟瑟发抖地踩着雪，迈过横七竖八的尸首，四处找寻她爸。

阿月一路找到村口的破庙，终于瞧见了她爸的尸体，半边脑袋还挂在肩上。她还看见了更多尸体，有村民的，有鬼子的，还有八路的。

还有那些孤儿。他们看上去比生前更瘦小了，像是风干了一般。阿月认出了那个原本躺在破庙角落里的女孩子，她小小的尸体蜷缩在庙门前，手中还握着一把不知从谁身上捡来的刀。

阿月俯下身，一个一个地检查过去，想听见一声尚未停止的心跳。

天边透出了鱼肚白，远方又响起了阵阵闷雷。

旁边的尸体堆里传来一声痛苦的呻吟。一个鬼子浑身淌血地爬了起来，在看到阿月时愣了一愣，摇摇晃晃地对她举起了枪。

阿月抢在枪响之前扑到了佛像后面。

第二枪击中了佛像的胳膊，雪块混着泥土簌簌而落。

阿月趴在只剩半边身体的佛像脚下，望了望不远处她爸的尸体，又抬起头望了望铅灰色的天，想起了佛祖那对似笑非笑的眼睛。她木然地提醒道："佛祖，咱们说好了一件事，记得吗？"

-方居延-

汉朝的空气分外清新。

方居延弯下腰，对着溪水里的倒影检查了一下自己的发型。他的一头长发已经挽成了高高的发髻，加上以假乱真的服装，足以让他走到汉朝的闹市上，而不引起任何怀疑。

可惜在新版守则问世之后，他再也不能去任何闹市了。他只能在这种不毛之地瞎打转。

方居延叹了口气，拈起悬在腰上的环佩看了看。这环佩被雕成首尾相衔的玉龙，只有方居延自己知道其中的机关。他在龙眼上有节奏地摁了几下，玉佩轻轻一响，向空气中投影出了一行跳动的数字：

36：09

这是他本次时间旅行所剩下的时间。三十六分钟之内，他必须返回安全传送点。

方居延正在研究的项目是一把剑。

会选择这个项目，是因为一次偶然事件。当时，他为了修复一件袍服上的绣线，在浩如烟海的资料库里检索"汉代龙纹"相关的信息，突然搜到了一张奇怪的图片。

这张图片来自二十一世纪的互联网数据遗迹。图中是一片雪地，一名面目模糊的少女站在其中，举着一把剑——一把平直狭长、通体透光的剑。

方居延立即断定这只是二十一世纪古人的无聊创作。然而不知为何，他的目光就是无法从那把剑上移开。三秒钟后，来自考古学家的职业直觉告诉他，这件物品背后大有文章。

方居延继续在互联网遗迹中搜寻，很快找到了与这张图片相关的对话记录：

"谢谢你今天告诉我你太奶奶的故事，真的很精彩。"

"你相信这个故事吗？"

"当然相信啦。一定是神仙在保佑你太奶奶！可惜不知道是哪路神仙，不然我们还可以去烧一炷香谢谢人家。对了，你调查过图中这把剑吗？"

"今天有个人告诉我，这是汉剑的样式。不过我觉得多半是仿制吧。"

"……我刚才去查了点资料,这把可能是龙形剑啊!"

"龙形剑?"

"你看,'东汉明帝刘庄所铸,无剑铭,剑上作龙形,沉之洛水中'——完全符合啊,你这把也没有铭文,还刻了条龙!!!"

"那它怎么会从洛水里跑出来,跑到抗战时期的农村土地上?"

"……那要不然怎么叫大自然的鬼斧神工呢。"

"……"

方居延被这段对话勾起了好奇心。

为了验证自己的猜想,他真的提交了项目申请,回了一趟东汉,混在人群中参观了汉明帝的投剑仪式——那会儿时管局的新规定还没出台,他不用忌讳被古人看见。

靠着微型望远装置作弊,方居延亲眼瞧见,那柄被皇帝投入洛水中的龙形剑,长得与那张照片里的剑一模一样。

只是不会发光。

既然龙形剑在东汉就已经入水,到了抗战时期,即使有人想要制造赝品,又怎么可能知道它的样子?除非,那"赝品"也诞生在东汉,诞生在投剑仪式之前。

如果是这样,那么照片里的"赝品",也是无比珍贵的古物了。

方居延对那把赝品的来龙去脉心痒难耐。他的古汉语口音学得一般,竖起耳朵听了半天,才从围观人群的交谈声里分辨出"钟八百"和"可怜"这两个词。

又听了半天,他大致搞清了,原来龙形剑的铸剑人叫钟八百——一个没有在历史里流传下来的名字——但这个钟八百在投剑仪式之前就已经死了。

时管局禁止旅行者开口与古人交谈,方居延也就无法直接探问信息。从那之后,他费了天大的力气四处偷听,终于摸到了钟八百生前的故乡。

接下来的工作就简单多了。两个月之内,方居延接连造访了十六岁、十七岁、十八岁……直到二十四岁的钟八百,远远地跟踪此人,偷看他打铁铸剑的过程，观察他身边来来去去的人。

方居延需要查出赝品剑是哪一天诞生的，用的是什么材质，之后又去了何方。

也许钟八百收了徒弟？也许他被人偷了帅？又或者，是他自己闲着没事，铸出了一对一模一样的孪生剑，其中一把会发光？

但方居延始终没在时间轴上找到那一天。没有龙形剑，也没有赝品。他开始感到焦虑，因为他知道，钟八百二十六岁就死了。

16：23

方居延气喘吁吁地翻过最后一座山头。新规定出台后，他偷看钟八百都不能走老路了。为了避免被古人看见，他必须绕远路，从无人开垦的山林接近那片镇子。

今天他造访的是二十五岁的钟八百。

方居延转过一片茂密的林子，眯眼朝下望去，忽然间浑身一僵。

镇子被淹了。

整座镇子都泡在浑浊的黄水里，只露出几片可怜的屋顶。原本生活在那里的男女老少连带着钟八百，全部不知所终。

方居延猛然转身，躲到一块山岩后俯下身来，侧耳聆听。山脚下传来隐约的呼喊声："抓山贼！"

方居延探出头去引颈张望，远远望见一大群村民模样的人举着棍棒，追着七八个山贼奔上山来。那些山贼身法灵活，而且似乎对山形十分熟悉，专挑草木茂盛处钻，不一会儿就消失了踪影。村民们徒然转悠几圈，找不见人，只得骂骂咧咧地走了。

方居延仍然伏在原地不敢动弹。他的推算没错，片刻后，就听到说话声渐渐接近："嘿嘿，今日收获颇丰啊。"

是那群山贼，每人提一布袋，簇拥着一个虎背熊腰的头子，说说笑笑地朝这边走来。

方居延一眼瞧见了队伍里的钟八百。

钟八百竟然在生命的最后一年改行当了山贼？！方居延心头疑窦丛生。可他改行之前还没来得及铸出龙形剑，更别说那把赝品了。到底哪里出了差错？

"老大，这山头还是不能久留，村民迟早会找到我们的藏身之处。"

"是啊，今日被他们发现了行踪，下一次可就没这么容易了……"

山贼们走得更近了，方居延突然发现钟八百腰间悬着一把剑。他不由自主地又探出了一点身子，想看个究竟。

便见一个山贼抬手直指过来，尖声叫道："老大，有埋伏！"

方居延拔腿就跑。他跑步的姿势活像一只刚上岸的企鹅，没逃出十米就绊了自己一跤。身后那伙山贼纷纷亮出兵刃追了上来，那头子大喝一声："不能留活口，他是村里派来的探子！"

08：16

方居延一路连滚带爬，晕头转向地辨别着传送点的方位。山贼穷追不舍，跑得最快的两个已经对他扬起了砍刀。

人在危急关头，思路反而格外清晰。方居延在心里迅速列了个公式。以他的最快速度，赶回传送点需要八分钟。但要在同时避开山贼的追杀，可能性无限接近于零。

看来今天要命丧于此了。即使侥幸逃过一劫，也会因为违反规定而被吊销资格证，从此失去时间旅行的机会——这对于他来说跟死亡也没什么区别。

想到这里，方居延连脚步都慢了下来。

他的耳边突然回响起同事的声音："那你倒是说说，一个古人看了我一眼，这怎么会干预历史进程？"

"时空秩序"四个字犹如夜空中的闪电般划过脑海，惊出了他一身冷汗。

决不能让他们发现他不是古人！

方居延几乎是凭着本能扯下腰间的玉龙环佩，朝着路边的山石用力掼去。环佩瞬间摔得四分五裂，他还不放心，又用脚碾了几下。

下一秒，背心一阵剧痛，鲜血喷薄而出。山贼终于追上了他。

方居延倒地时，心情还算平静。唯一的遗憾是有个谜题还没来得及解开。

山贼们围了上来，狂刀乱剑争相朝他劈下，溅起的红血犹如暴雨。

意识消散之前，方居延认出了人群中的钟八百。钟八百站在包围圈外没有动手，只是略显呆滞地望着这一幕。方居延的瞳孔做了最后一次收缩，尽全力聚焦在了他手中提着的剑上。

还不是龙形剑。

可惜啊……

瞳孔缓缓散开，残留在躯体深处的意识也逐渐沉入温柔的海洋……然后猛然间惊跳着痉挛。

他明白了，什么都明白了。在一切回归澄明之际，他终于把前因后果大致串了起来。他想对陆主任说声抱歉，却已经来不及了。

不过，时管局的人穿梭在每个人的过去、现在与未来。也许早在圆形会议室里，陆主任起身向他走来时，已经见过他振翅掀起风暴的这一瞬间了吧。

对不起啊，陆主任，没想到我竟然以这种方式当了一回蝴蝶。

-阿月-

第三声枪响迟迟没来。

阿月紧紧扒着佛像的肩膀，从他肩头探出半个脑袋去看。

那鬼子经过昨天夜里一番苦战，恰在此时耗尽了弹药，正用受伤的胳膊解下腰间的刺刀，颤颤巍巍地将它往枪杆上套。

那刺刀加上枪杆本身的长度，比阿月整个人还高。她想要趁机逃命，却腿软得爬不起来。

阿月咬紧牙关，更用力地扒住佛像，蹭破的手指在佛像身上抹出了血痕，血痕又迅速地结成了冰。

她从牙缝里挤出声音："帮帮我，你帮帮我啊！"她的声音又脆又狠，不像是祷告，倒像在与这似笑非笑的神祇、这瞳眬不明的天光叫阵似的。

那布满裂纹的泥像比看上去更加脆弱，刚刚被枪炮轰去了半边，再经她一抓，松动的土石一片片地化为齑粉。数息之间，他英俊而神秘的笑容就弥散在了白雪中，让藏身其后的阿月无所遁形。

佛像消失的地方，立着一块冰。

一块在这泥像内部冻结了整整一个冬天、结实到不见裂纹的坚冰。

它的形状很奇怪，平直狭长，左右完全对称，表面光滑得不可思议，侧缘也锋利得不可思议。说真的，它太锋利了，简直像是……

阿月在那鬼子惊骇的目光中反应了过来，这不是一块冰，这是一把剑——一把冰做的剑。自上而下，从剑柄到剑锋一应俱全，仿佛那半人高的佛像只是个精心伪装的模具，内部藏着一个完美的剑形凹槽！

对着这凭空出现在天地间的长剑，那鬼子只愣怔了一瞬，随即愈发加快了动作摆弄刺刀，同时一瘸一拐地逼近过来。

阿月知道自己只剩下几秒钟的时间了。彼此的力量差距悬殊，一旦等他举起刺刀，自己就再也没有活路。

生死关头，她一把握住了面前冰冷刺骨的剑柄。

接下来的记忆变得模糊不堪，只剩下视网膜上跃动的光斑，以及掌心那仿佛来自远古的苍莽寒意。她记得血，血从自己肚子的窟窿里冒出，也从对方的脖颈喷射而出，看上去莫名地失真，像是过年时她爸在砧板上放出的鸡血。

她还记得自己昏了过去，直到被她娘和其他幸存的村民喊醒。他们围在雪地上，所有人都在同时说话，以至于她什么也听不清。

后来掌心一凉，她忽然记起了什么，挣扎着支起身来，低头看去。

手中的冰剑在朝阳的照射下，通体生光。

-钟八百-

钟八百原是个铁匠，祖传一户打铁铺子，往上三代都擅长铸剑。

他父亲喝醉时常说祖祖辈辈锻了这许多凶器，剑下的人命没有一千也有八百，甚为不祥。他母亲便劝道："剑可杀人，也可救人，神仙都看着呢。"
不过未及钟八百加冠，他们便双双早亡，可见还是他父亲说的有理。

钟八百子承父业，打了几年铁后，赶上洛水泛滥，良田尽毁，死者以千数。
钟八百所在的镇子，连带着祖传的铺子、新娶的妻子、靠手艺吃饭的日子，
尽数化为了浊水中的泡影。剩他一个无处安身，成了流民。

钟八百起初四处乞讨，后来与其他流民混在一道，就近占了个山头，干
起了打家劫舍的无本生意。没吃的了就下山去抢，仗着人多势众，倒也饿不
死人。只是钟八百心中总还记着母亲那句："神仙都看着呢。"

他明白当山贼毕竟不是长久之计，盘算着待攒够了本儿就远走他乡，再
开一家铁铺，当回老老实实的手艺人。奈何自己都过得饥一顿饱一顿，"攒
够本儿"更是遥遥无期。

这一日他们打劫回山的路上，杀了一个奇怪的人。

起初他们以为此人是村里派来的探子，一追之下，才发现他步姿笨拙，
毫无武艺，三两下便被就地砍死了。

山贼也不管他会不会是无辜的过路人，死都死了，总得物尽其用。于是
一拥而上搜他的身，想找出一两件值钱的物什。

钟八百站在包围圈外没有动，若有所思地盯着这怪人的尸体。

山贼们什么也没找到，只有此人临死前掼碎在地的玉佩，勉强能拼回一
个精巧的龙形，却碎得再无修补之计。

山贼头子骂骂咧咧道："倒霉鬼，死了还不让别人发财。"

众人纷纷附和。一边骂着，手上也没落下，各自捡了几块稍大一点的碎玉，
默不作声地带走了。

旁人散开后，钟八百才凑近尸体，慢吞吞地脱下了他的鞋。

钟八百方才看见他奔逃的姿势，已经起了疑，后来又见他伸脚碾碎玉龙
环佩的力度，更是多留了个心眼。果不其然，扒下鞋之后，那原该生着双足
的地方却不是凡人血肉，而是冰冷的黑金。

钟八百抓着那双足用力一拽，拽下两截长长的假腿。

钟八百前半生都在与金铁打交道，却死活分辨不出这是什么原材。坚于磐石，轻于绒羽，光可鉴人，还能铸成以假乱真的双腿供人疾走……

他思前想后，此物不似人间之物。

难道这怪人是天上的神人，舍身于此，别有深意？

钟八百总觉得这是上天的昭示。他将怪人就地安葬，将假腿捡了回去，珍而重之地藏了起来。数日后，他跑到附近镇上花钱借了个炉子，将它仔细融了，铸成了一把长剑。由于不知那怪人名讳，他也不敢妄加剑铭，便只在剑身上刻了一条龙形。

龙形剑只有寻常铁剑三成厚薄，仿佛可以透光。开刃之日，钟八百随手一掂，轻若无物。他疑心出了差错，提剑对着食案轻轻一挥，一角木案平平整整地滚落于地。

他又取来自己的旧剑，朝着龙形剑刃上一劈，旧剑清脆地断为了两截。

钟八百走到山里，寻了块丈余高的山岩提剑刺去。剑锋竖成一道银线，连根没入了岩中，犹如破开一泓春水。

那日之后，山贼窝里少了个小弟，世间多了个大盗。

他单打独斗，来去如风，难逢敌手。再多的守卫、再高的武艺，也近不了他的身。一剑在手，无论是断人刀剑还是劈人脑袋，都如砍菜切瓜一般轻而易举。

钟八百虽当了大盗，却还惦记着当日安葬的神人。那神人既然让自己铸成此剑，想来定是让自己救人，而不是杀人。如今剑下冤魂日多，或许有朝一日，他又要下凡来将剑收走。

钟八百心存惶恐，到手的钱财大半都拿去扶贫济穷了。久而久之，倒多了个侠义的名头。

他原本一心只想攒够本儿，干回打铁的行当。然而不知不觉，名头闹得太响，待要再金盆洗手，却已经回头无岸了。世人或记恨于他，或有求于他，又或觊觎那把龙形剑，搅得他惶惶不可终日，只能继续作为盗贼流窜。

神剑蒙羞，常使他郁郁寡欢。

树大招风，终于引来了同行的嫉妒。这日他在洛阳城外歇脚，便有小贼结伙而来，送酒送肉，怂恿他一道进城去干一票大的。

钟八百道："劫哪儿？"

小贼朝东一指："白马寺。"

人人都听说过白马寺的大名。传说这地方兴建，只因帝王一梦，见着了一个头顶日月的金色神仙，便遣人去寻。使者带回了身毒的高僧与背驮法宝的白马，以及一个新奇拗口的名字：佛。

小贼兴冲冲道："那白马背上的宝贝，如今都藏在寺里。金光灿灿的佛像、怪模怪样的珠宝，就连那些鬼画符的藏经都有人愿出大价钱买呢。那寺里有间偏僻的阁楼，平时无人造访。我们已经挖好了地道，直通那阁楼窗下，只消翻窗进去，里面的宝贝手到擒来。"

"既然如此，又何必拉我一道？"钟八百知道那佛是个神仙，便不太想插手。偷了寺里的东西，多半会被神仙记恨。

小贼讪笑道："正因是神仙，才得靠你出手啊。你是劫富济贫的大善人，天下有比皇帝更富的吗？神仙若知道你是为了行善，也会好心帮扶的。"

钟八百一壶酒下肚，听得这话不禁有些飘飘然。

隔日，待他爬过地道，翻入阁楼，才察觉到异样。

阁楼里一片狼藉，本该供奉宝物与经卷的地方空空荡荡，竟像是已经有过一番洗劫，只留下了几尊过于硕大而搬不走的佛像。

钟八百猛然回身，却见原本跟在身后的几个小贼早已溜之大吉，不见了踪影。

他们竟是搬完了赃物，才骗他来到此地！可为何要这样做？挑这个地方、这个时辰，又有什么用处？

钟八百一念及此，便听大门"吱呀"一声洞开，十余名侍卫涌入了阁楼。在他们身后，一人身着玄服，束发无冠，身形瘦长而气度威严。钟八百僵立在原地未及闪避，恰与他打了个照面。

众侍卫一见大门内的景象，不假思索纷纷拔剑冲了过来。

钟八百心中叫苦不迭，慌忙转身扑向来时的窗口，然而那群侍卫的功法远非寻常盗贼可比，身形奇快，便在他这一转一扑之间，已有两人追了上来与他缠斗。

钟八百一挥龙形剑，那两人手中的兵刃齐齐而断，来势却丝毫不减，拼着被剑锋捅个对穿，也要将断刃扎进他的胸口！

钟八百平生从未遇到如此死士，一时慌乱，身上立即添了几道深深的口子。这一拖延，更多的侍卫围了过来，又有人分散开去守住了所有门窗。

钟八百别无他法，寻了个空子纵身跳上神龛，再一蹬一踊，整个人已攀上了房梁。他举起长剑，一通连刺带划，只听"咔啦"连响，木制的楼板被他平平整整地削下一块，破出了一个通向二层的洞口。

钟八百提身便要逃上去，忽觉房梁一沉，又有两名侍卫追到了梁上，左右夹击，抓住了他的两边脚踝，硬生生地将他向下拉扯。

钟八百险些掉下梁去，一手死死扒着洞口，另一手举剑胡乱刺向来敌。

他的反应已不可谓不快，奈何敌人比他更快。混战中也不知对方是如何得手，他的手腕突然一阵剧痛，血流如注，龙形剑脱手而出，直直地坠了下去。

横梁之下，神龛之上，供着一尊半人高的灰陶佛像。

从天而降的龙形剑刺入了佛像的天灵盖，便如劈开春水般轻巧而迅疾，整把剑霎时间没入其中，连一寸剑柄都没留在外面。

钟八百大叫一声，终于被抓着脚踝拖下了房梁，四仰八叉地坠落于神龛。他顾不上断骨之痛，挣扎着爬起来去拔剑，然而龙形剑已经严丝合缝地嵌入了佛像中，再也不应其主了。

满屋子的侍卫都围堵过来，无数兵刃朝着钟八百背上招呼，瞬间将他捅成了刺猬。

钟八百发出了连连哀号。

玄衣人被护在大门外，静静瞧着神龛上这一幕。

钟八百委顿跪倒，难以置信地抬头望向那佛像。那跋山涉水而来的异国之神也正略略低头注视着他，长眉深目，高鼻薄唇，嘴边噙着一抹似是而非的笑，仿佛在细细品评他之身死。

"神仙都看着呢。"他母亲有言。

神仙都看着，神仙一直这般看着。神仙送来了剑，又收走了剑。

钟八百的喉间发出一阵破碎的笑声，听上去犹如鬼哭，惊退了一两个侍卫。

他颤抖着抬起手，直指向那张高高在上的发笑的脸，伴着最后一口气，呼道："泱泱天意，光明广大，独不渡我！"

言毕，手臂垂落下去，跪坐着再不动弹。

侍卫试探着拿剑对他戳了又戳，这才转身通报道："陛下，刺客伏诛了。"

又有两名身毒僧人匆匆赶来，口诵佛号，连声谢罪。

前来礼佛的皇帝望着钟八百的尸体，沉吟道："去查此人是谁。"

钟八百并不难查。他的身世很快便被呈于案前：铁匠、灾民、盗贼。

有人建议道："应将此人的头颅挂到高处，震慑其他流寇。"

"该震慑的是一个流寇，或是一千一万个流寇吗？"皇帝反问道，"没有灾民，就没有流寇。"

"那么，陛下要震慑灾民？"

"不，我要震慑洛水。"

皇帝下达了旨意："挖出那把龙形剑来，那剑上想必承载了许多怨气，正好拿去沉入洛水，镇压其灵。"

一个月后，汉明帝投剑入水。同年，令王景、王吴率兵卒数十万人治水。

-乔靖-

"后来呢？"乔靖问。

"什么后来？"

152

"龙形剑被从佛像里挖出来，沉入水中了，这我听明白了。但我还是想不出林晔的太奶奶为什么会捡到一把冰剑。那冰剑又是怎么来的呢？"

办公桌对面的男人略有不耐地"啧"了一声。他长着一张棱角分明的脸，目光锐利，反应敏捷，看上去属于智商极高的那一类人。

如果林晔在这时推门而入，就会惊讶地发现，这正是刚才派出所里审问自己的那个男人。

乔靖狗腿地跑去给他倒了杯茶："求你啦，我最喜欢听这种故事了。好歹我这是在帮时管局的忙，总得让我听听前因后果吧——对吧，陆主任？"

"我说完你就发短信吗？"男人问。

乔靖点头如捣蒜："说完我就发短信。"

男人叹了口气："白马寺里的那尊佛像被剑戳了个窟窿，挖出剑时又给它添了些裂痕。按理说破损成这样，是不能再供在寺里了。但汉明帝觉得，那佛像帮自己挡了一灾，与自己有缘，所以让人把它破损的表面重新修补，放在了自己的寝宫。"

"但内部的窟窿没填上？"

"显然没有。或许还是汉明帝示意的，留个剑形作为纪念。后来汉明帝驾崩了，那尊佛像就被作为陪葬品，放入了他的显节陵。它在皇陵里安静地度过了很多很多年，直到盗墓贼将它偷出来，到处转卖，几易其主，连表面的金饰都被抠了个干净。再后来……"

乔靖恍然大悟地举手："它流落到了一个小乡村的庙里？"

"正确。村民不知道它的来头，就让它在破庙里吹冷风。战争开始后，庙塌了，佛像被雪埋了，雪水又一点点地渗透到它内部的窟窿里，冻成了冰。"

陆主任说到此处，扬了一下嘴角："钟八百自己不知道，但他确实铸出过一把救人的剑。"

"但还是有地方说不通。为什么会有雪水渗透进窟窿呢？佛像是怎么破的？"

陆主任耸耸肩："风化吧，或者虫蛀。那么老的佛像，有些裂纹让虫钻了进去，在里面活动，也并不奇怪。"

"但是，要结成一块完整的剑形的冰，雪水就必须从最顶上渗进去，那也就是佛像的天灵盖。是他们最初修补的时候就留下了漏洞吗？如果那时候就有漏洞，这佛像还能撑过这么多年，一直保存到抗战时期吗？"

"那就不确定了。"

乔靖一愣："你们也有不确定的事？"

"不确定的事可太多了。"陆主任说，"宇宙中有很多微小的变化，非常非常微小，小到无法计入小数点后八千位。可它们偏偏就是会影响最终结果。天意从来难问啊。"

"……"

"现在，发你的短信。"

-235-

235 爬到了高塔的最顶层。

这一路行来，他或许惊动了几个住在"上面"的同伴。但他们自从生下来就不曾狩猎或搬运，以至于行动比衰老的 235 更加迟缓，根本拦不住他。

他也知道底层的大批守卫正在赶来处决自己，但此时此刻，他不在乎了。

235 伸出前肢，朝高塔的顶部挖掘起来。

出乎他意料的是，高塔的墙壁非常坚硬，顶部却并不是这样。随着 235 的挖掘，松动的土石开始朝下掉落，仿佛在诱惑着他继续向上、向上。

他感觉到了温度的变化，尽管他不知道这是"冷"还是"热"。但他还是没有见到光。

守卫终于赶到，释放出严厉的信息，命令他立即停止。

"你会死亡。"

235 没有浪费能量回应他们的命令。他的身体正在变得僵硬，前肢开始不听使唤。他依旧看不见光。

"你会死亡。"守卫重复道，"为什么不停止？"

这一次235回应了："因为外面有光。"

"没有光。对你来说没有。"

土石一点一点地坠落，235已经能感受到上方漏进来的风。但他依旧看不见光。

他突然明白了。正如高贵的同伴们不需要力量，他自己也不需要视觉。作为不得离开巢穴的搬运工，他从生到死，都只需要黑暗。

最后一丝能量也散逸出了这具身体，235再也无法移动分毫，保持着挖掘的姿态凝固不动了。守卫攀爬过来，搬运他的躯体。他将被拖回底层，拆解，然后化为同伴们的养分。

这是他们身为虫的宿命。

正在这个时候，一块巨大的土石从塔顶落下，闪耀的光明流泄而下，充斥了整座逼仄的高塔。

在他们都看不见的地方，小乡村的破庙里，半人高的佛像顶端发出轻微的崩裂声，多出了一个小小的漏洞。

搬运着235的守卫接收到了一条微弱的信息："我很快乐。"

"可你看不见光。你做的一切都没有意义。"守卫问道，"为什么还快乐？"

"因为，活着不是死去。"

-乔靖-

"谢谢你今天告诉我你太奶奶的故事，真的很精彩。"

"你相信这个故事吗？"

"当然相信啦。一定是神仙在保佑你太奶奶！可惜不知道是哪路神仙，不然我们还可以去烧一炷香谢谢人家。对了，你调查过图中这把剑吗？"

"今天有个人告诉我，这是汉剑的样式。不过我觉得多半是仿制吧。"

"……我刚才去查了点资料，这把可能是龙形剑啊！"

......

乔靖把自己手机里的聊天记录亮给陆主任看："瞧瞧，任务完美完成。"

陆主任冷哼一声："勉强完成吧。行了，问题解决，我也该走了。"

"等等，你倒是说说怎么勉强？勉强在哪里？"

"时管局交给你的任务，是诱导林晔通过互联网把龙形剑的照片发给你。是通过互联网！要不是你差点让他直接把照片的实物给你看，我们又何必辛辛苦苦去扮小偷、扮条子？"

乔靖半张着嘴呆愣了一会儿。

"我刚刚想明白一件事。"她说。

"我其实并不感兴趣。"陆主任说，"我得回去了。"

"回到哪里去？未来吗？一千年以后吗？这个时管局到底在哪里？"

"这可不能告诉你。"

乔靖慌忙拉住他："你等一下。我以为你们找我，是为了解决龙形剑引起的时空错乱。"

"是啊。正如我之前解释的，你是林晔所有同事里最有可能引他开口的人。"

"但我刚刚想明白，如果林晔不把照片发给我，互联网上就不会留下这张图片的痕迹；互联网上没痕迹，未来的那个考古学家就不会研究龙形剑的课题；考古学家不回到汉代，钟八百就不会得到铸造龙形剑的材料……"

"是啊，是啊。"陆主任又不耐烦起来。

"既然如此，你们找我好像并不是为了抹去错误，而是为了创造这个错误的源头啊！"

陆主任哑然失笑。

"放心吧，你不是源头。"他像是看破了乔靖未说出口的恐惧。

"那谁是源头？"

"谁都不是源头，这个故事没有源头。有些时空事件能够形成一个完整的闭环，我们所做的只是补上这循环的最后一个缺口，确保它不会造成更大的漏洞。"

乔靖皱着眉头苦思冥想起来。陆主任拍了拍她的肩："别想了，这算法不是你一颗小脑瓜子能胜任的。你只要知道这一点，我们的解决方式一定是综合考虑了所有因素的最优解，已经将损失控制到了最低。所以，你做的是一件有价值的事，一件好事。"

乔靖悄然松了一口气，忍不住对他露出感激的笑容。

"我真的得走了。"陆主任起身朝门口走去，忽然又想起什么，转头递过来一张名片，"保持警惕，日后如果出现什么相关问题，这个号码可以联系到我。"

乔靖接过名片，默读道："陆拓，时空管理局监修部主任。"

"必须提醒你，你事先签的那份保密协议——请再认真研读一遍条款。我们会对你实施终身监控，但只要你不泄密，我们永远不会出现在你面前。"

"知道啦。"

"说真的，违约惩罚那块儿，多读几遍，有助于抑制泄密的冲动。"

乔靖的手机振动了一下。她低头看去，是一条新信息："谢谢你。"

乔靖用力捏了捏手机，突然扬声道："陆主任！"

"又怎么了？"陆主任已经推开了门。

"如果我继续跟林晔约会的话，不违规吧？"

陆主任停顿了两秒，面无表情道："不违规。"

但乔靖觉得，他走出门之前似乎是笑了一下。

二十四小时

"老张，早上好啊。我正准备去天文馆呢。"

"是啊，有点凉。昨儿还三十度，今天一早又降温了。嫂子感冒了？哎呀，那你可得提醒她多带件外套啊。"

"等一下，老张。"

"你这是要去哪儿？上班吗？你先等会儿——别管全勤了，我有话跟你说。"

"是件挺重要的事，不骗你。"

"这事儿吧，没什么委婉的表达方式，我就直说了。"

"你的生命还剩二十四小时。"

"明天这个点，这一分，这一秒，你就不在人世了。"

"没跟你开玩笑。今天也不是愚人节。我没在做节目。"

"咱认识这么多年了，我脑子有没有毛病你还不清楚？"

"你当然可以不相信，这对我没什么损失。明天这时候，你就知道了。"

"不不，不是世界末日。只有你和其他的一小拨人。"

"我没说你们会死。我说的是你们会消失。更准确地说，你们从未存在过。"

"是这样的，这些年我不是一直跟你说我是工厂采购部的吗？我撒谎了，其实我是时空管理局的。大学那会儿吧，年少轻狂，搞了些黑客活动，被他们的技术部门看中了，就在那边一直干到现在。我跟你说去外地采购器材的那些日子，其实是去时管局上班。"

"可以啊，你当然可以联系精神病院来抓人。我说了，我没有必要提供任何证据说服你，信不信都是你的自由。"

"没关系，我现在已经不需要对你保密了。"

"我们局里有很多部门，各自有不同的研究项目，说实话，连我也只知道其中几个比较大的部门。"

"大概在三个月前吧，监管处通知我们，说有个其他部门的员工在回到一百五十年之前做任务时，出现了重大失误。"

"简单来说就是他不小心碰掉了一本书。你问它为什么重大？不，不是书的内容。我们从那个人传送回来的影像资料里发现，在捡起这本书时，一个男人和一个女人相遇了。据进一步调查显示，那个男人和那个女人在相识之后结了婚，诞下了一批本不该出现的后代。"

"至于具体的名单，是几个部门协作加班了三个月后才确定下来的。"

"是的，你就是其中之一。"

"不是不是，我们是时管局，又不是行刑队，当然不会杀了你。"

"我们只是要派专人回到一百五十年前，在那对男女捡到书之前就将它放回书架，修复之前的失误。"

"就在明天此时，更准确地说，是在二十三小时五十分钟后。在他们修复失误的一刹那，你和名单上的其他人就会消失。"

"痛倒是不会痛。你们只是从'存在'这个状态回归到'不存在'的初始状态而已。这不是死亡，没有任何感觉。"

"老张……老张，你先冷静一下。"

"办法？你是问改变这件事的办法吗？那真的没有。"

"我通知你，是因为你有提前二十四小时的知情权。接下来的时间，你可以随意安排。"

"可以的，你可以曝光给媒体。我说真的，我们没有条例反对这一点。因为明天你这个人就不存在了，连带着你从出生开始做过的一切事情，都会归零。"

"我不建议你去杀人放火，不过如果你真的要这么做，我也拦不住。"

"警察的话，还是会管一管你的，这可能会导致你在消失之前就被击毙，但还是左右不了你要消失的结果——我是指你的尸体同样会消失。"

"你也可以回去跟嫂子说说话，带她吃顿大餐，或者去踏青。什么？不，她不会记得你。你会被从所有人的记忆中删除，并且无法留下任何形式的遗言，至少在这一点上不需要再浪费时间了。"

"……因为你从未出生过呀。"

"伯母还健在吗？"

"对，她也在名单上。别急，现在也有专员在跟她进行这样的谈话了。你们过会儿可以见一面。"

"真的改变不了。"

"哈哈，你不是第一个想要摧毁时管局的人。我们是绝对安全的，否则我也不会前来通知你了。有能力的话，你大可以摧毁整个地球，但那也只是无用功。我不能告诉你时管局在哪儿，但有一点是肯定的：它在二十四光时之外。"

"对不起。"

"要纸巾吗？"

"哦哦，对不起。"

"嗯……这就是很私人的事情了，名单上每个人的选择都不一样。你问我建议？我建议你去逛一逛博物馆，或者艺术馆……对了，我过会儿要去天文馆看星星，你要一起来吗？"

"对不起对不起，我不是故意惹你生气的。我理解你现在肯定很乱。"

"我知道你想活下去。"

"我知道你想留下你来过的痕迹。"

"真的，我都懂。"

"什么为什么？"

"哦，这问题可就复杂了。你真的要再花十分钟在这上面吗？"

"好吧。一言以蔽之，我们现在处于一条本不该存在的支流的末端。修复那个失误之后，世界才会被改回正轨，循着既定的轨迹流淌下去。在那条轨迹里，你们不会出生，但一些本该存在的人会重享诞生的机会。"

"我不是这个意思……他们不比你们高贵。老张，事情不是这么算的。"

"是的，我们考虑过诞生一百个恐怖分子的可能性。但由于观测角度的限制，站在这个支流的末端，我们确实无法预测另外一个末端的景象。就概率而言，诞生一百个伟大艺术家的可能性也不能忽略。无论世界的原貌如何，在目前阶段，我们只能最大限度地尊重它。"

"我知道你不服。你当然可以说那个员工的失误是天意，是命运安排你们出现的。可是老张，假使任何稍有权柄的人都为了自身利益，不断将历史涂抹、篡改，并美其名曰天意，那么世界会陷入怎样的混乱之中呢？"

"迄今为止，在人类文明发展的历程中，时间是我们所拥有的至高公平。一切不以时间为基石，又能以什么为基石呢？"

"如果能让你感觉好受一点的话，不妨这样想：那个失误是天意所致，如今的补救也同样是天意使然。在这期间，你到此一游，算是白赚了。"

"什么，你问如果是我吗？"

"如果是我啊，我会照常上班……你别不信，我只是为了让自己有事可干，以免在绝望的深渊里度过最后一天。不过我的工作效率会大打折扣，而且说到底，所有工作成果最终都将会消失，所以坚守岗位确实也没什么意义。"

"但既然什么都不能留下，那么我能做的就只剩观察和体验了。"

"所以，我会主动申请从技术部调岗，去做户外工作，负责通知即将消失的名单上的其他成员。"

"即使这是一段通向虚无的旅途，共情依旧是可贵的精神慰藉，有助于使我平静下来，在最后保持理智和尊严。"

"在跟大家交流完毕之后，我会去天文馆看星星。"

"你想一起吗，老张？"

法 手 人 这
锋 偏 走 剑

沉船那夜
雷中传来祖先的羯鼓
沉船那夜
雷中传来祖先的羯鼓
沉船
雷中传来祖先的羯鼓
沉船那夜
沉船那夜
雷中传来祖先的羯鼓
沉船
那夜
沉船那夜
中传来祖先的羯鼓
祖先的羯鼓

沉船那夜

雷中传来祖先的羯鼓

一头灰鲸

哀鸣着撞向海底的

月

《沉船》

版本过旧_

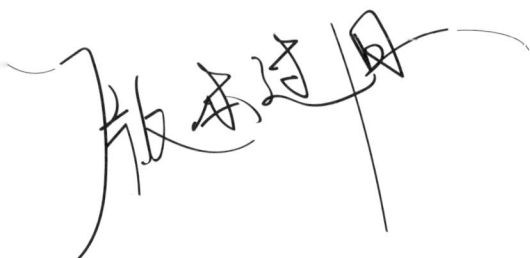

宋戈从不安中醒来

宋戈："嗯……"

医护人员："你醒了？"

宋戈："这是哪里？我为什么穿成这样？你们是谁？"

医护人员："冷静一点，你还记得自己的名字吗？"

宋戈："记得，我叫宋戈。"

医护人员："很好，宋先生，除此之外你还能想起什么？"

宋戈："想不起来了……记忆模模糊糊的，像隔着层什么似的。我这是怎么了？"

医护人员："让我查一下记录——哦，你在四年前因事故昏迷，现在是2138 年。"

宋戈："事故？"

医护人员："我们的记录上写着'交通意外导致脑损伤'。你被送来时，身边并无亲友陪伴，也无法确认身份……"

宋戈："送来？这里是医院吗？"

医护人员："准确地说，这里是一家疗养院。你会发现这里有很多跟你情况类似的同伴，大家都忘了自己的身份……"

宋戈："好吧，谢谢你们的救助，我该走了。要付你们多少钱？"

医护人员："哈哈哈，宋先生，别着急。首先你无须付费，我们这家疗养院是政府资助的；其次，在完全恢复记忆之前，你也不能办理出院手续，这同样是政府的规定。"

宋戈："……"

医护人员："请别沮丧，你会发现这里的生活比想象中舒适。我们虽然名为疗养院，其实更像一个居民区，超市、公园、健身场所、娱乐设施齐全，应有尽有的。"

宋戈："我不觉得自己到了养老的年纪。"

医护人员："如果觉得空虚无聊，你也可以去管理处找一份院内工作，我记得他们正在招绿化维护员。"

宋戈："……"

六个月后。

丁一召："小宋……小宋！"

宋戈："什么事啊丁哥？"

丁一召："下班后要不要一起吃饭？"

宋戈："好啊。"

丁一召："你小子最近怎么老是在发呆，犯相思病了吗？"

宋戈："别开我玩笑啦！丁哥，你不觉得这个疗养院有点奇怪吗？"

丁一召："哪里奇怪？"

宋戈："我醒来后，已经在这里待了半年了，可脑子里依旧一片混沌……"

丁一召："唔，大家都一样，脑子坏了没办法嘛。"

宋戈："不过最近，我的梦中偶尔会出现一个姑娘的脸。我总觉得她有点眼熟，应该是我以前的女朋友吧……"

丁一召："嚯，果然是犯相思病了！"

宋戈："别闹，听我说完——然后我就去管理处申请梦境成像，提取出脑子里的影像做寻人启事，居然被他们驳回了。"

丁一召："驳回的理由呢？"

宋戈："他们说我记忆尚未恢复，只是偶尔产生幻觉。我有时候觉得……他们好像故意不让我们离开。"

丁一召："你这么一说我就想起来了，我室友老李的胳膊上不是纹着一个人名吗？他委托疗养院联网查那个名字，查了三个月都没结果。他们不会真有什么阴谋吧？"

宋戈："无论如何，不能坐以待毙下去了。他们想囚禁我们，我们得找机会逃脱啊。"

丁一召："哪有那么容易，这事儿得好好谋划。"

宋戈："丁哥，你能说服李哥一起制造点混乱吗？我会趁机找出他们的安保死角，等他们放松警惕时我们再一起逃出去。"

丁一召："好吧，我们分头准备。"

五日后。

宋戈："丁哥，这次可真是辛苦你跟李哥了。你们为了掩护我还被抓去受体罚……"

丁一召："嗨，这都是小意思。你找到逃跑路线没？"

宋戈："这鬼地方的安保系统比我们想象中严密得多，简直是个集中营了。不过，我误入了一个奇怪的储存间，里面好像藏了很多患者的私人物品。"

丁一召："有你的物品吗？"

宋戈："嗯，我翻到了这只手机。我一看就觉得似曾相识，回头一试，果然用虹膜解锁了。而且屏幕上的这个姑娘，你看——就是我梦里的那个人。"

丁一召："谁要看你对象啊！我问的是线索，线索！"

宋戈："没办法，手机里的其他东西都被清空了。丁哥你别着急，我看着这张脸，脑子里模模糊糊地浮现出了一串号码，等我偷偷拨出去试试。"

宋戈拨通了号码，开启了全息视频会话。

女人："你好，又见面啦。"

宋戈："你不是……"

女人："什么？"

宋戈："你不是我梦见的人……我是说，你很美，但也太美了点，都不像人类了……"

女人："哈哈哈哈，你怎么还是这么奇怪？我上次就说了大家都长这样啊。倒是你，越来越像上世纪的人了。"

宋戈："上次？我认识你吗？"

女人："两年前，还有一年前，你都给我打过电话啊。这是什么奇怪的玩笑吗？"

宋戈："不是……我其实什么都不记得了。他们说我昏迷了好几年，还说是脑损伤导致失忆。"

女人："可你上次也是这么说的。"

宋戈："……"

女人："你怎么了？你看上去很害怕的样子。需要我帮什么忙吗？"

宋戈："我好像被囚禁了。我想逃出去！"

女人："别着急，我先追踪一下你的实时位置。"

宋戈："没用的，他们肯定设置了屏障。"

女人："欸，果然追踪不到……要不这样，你来描述一下身处的环境，我想办法搞清楚你在哪里。"

宋戈："我在——我在一个疗养院里，看气候应该是在南方，附近没有很高的建筑物，最高就三层吧，可能是在郊区，这里有超市，有公园……"

女人："等一下。"

宋戈："嗯？"

女人："这听上去像是另一个时空啊。"

宋戈："……什么？"

女人："我们的世界早就已经不是这样的了。我给你看看我窗外的风景吧。"

宋戈："这……这是什么？！那些难道是，难道是飞船？"

女人："对，无人驾驶的。"

宋戈："你们都坐这个上班吗？"

女人："上班？我们不用出门上班，只要开启实时 VR，像这样——你看，大家就可以出现在同一个房间里了。还可以切换到不同空间，像这样……"

宋戈："停！刚才那是什么？"

女人："你说这个吗？这是我朋友的房间。哦，她在外太空呢，所以实时图像有点不清晰。"

宋戈："……"

女人："你还好吗？"

宋戈："我有点头晕……等等，你到底是人还是 AI？这手机是你的东西吗？"

女人："哈哈哈，你问得很冒犯，但情有可原。我是人类。至于这手机嘛，我也不记得它是什么时候出现在家里的，算是一个老古董了，这年头除了你也不会有人用它通话了。"

宋戈："……"

女人："你很有意思。这真的不是什么一年一度的整蛊玩笑？"

宋戈："不是！别用看精神病的眼神看我！"

医护人员："宋先生，请开门，系统检测到你有违规行为。"

宋戈："不，不不，别挂断，救救我！"

医护人员："宋先生，我们要强行开门了，你需要立即接受治疗。"

宋戈："我没疯！我真的没疯！不——"

医护人员闯了进来，将宋戈拖到一间手术室。

医护人员："抱歉，手机我们没收了。你的情况不太稳定，有妄想症倾向但别担心，医生很快就来了。"

宋戈："你们在骗人，对不对？那个电话……那个电话通到了未来……"

医护人员："宋先生，听听你自己说的话。"

宋戈："我没疯，我肯定没疯，这一切都有符合逻辑的解释。我是不是昏迷了远远不止四年？现在已经是'未来'了？"

医生："请给他注射一针安定剂。"

宋戈："别过来！你们为什么要囚禁我们？我们是被当作某种试验品了吗？你们现在要彻底抹除我的记忆吗？还是想干脆杀了我？"

医生："放松，很快就过去了。"

宋戈："我就算是死，也要在死前看穿你们的原形！"

宋戈一把夺来手术刀，捅入了自己的胸膛，顿时血流如注。医生不慌不忙，在手术室的墙壁上按了一下，墙壁翻转，露出了这间普通手术室隔壁的隐藏房间。医生将宋戈拽起来，丢进了那房间的液体池里，伤口立即开始愈合。

宋戈："咳……哈……你们还有……什么话可说……"

医生："本来就没什么可说的。"

宋戈："我知道你们有阴谋。"

医生："……"

宋戈："如果我注定要被抹去记忆，请你先告诉我真相，再抹去。"

医生："或许你宁愿自己不知道真相。"

宋戈："朝闻道，夕死可矣。"

医生："好吧。这不是什么未来，这确实是 2138 年。四年前，你因为事故成了植物人。"

宋戈："不可能！"

医生："这里也不是什么囚牢，真的是政府资助的福利疗养院，养的是你们这样一群无法在外面的世界生存的人。"

宋戈："什么意思？"

医生："四年前，就在你成为植物人后不久，有一项科研成果被公之于世。科学家提出，人类的发展其实在不断加速。十八世纪一百年的进步跨度，放在二十二世纪只要一两年就能做到。但我们不可能无限制地加速下去，因为人类大脑的学习能力远远赶不上信息爆发的程度，很多人穷尽一生只搞清楚了自己专业里很小的一块领域。"

宋戈："这是基本常识，算不上新成果。"

医生："对，我要说的新成果是，人类实现了大脑联网。省略冗长的学习过程，像下载文件到本地一样，每天早晨把必要的新信息下载到大脑，等于更新一次软件。

"世界每分每秒都在改变，大脑一天不更新，可以在第二天补上。可你当时的大脑不具备联网条件，而人类直到一年后才实现植物人的普遍修复。这就意味着……"

宋戈："什么？"

医生："你'版本过旧'了。你将永远无法联网更新，因为那样只会让你脆弱的大脑过载。说得残忍一点，你被人类前进的步伐抛下了。"

宋戈："……"

医生："政府在你们这群'版本过旧'者昏迷时，造出了这样一座时光停滞的乌托邦，同时清除了你们的大部分记忆。"

宋戈："为什么？"

医生："为了你们的身心健康。无知其实是一种幸福，你现在应该懂了。你们的亲友也有两个选择，他们可以清除对你们的记忆，从此在各自的世界里生活。如果亲友选择保留记忆，就必须留在这个乌托邦里当志愿者。

"现在你愿意再次清除记忆了吗？速战速决，我还要去照顾我女儿。"

宋戈："所以你女儿也是患者？这里的工作人员，其实都是患者的亲友吗？"

医生："没错。"

宋戈："那你们中有我的亲友吗？"

医生："没有。刚才跟你通话的姑娘确实是你的前女朋友，但她选择了遗忘你。自从你三年前醒来之后，每年都要这么闹一回，想逃出去，想跟外面通话……"

　　宋戈："所以，你们每年告诉我一次真相。"

　　医生："唉，你这种患者挺稀有的，大概是记忆太顽强了吧……"

　　宋戈："帮我个忙。"

　　医生："什么？"

　　宋戈："将那部手机，彻底销毁吧。"

　　医生："……"

　　宋戈："既然没有未来了，就让我安心地活在过去吧。"

　　关爱孤寡老人，人人有责。

不死鸟_

下面我要讲的不是一个故事，而是一系列真实发生过的事情，千真万确，绝非造假，甚至连艺术夸张的成分都没有。

之所以要把它们讲出来，是因为我逐渐意识到这已经不是凭借一己之力所能克服的东西。这些情绪就像水满则溢，如果不加引流而任其发展，或许迟早有一天要决堤。

这个世界上有五花八门的恐惧症，常见的有恐高、密恐、锐声恐惧症、深海恐惧症；也有十分奇葩的，诸如花生酱粘在上颚的恐惧症、牙医恐惧症等。虽然听上去不可思议，但想必都有各自的成因，推己及人，我能想象遭受它们折磨的人一定不好过。

我还记得很小的时候，我有一段时期特别害怕自己的影子，走路的时候看到一团黑乎乎的东西阴魂不散地追在自己身后，就会冷汗狂冒地跑起来试图把它甩掉。但那段时间非常短暂，不知不觉就过去了。相比之下，在我身上更加根深蒂固、难以摆脱的是另一种恐惧，即对鸟类的恐惧。更确切地说，是对死鸟的恐惧。

172

"鸟类恐惧症"——记不清是什么时候第一次听说这个词语的，当时我就明白了发生在自己身上的情况并不是个例。我相信对任何人来说，死鸟都不是什么赏心悦目的东西，但那种厌恶之情在我这里却被放大成百上千倍，最终变为某种可怕的梦魇。它并非与生俱来的恐惧，但我清楚地记得自己见过的每一只死鸟，它们就像诅咒一般，每隔一段时间，当我放松警惕时，就会以最诡异的姿态突然出现，一次又一次地攻破我的心理防线。

一切的开始是在我五岁那年，或者至少在我看来是那样的。那时，家里请了一个教绘画的家教——说是家教，其实也就跟现在的我年纪相仿，是个艺术系的女大学生。

五岁的小孩子，若非天赋异禀，大抵是不肯老老实实枯坐着学习块面、光影和人体结构的。那位家教姑娘为了让我安静下来，费了不少心思，每次都带着各种颜料和质地不一的纸张过来，变着法子吸引我的注意力。就算是那样，我也顶多画半个小时就坐不住了，她就得带我出门去溜达一圈，再回来接着画。

那一天的天气很好，快要入夏了，阳光带了些许热度。我们在小区的绿化带走了一阵子，我开始冒汗，就脱了外套坐到了树荫下。我问家教姑娘要不要一起坐会儿，她矜持地拒绝了，大概是怕弄脏自己的裙子。于是我坐在那儿，她站在我跟前，两个人有说有笑地聊天。家教姑娘的脾气很好，对小孩子也丝毫不厌烦。过了片刻，她催我回去，我耍赖未果，便伸手要她拉我站起来。

姑娘拉起我正要走，突然尖叫了一声。

我抬头看她，她正直愣愣地盯着我身后某处。姑娘一向笑眯眯的，我还从未见她露出过那么失态的表情。我不知道发生了什么，然后她一把捂住了我的眼睛。

"别看了，走吧。"她说。

我哪里肯听，一个劲地挣扎。

姑娘拽着我往回走，我甩开她的手，跟跟跄跄地回头。

在我刚才坐过的地方，有一只黑色的大鸟。鸟的眼珠呈现出不透明的灰白，整个身体以一种极端扭曲的姿态嵌在黢黑泥土里，仿佛是大地本身的衍生品。如果没有那似张非张的双翼和散乱的羽毛，我未必能分辨出那是什么。

我那天穿着一条薄薄的七分裤，站起来之后才觉得屁股后面的布料湿漉漉的。

我曾模模糊糊地听说过"死"，但在那之前还从未亲眼见识过。我是刚好坐在了它的尸体上，还是压死了它？

这样的疑问就像一桶冰水当头浇下，我连转开头都做不到，只能一直盯着它看，一直盯着。姑娘把我抱起来的时候，我才发现自己哭了。

"它本来就死了，鸟没有那么笨，你坐下去的时候它会躲开的。"她用一种奇妙的、仿佛在跟成年人讨论问题的语气说道。她是怎么知道我在想什么的呢？

很多年过去了，我连姑娘的模样都记不清了，那一句话却一直刻在我的脑海里。记忆之中，那是第一次有人对我讲述死亡。死亡是黑色的、潮湿的、扭曲的、冰凉的。

我慢慢地长大了，上了几年学之后，小时候的记忆也开始模糊。就在我快要彻底遗忘那件事的时候，一个下雨天，我父亲清理车库时——他那时候还和我们生活在一起——在角落里发现了一只死猫。

谁也不知道它是什么时候进去的，只能推测是趁着停车时溜进去的流浪猫，却被活活困死在了里面。

猫的尸体被扔到了小区的垃圾桶旁边。我那时正是一腔多愁善感少女心的年纪，没事也要四十五度角望天洒几滴泪，鬼使神差地就撑了把伞去看那只猫。我觉得它可怜，想找个地方埋了它，又没有勇气去碰尸体。就在那样左右为难的当口，猫半张开的嘴里掉出一块东西，滚落在了地上。

那是半只鸟。

我无法控制地大声尖叫着，直到妈妈闻声而来，把我带回了家。

它怎么就刚好在那个时候，在我的注视下滚了出来？如同噩梦中双脚缠上黏糊糊的触角，冥冥中昭示着令人不寒而栗的因果。

一个月后，放学回家的路上，我走过一排低矮的路灯，在迎面的灯座上看见一只死鸽子，它刚好跟我的视线平行。它正对着我，爪子平伸在前面，上面还绑着一张纸片。信鸽鼓凸的眼睛仿佛在瞪视着我；又一个月后，我在学校的操场上偶然地一抬头，头顶的铁丝网上嵌着一只鸟，还保持着刚撞上网的姿势；又一个月后，我在教室外的走廊护栏上发现了一只爪子朝天的鸟……

我开始做噩梦，梦见自己一个人走在街上，口袋突然变得沉甸甸的，伸手进去一摸，摸出一只死鸟来。

我考进了一所名叫二中的高中。跟它的校名相反，这所高中人才辈出。学校一切都好，除了奇葩的晨跑规定：所有学生必须绕整个校园跑一圈后去操场签到，沿路有值班的同学定点监督，将一切抄近路的想法扼杀在摇篮里。

寻找监督的盲点、可行的捷径路线、代签的熟人，成了我们校园生活的乐趣。那天早上我们寝室六个人集体睡过头，等到寝室长惊叫着跳下床时，离签到截止时间已经只剩五分钟了，就算换作当年的刘翔也回天乏术。没有办法，我们只能冒死抄近路。

我们贼头贼脑地穿过走廊，越过教学楼之间的空地，绕过花坛——寝室长被绊了一下。

你当然能猜到绊到她的是什么。低头看清死鸟的模样后，几个姑娘一叠声地尖叫起来，连声喊着"好恶心"跑开了。我被拖着挪出几步，然后就落在了后面。我双腿发软，浑身发冷。姑娘们顾不上管我，朝着操场冲刺而去，空荡荡的平地上只剩下我和一只死鸟，被长长的钉子穿在一起拆解不开。它在我的口袋里，在我的背脊上，在我的发梢悬吊着摇晃，在我的肋骨间振翅挣扎。我弯下腰去，干呕得涕泗横流。

我没法对任何人讲述这些，即使讲了也得不到理解。

"哎呀，不就是鸟吗，那么小的一只，还怪可怜地死了，是有多矫情才会怕它？"

这个世界上为什么要有鸟的存在呢，它们硕大的巨眼、"咔咔"作响的喙、冰冷的爪子，还有它们无处不在的死亡！为什么不能去无人的角落静悄悄地长眠，或者干脆死在天空里被风吹散，为什么永远要瞪着白翳的眼睛落在路中央！

父母离婚的那个星期，我入读了美国东部的一所女校。

不同于洋溢着"我是人才"的灿烂气息的二中，新母校隐身于深山老林中，迎来送往一代代的女孩，浸染了近两个世纪的阴气，甚至学校的山坡上就有一大片墓地，半夜走过阴风阵阵。美术教室里摆着一只缺了一半牙齿的头盖骨，据说是从学校林子里捡来的，平日里供我们画素描用，偶尔也被生物老师借去使使。

就在我入读之前，上一届有个女生毫无预兆地自杀了，她曾住过的那整层寝室楼都被弃置不用，整整一年无人居住；再往上数两届，一个老师在早餐桌上拔出枪，射杀了妻子和孩子，然后饮弹自尽；类似在老图书室里梦见一室鬼影这样的怪谈更是家常便饭了。

如果要拍什么灵异片，那所高中想必是个好地方。话虽如此，也没见有人真的白日撞鬼。姑娘们和平地过着与世隔绝的生活，读读书，吵吵架，和好一下，再吵吵架——扎堆的女人还能干什么呢——周末再去附近的镇里看场电影逛逛街。说得好听些，简直有点田园牧歌的情调。山上的树木郁郁葱葱，环境宜人。环境宜人倒是真的，但路边死鸟的数目也创了历史新高。

我那时处于一个人生的小低谷，遥远的家四分五裂，身边又是陌生的环境，所以不怎么爱跟人说话。大部分时间我都在努力地降低存在感，以免被叫住聊天却记不起对方的名字。本着这样的原则，那天晚上我发现那间公共休息室里只有两个人时，就走了进去。其实我更想待在自己的寝室里，但寝室里不能连网，而我需要写论文。

休息室里的两位都是低年级的女生，名字都叫不上来，正叽叽喳喳地聊着男朋友之类的话题。我坐到角落里的沙发上，在膝上打开电脑，戴上耳机屏蔽她们的声音，然后开始闷头打字。

我打到一半就看起视频来了。记不清具体是什么视频，总之看得很欢快。

这时，一只保鲜袋从天而降，落在了我的键盘上。

保鲜袋里装着一只死麻雀。

我跳起来，电脑掉到地上，耳机也被扯掉了。那两个女生正在疯狂地大笑。其中一人走过来捡起麻雀，抛给另一人，两人就这样一来一回地抛了起来。

"不好玩吗？"她们问我。

"不，很吓人。"电脑没摔坏，我光速收拾东西准备走开，"你们应该埋了它，或者至少扔了……"

"可是我觉得很有趣。"一个女生将它照着我的脸丢了过来。

我拼命想躲，却被粘在原地般动弹不得。麻雀撞在我的肩上，滚落于地。我拔腿就逃，身后还传来她们的大笑声。那简直不是人类的笑声，而是嘶哑的鸟啼。

写到这里，连我自己都觉得像在写小说，或是什么荒诞电影的脚本。我感觉被疯子包围了，又或者我自己才是疯子。如果世界真的是根据某种程序随机生成的数字，那么我的程序一定被鸟啄烂了！

第二天在比较文学课上，敦实的男老师抑扬顿挫地朗读："知更鸟不破坏庄稼，不做任何坏事，只是用它们的心唱歌给我们听。所以杀死一只知更鸟是一种罪过……"

放过我吧，不管你是谁，告诉我我做错了什么吧，让我赎罪吧！

噩梦里的鸟越来越大，口袋已经装不下它了，它舒展开来，升上半空，黑色的翎羽遮天蔽日，它成了无血无肉的不死鸟。

之后，我从那所高中毕业，进了现在的大学。我再也没看见过死鸟，也许是因为已经不需要了——树荫下的任何一团阴影都是它的尸体，擦着我的耳朵飘过的是它的羽毛，博物馆标本脑袋上嵌的玻璃球是它的眼睛。朋友在旁边闲聊："看那只鸽子，我想画它的素描。""你得先想办法把它固定住……"

我杯弓蛇影。

顺便一提，我现在是个艺术生。童年时的家教姑娘说不定真的触动了我脑袋里的某处开关，从此将我的人生引向了另一条道路。学校拨款给艺术系，让我们有机会在纽约实习。天气晴朗的周末，我会抱着速写本去广场上写生。

广场上人来人往，大多数是游客打扮。有一位推着婴儿车的少妇悠闲地走过，身边还跟着一个四五岁的小女孩，金发碧眼，东张西望。鸽子扑棱棱地飞来落下，在石砖的缝隙里啄食着什么，又一下子飞远了。一只只都是心宽体胖、羽毛顺滑的样子，面对这样旺盛的生命力，我已经不怕了，反而会不知不觉地看上很久。

于是就在那个时候，我看见了。

一只瘦小的鸽子，似乎是哪里受了伤飞不起来，只能慢慢跳着移动。它在树荫下孤零零地觅食着，有人走过也不跳开——这里的行人都会自觉给小动物让路，它们大概也习惯了。

那个四五岁的小女孩大概走累了，离开妈妈身边，一个人朝树下走去。她并没有留神看路，而是回头望着妈妈的方向。她的影子慢慢罩住那只受伤的鸽子，鸽子终于察觉到了危险，开始向一边跳去，可速度缓慢。

小女孩开开心心地转了个身，一屁股坐了下去。

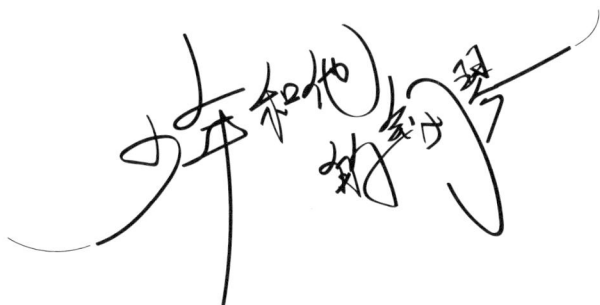

少年很小的时候第一次被父母带进一家琴厂。那个年代的钢琴，即使是二手货也像可望不可即的奢侈品，泛着亦真亦幻的珠光。父母与店员低声交谈，少年在一旁东张西望，一眼就看见了靠墙摆放的那架琴。他走上前去，伸出小手敬畏地摸了摸琴身。钢琴高贵美丽，像穿着一袭黑礼服的王子，骄傲却又温柔地回应着孩子的触碰。

少年试探着按下了一个琴键。"叮咚"一声低沉悠长，在店里传出老远。

"不要乱碰东西哦。"母亲转过身来嘱咐。

"没关系，"店员微笑着说，"可以多弹几下，看看自己最喜欢哪一架。"

"我喜欢这架。"少年斩钉截铁地说。

他再也不肯改变主意，也没有去试别的琴。父母又走到一旁商量了许久，少年隐约听到"太贵""便宜点"几个词，不禁心头直跳，不时回头看看身边的钢琴。他知道父母东拼西借才凑齐买琴的钱。他想象着未来的自己挣到好多好多的钱，把这架琴买下来带回家，却又害怕在那之前它就已经被别人抢走。最后母亲走来对他笑了笑，说："好吧。"少年快乐得直想哭。

这个家很朴素，一架钢琴静静地立在卧室中，优雅得格格不入。

母亲低头收拾着碗筷，少年匆匆扒完最后一口饭，跳起来就直奔卧室，身后传来"吃完饭要先活动一下"的徒劳叫唤。他跳上高高的琴凳，两条小短腿还够不到踏板，悬在空中不停地晃悠。胖乎乎的小手轮番按下黑白琴键，"叮叮咚咚"的琴声伴着厨房里"哗哗"的水声，在昏黄的灯光下无穷无尽地回荡。铁面无私的哈农，枯燥单调的拜厄，浅显易懂的汤普森。

　　钢琴成了少年最奢侈的玩具，最亲密的伙伴，他们日日夜夜纠缠在一起。少年在同龄的孩子里显得笨拙，也不热衷于他们宏伟的破坏计划，吃饭睡觉以外的时光全被他耗在了琴凳上，所有的快乐、愤怒与迷惑全在指间挥洒，死心塌地且永不厌倦。羞怯多情的舒曼，天纵英才的李斯特，暧昧飘忽的德彪西。

　　钢琴老师笑眯眯地看着进步神速的少年，仿佛看见了光明万丈的未来，父母却担心他的文化课跟不上——而在他们眼中，仅靠音乐糊口几乎是天方夜谭。但少年还来不及担心这些，他每天都在和自己的钢琴私奔，从琐碎的日常生活逃进一个梦境般瑰丽的乌托邦，他们的世界里仅剩彼此。

　　肖邦，绝望的肖邦，沉默的肖邦，严冬冰层下燃烧着熊熊烈火的肖邦。他为那些久远的故事所心折，如痴如醉。他一个小节一个小节地啃下那些繁杂的乐谱，只要听见心中想象的旋律，就欣喜若狂。

　　胖胖的小手逐渐变得修长有力，晃悠着的双腿终于有一天踏在了实地上。少年长大了，却依旧形单影只，只有黑白琴键在他的指下日复一日地熠熠生辉。钢琴陪伴他走过了整个寂寞的童年，又陪伴他走上了一条孤注一掷的道路。父母为此皱了许久的眉，却最终咽下了没说出口的担忧。少年成功过了家庭这关，却抵不过夜深人静时的自我怀疑。

　　"我真的能靠音乐为生吗？"他悄声问，随即又笑了起来，就好像钢琴能开口回答似的。他并非出生在富贵人家，却非要做云端的梦。

　　钢琴泛着柔和的冷光，像他的守护神。

　　少年开始参加各种各样的比赛，拿下越来越多的奖项。省际、全国、国际，父母把所有的奖杯摆在客厅里，看着看着就喜上眉梢。少年初尝荣誉的滋味，不禁有些飘飘然，出门时也开始注意起了穿着打扮。但钢琴家毕竟不是歌星，不会被女孩子当街追着要签名，只有古典音乐杂志会刊出几句矜持的赞扬。

他开始相信自己是个天才，就像师父与评委纷纷认定的那样。但仅靠这些奖项还不足以证明。

机会很快就来了——一个重量级的国际奖项，足以让世界记住他的名字。少年没日没夜地练习那首无比复杂、艰涩的曲目，以他的年纪挑战这样的难度，是前所未有的事。少年反复琢磨每个音符的轻重，决不允许出现任何失误。比赛的日子一天天地临近，曲子终于被他练到完美无暇。师父闭着眼睛听完少年的弹奏，满意地拍了拍他的肩，却又说："尽人事，听天命。你还小，一次不如意也不算什么。"他以为师父只是为了让自己放松。

那场比赛，少年最终拿到第三名，对他来说是铩羽而归。他的演奏没出任何差错，但事情有时就是这样的。

少年一帆风顺至今，头一次遇上这等挫折。他把自己锁在房间里，趴在钢琴上哭了一会儿，擦干眼泪又独自弹了一次那首参赛曲目。钢琴已经旧了，漂亮的黑色漆面略显黯淡，音色也不如那些比赛专用的昂贵三角琴，却是他从小听到大的，最熟悉、温暖的声音。

少年醒来时还趴在钢琴上，时间是午夜，四周一片漆黑。风干了的泪痕留在脸上痒痒的，他伸手抹了抹，突然记起了刚才的梦境。梦里依稀有一只手抚摸着他的头发，有一记轻吻落在后颈，还有一个低沉的声音在耳边说……说了什么呢？少年皱着眉回想了半天，却怎么也想不起来了。

真是个怪梦。

少年将这件事抛在脑后，顺带忘记了荣誉与奖项，又回到了那无忧无虑的练琴时光。过了不久，师父要带他去国外参加另一个国际比赛。少年用布仔细地蒙好钢琴，确保它不会积上灰尘，然后就拉上箱子走了。

小小的卧房少了"叮叮咚咚"不间断的乐声，蒙着布的钢琴成了摆设，安静得有些寂寞。

谁也没有想到，少年一去就是经年。

这一次，上帝垂青了他。肖邦的灵魂被他召回指下，他弹出了爱，弹出了死，也弹出了那个遥远的、失落的故乡，仿佛来自天际的神谕。史上最年轻的冠军诞生了。少年再也不需要通过比赛证明自己了，如今有千万双耳朵虔诚地等待着聆听他的琴声。荣耀从世界的各个角落争先恐后地飞向他，颁奖，演出，音乐会，签约，还有不断扩大的交际圈。

曾经徜徉云端的梦，眨眼间就成了现实的人生，让人措手不及。孤独懵懂的少年时代结束了，时光很快将他打磨成闪光灯下风度翩翩的艺术家。

少年再次回家时，带回了一架崭新的施坦威钢琴。

镜面般闪亮的琴身，美酒般清澈醇厚的音色。人们说，只有这样的琴才配得上他的双手，也只有他才能赋予这架琴灵魂。施坦威被小心翼翼地供在客厅里，光华四溢。

"那架旧钢琴，搬去琴厂卖了吧？"父母商量着说，"不过这年头的二手琴卖不出多少钱了，不如送给亲戚。"

"你的乐迷说不定会出高价买。"他们又开玩笑道。

少年朝卧房看去，旧钢琴依旧蒙着布，静静地立在角落里。

"就先留在那里吧。"他轻声说，目光温柔。他挣到了好多好多的钱，不用担心钢琴被别人抢走了。

这个家里从此有了两架钢琴，一架摆在客厅，一架摆在卧房。可是少年现在很少回家了，即使偶尔在家，也是用那架施坦威练琴。记者上门拜访，总免不了绕着施坦威长枪短炮一番——看哪，这可是国际知名钢琴家的御用钢琴。再之后，少年给父母买了新房，自己也搬进了更大的房子里，那架旧钢琴就被放进了储物间。

很多年过去了。储物间里昏暗寂静，有时钟点工会进来拿起吸尘器，又头也不抬地出去。虽然蒙着布，钢琴上还是蒙了一层细细的灰。这些年来没人调音，即使少年再来弹奏，也会发现它已经走音得不成样子了。但是没有关系，这架琴作为乐器的生命已经结束，如今的它只是一件纪念品，琴身里封存着那些一去不返的时光。

少年已经不再是少年了。万山之巅同样有起有落，他有过失意也有过挫折，但他再不会像小时候那样，为了一个没得到的第一名而哭鼻子。他穿上高级定制的西服，走进雪白的追光灯，弹出五线谱上的万千气象，接受如雷的掌声。音乐带给了他一切——光环、财富、际遇，还有朋友。

有一次少年和几个朋友在家中聚会，被怂恿着现场弹奏了一首小曲。朋友们笑着鼓掌，其中一个年轻人请求他让自己也摸一摸施坦威。年轻人高挑帅气，试弹了几下，连声赞叹名琴的声音就是不一样。少年来了兴致，脱口而出："我还留着小时候的旧琴呢。"

他带着年轻人走进储物间，打开灯，指给对方看。年轻人微笑着说："我也有过这样的钢琴。"

他们对视着，彼此离得很近。少年不着痕迹地移开了目光："走吧，没什么好看的。"

这一星火花最终还未燃起就熄灭了。年轻人提不起再跨出一步的勇气，他需要顾虑的东西有很多；少年也没像八卦传闻中那样肝肠寸断，只是多少有些遗憾。他按部就班地生活了这么多年，却总也没有人，总也没有一个人，走到自己身边。

少年突然记起很小的时候做过的梦，梦里的自己总是在弹琴，身旁坐着一个和自己身量相仿的孩子，歪着脑袋认真地听。那一定是个很亲密的朋友，即使时隔多年模糊地想起，也觉得满心怀念。

那架旧钢琴被重新搬了出来。少年一点一点地擦去上面的灰尘，又请来调琴师重新校了音。

少年试探着按下一枚琴键，"叮咚"一声低沉悠长，在静谧的空间里回荡。

少年关上灯，闭上眼，随心所欲地弹了起来。他弹着这些年来的欢欣与失落，弹着偶尔的委屈，弹着涌出的回忆。厨房里传出母亲洗碗的动静，树枝在窗上投下摇曳的影子，昏黄的灯光下琴声浪漫醉人。他不知自己弹了多久，恍惚间只觉得乐声低弱下去，一只手抚摸着他的头发，一记轻吻落在了额上。他听见一个熟悉入骨的声音在耳边低念：

"我会一直陪在你的身边。"

灵魂的重量是 35 克。

死者咽下最后一口气之后，体重会与生前正好相差 35 克——当然，说别的数字的也有，但总归八九不离十。

近来张三时常在父亲的病床前想起这个理论。

"如果拔掉父亲的管子，他的体重说不定根本就不会变。"张三低声对妻子说着，"因为他在十年前就已经死了，只剩下这具躯壳，依靠着这堆仪器伪装成活人的样子……"

妻子连忙制止了他："别这样说，至少别在父亲面前这样说。万一他保留了一点知觉，听见你说的话该多伤心啊。"

"不会的。"张三神情麻木，"如果他能听见我们的声音，为什么这么久都不愿意醒来？"

十年时间足以消磨很多东西，包括维持人与人之间的亲密关系的所有必需品：回忆、思念和希望。

张三的父亲是在一场重大交通事故中变成植物人的。警察赶到现场时，他的车子四轮朝天，血从车窗缝隙里流出来，在地上汇聚出了一个水洼。

不过，与旁边侧翻的公交车里那九个顷刻间丧命的遇难者相比，他这个肇事者几乎算得上是幸运了。又或者，他的不幸才刚刚开始。

医生当时就通知了家属，父亲醒来的概率无限趋近于零。张大和张二痛苦了一个月，而后接受了现实，提出让医院拔掉父亲的管子。他们的家境并不富裕，而供养植物人是个无底洞。

唯一坚决不肯放弃的人，是当时还在读中学的张三。

"因为，爸爸明明还在这里啊！"张三哭着说，"我每天都能梦见他，真的，我发誓！他说他还在努力战斗，他还不想离开，我们又怎么能替他放弃？"

或许是不忍让小弟早早失去父亲，又或许是仍旧心存侥幸，一家人最终又咬牙坚持了一年。

然后是又一年。

然而坚持并未换来转机。父亲无知无觉地躺在病床上，躯体年复一年地萎缩干瘪下去，像风干得格外缓慢的木乃伊。

张三逐渐长大，生活被工作、家庭和诸多琐事挤得满满当当，探望父亲的频率也越来越低了。就连梦里那道嘶喊着坚持战斗的声音，都变得那么微弱，张三觉得自己几乎忘记了父亲的嗓音。

冥冥之中，还有另一个想法占据了上风：父亲作为那么严重事故的肇事者，恐怕没有这个福报重获新生了。

"我在备忘录里做了记录。到今天为止，我已经整整一年没有梦见他了。"张三对妻子说，"或许他真的还在战斗吧，但这场战斗早已没有获胜的可能。"

妻子将手搭在张三的肩上。张三的眼泪缓慢地流了下来："如果十年前就让他解脱，会不会对所有人都更好？"

在这一年的家庭聚餐上，张三终于松口，同意送父亲离去了。

张大和张二都松了一口气。护工费逐年增长，各种开支如何分摊，早已在三兄弟间引起了不少矛盾。如今能从根源上解决问题，他们的人生也可以翻篇了。

兄弟几个心平气和地坐在一起，喝着酒，聊着天，追忆起了许多似乎早已遗忘的往事。

张三趁着酒劲说："我们称一下父亲的体重吧。"

所有人都愣住了。妻子在桌子底下悄悄踩了张三一脚。

"我知道这不敬，不孝，不合适。"张三被酒辣红了眼睛，"但我心里过不去这道坎。我就想看看拔管之后，他的体重会不会掉35克。我就想知道这十年来，他到底在不在。"

"如果你证明了他在呢？那是不是等于我们杀了他？！"张大厉声问道。

"是我提出的，是我杀了他，与你们都无关！"

没有人支持张三。

但张三还是决定一条路走到黑。这是他陈年的心结，他必须解开才能过活。

35克这么小的重量差，不是家用体重计能搞定的，需要非常专业精密的仪器才能称量。张三索性联系了当地的某个高维物理研究团队，替父亲报名当了这个志愿者。

"就当是让他为人类做点贡献，积点功德。"张三此话一出，家人的反对声顿时小了下去——业报这件事，宁信其有不信其无，总是众人心中的一根刺。

研究团队摆开阵仗，在父亲的病房中待了很久，记录了满满几页的数据。他们必须排除掉一切干扰因素，得出最权威的结果。

然后他们让家人对死者作别，在众人的见证下关掉了所有维持生命的仪器。当心跳仪上的曲线归为一条直线时，张三长长地呼出了一口气。

"十年了。"张大似悲伤又似解脱。

"十年了，父亲斗争到现在，是条汉子了。"张二也说。

——当然，前提是父亲真的还在那具躯壳里。

研究团队请家属等候在病房外的走廊上，又记录了更多的数据。

漫长的等待之后，团队负责人终于走到众人面前："测量结果出乎我们的意料。"

张三的心沉了下去。

"确实非常出乎意料，"负责人带着震惊的表情说，"死者的体重减轻了整整350克。"

套路

"为什么男主刀都举起来了居然又放下？那之前忍辱负重的十年算什么？这圣母不是我认识的男主啊！"

"为什么男二和女二没有走到一起，之前搞那么多暧昧是在遛粉吗？"

"反派 boss 洗心革面……突如其来的俗套……"

"作者巨巨，我叫你一声你敢应吗？"

作者巨巨不敢应。

作者巨巨翻着留言，一声叹息。

作者巨巨是一个真正的巨巨，从数年前开始，他笔下的每部小说都能上畅销榜。后来有了 IP 这个概念，他的作品又都被改编成了现象级 IP。

但巨巨有巨巨的烦恼。行内规矩多，写作时不得不有所收敛，许多情节都只能在脑子里想想，不敢真的诉诸键盘。

比如初稿中设计的一场手法极具创意的虐杀，会被以"血腥暴力"为由打回重修。

比如按他的设定其实是一对儿的两个角色，在文里就只能暧昧一下。

又比如，反派 boss 灭掉名门正派后飘然而去的结局，直接被编辑画了个叉。

"为什么？"巨巨怒了，"三观正不正是我的自由！"

编辑答道："有本事你饿死别卖 IP 啊。"

"……"

时间长了，原作巨巨有时会突然产生怀疑，不知道自己码字是为了什么。

原作巨巨正要关掉评论页面，忽然扫见了一行留言："不能忍了，脑补了另一个结局，分镜都想好了……"

这条留言得到了积极响应："楼上的那位兄弟很眼熟啊，是不是混同人站的！""笔给你，一千一万支都给你！""同人站在哪里？快快快上链接。"

原作巨巨一愣，心中不服，却又好奇心起，偷偷去那个传说中的同人站，搜了搜自己的读者写的同人文。

连看十余篇，篇篇令人面容扭曲。

倒不是说它们写得多烂——偶尔还是有文笔不俗的佳作。但这并不能阻止他抓耳挠腮。因为每一篇的情节、人设、对话语气，都跟巨巨心中的设想有或大或小的出入，不是这里不够味，就是那里略觉硌硬。

原作巨巨逐渐明白了，谁也不是自己肚子里的蛔虫，脑回路不可能完全重叠。

空虚难耐的巨巨关掉最后一篇，忍不住了。

他决定披个马甲，自己写自己的同人。

原作巨巨登上平台，写了条言简意赅的通知："手头的坑已完本，暂时不开新文了。"

读者倒还没什么反应，只是纷纷劝他好好休息。编辑们却第一时间打开了私聊，问他后续的产出计划。原作巨巨只是更简短地回复道："心累，放个小假。"

说完之后，他就去同人站注册了一个马甲"颈椎不好"。

原作巨巨一朝放飞自我，就文思如泉涌，当初忍着不敢写的情节全部回到了心头。他手速一爆，三天就码完了一个几万字的短篇。

这次试水得到了热烈回应，评论里有的讨论情节，有的夸赞文笔，但出镜率最高的一句评价还是"原著风"。

可不得原著风吗，这就是原作本尊写的。

原作巨巨受到了鼓舞，又接连为自己的其他作品产出了几篇同人。

起初依旧好评如潮。直到某一天原作巨巨打开评论，突然被扑面而来的硝烟呛得一趔趄。

原来，某些角色的粉丝因为他把本命写坏了、写死了，怒而指责他OOC；其他读者上前反驳，两边阵营针锋相对，越掐越厉害。

原作巨巨翻了翻骂自己的言论，心头火起，回复道："你又不是原作巨巨，怎么知道他心里的想法？没准儿OOC的是原作呢！"

没准儿OOC的是原作呢！

没准儿OOC的是原作呢！

没准儿OOC的是原作呢！

……

同人圈的年度金句出现了。

等到原作巨巨反应过来自己此刻的身份，回头删掉这句回复时，已经晚了。

他再次体会了一夜成名的感觉，只不过这一回是作为同人写手。

"原作OOC哈哈哈哈哈，截图保存下来了，我能笑到明年！""作为看过你文的人，真想把自己眼睛挖出来……""楼主你的狂妄程度已经让我无法用'愤怒'作为反应了，不如说是'敬畏'啊。"

一人一口唾沫，把他的同人站评论区淹成了汪洋大海。

所有人都等着看他什么时候删文销号，夹着尾巴退圈。

然而巨巨的反应却让他们失望了。对于自己搅起的轩然大波，他大约反思了三秒钟，接着就若无其事地继续更新起了同人文。

原作巨巨起初真的觉得无所谓。毕竟这只是个小小的马甲，自己写得爽最重要，等用它过完这一把瘾，就可以抛弃了。

当然，他的同人文人气一落千丈，只有寥寥无几的小粉丝依旧不离不弃地追着更新，剩下的则全是追来继续骂的人。从那之后，无论巨巨写出什么剧情，他们都会揪着不放，冷嘲热讽一番。

"哇，就这垃圾货色也好意思号称原著风？"

"楼上的你不懂，颈椎聚聚说了，OOC 的是原作！"

……

原作巨巨渐觉骑虎难下，可如今却已经不能自揭马甲了。因为一旦这群读者知道他竟然是原作巨巨本人，那么针对同人的恶评就会转移到原作身上，并且为他扣上一顶"自我炒作"的帽子。

正当此时，另一个名字却越来越多地出现在了他的眼前。

"草莓太太那种水平的同人，都没有说自己原著风呢。"

"怎么能拿楼主跟草莓太太比？这是草莓太太被黑得最惨的一次！"

"抱走我家太太不约。"

草莓太太？谁？

草莓太太是同人圈里的另一个著名大手，ID 叫草莓草莓，也在这个站子发文。

原作巨巨找到了答案，颇为不以为然。他心想：学得再像，还能像过我本人？

然而，当攻击他的人群第八百次提到这位太太时，原作巨巨终于抑制不住好奇心，去看了看对方写的啥。

这一看之下大惊失色。

对方还真是个大手，文笔相当优美，起承转合也恰到好处，甚至让原作巨巨觉得如此人物屈才来写自己的同人，实在是一种浪费。

但这还不是最重要的。

最重要的是，此人擅长写 AU，也就是把原作的人物写进一个平行宇宙，但不论是人物的行动、语气、心理活动，还是遣词造句、悬念伏笔，都让原作巨巨有一种"这莫非是我梦游时写出来的"的错觉。

原作巨巨读着读着，眼眶湿润了。

他找到了。

肚子里的蛔虫，完全重叠的脑回路。

知己啊！

激动一阵之后，原作巨巨忽然有些忐忑。

对方能把同人写到这个地步，一定是因为对自己的作品了如指掌。

然而，自己却并未将真实的想法全部写进那几本作品里，反而写进了用马甲发出的同人文之中。

原作巨巨可以不在乎旁人对这几篇同人的谩骂，却抓心挠腮地渴望获知这位"知己"的看法。她会欣赏这样的故事走向吗？又或者有什么更好的建议吗？

原作巨巨忍不住顶着"颈椎不好"的 ID，打开了同人站的站内短信，给草莓太太发去了消息。

颈椎不好："太太好。"

对方不回。

颈椎不好："太太写得真好，我超喜欢你的同人的！"

对方不回。

原作巨巨从下午等到半夜，其间对方还发了一章更新。

原作巨巨终于沉不住气了。

颈椎不好："太太你已经上线啦，为什么不回我？"

对方终于回复了，冷淡道："你好，谢谢你喜欢。"

颈椎不好："不知道太太有没有看我写的同人呢？"

草莓草莓："看了。"

原作巨巨忐忑又期待："太太能不能给点建议呀？"

草莓草莓："没有建议。"

原作巨巨被这个语气弄得一愣。

对方下一句跟了过来："因为我对你的文无话可说。"

原作巨巨蒙了。

草莓草莓打开了话匣子，却仿佛早已准备好了一吨重的例证，开始了大段大段的批判："原著里角色 A 的性格明明丰满又复杂，怎么到你这儿就仅仅只是猥琐？原著第五十三章给了角色 B 那么多精彩的笔墨，你的文里却彻底忽略了那一节……"

原作巨巨不服了！

于是他也开始长篇大论地反驳："角色 A 确实有很多苦衷，可是他也没有必要时时刻刻把苦衷写在脸上啊，在别人眼中他可不就是猥琐吗！第五十三章在原著里是转折的重头戏，可是在同人文里当然可以压缩一下啊，毕竟同人的重心是 C 和 D 啊……"

他刚发出去五分钟，对方又是一大段回复砸了过来，引经据典，慷慨激昂，全方位多角度地将他的同人贬得一文不值。

两个人你来我往，就用站内私信辩论了半个通宵。

原作巨巨从最初的心生不忿，逐渐发展到火冒三丈。草莓草莓却不动如山，始终不接受任何反驳。

天快亮时，她甩了最后一句话过来："就你也敢号称原著风？你连给原作巨巨提鞋都不配。接受这个残忍的事实，睡觉去吧。"

原作巨巨："……"

原作巨巨盯着对方 ID 边上跳出的"离线"二字,听见了理智之弦崩裂的声音。

他暴跳如雷地敲下一行字:"我就是原作!我就是原作啊!"

原作巨巨最终还是没把这行字发出去。

他又把对方的长篇大论从头到尾重读了一遍,心情好复杂。一方面气到不行,一方面又更深切地感受到,对方对自己的原著实在爱得深沉。

可惜她爱的不是我的灵魂……

原作巨巨痛失一位灵魂知己,倍觉消沉,伤心地睡了。

第二天一早,同人站里忽然多了一个征文贴,转发的是某官方平台的活动介绍。

原来,巨巨的某作品改编的游戏近日要上线了。官方平台为了炒热度,搞了个征文大赛,邀请粉丝积极投稿,参与者可以拿到各种奖品,从前三名的"高额奖金+作者亲笔签名赠品",到优胜奖的各种游戏周边。

这个"亲笔签名赠品"的含金量甚至比"高额奖金"还高,因为原作巨巨近年来已经很少参加签售了。

正文帖逐渐得到了一批回复,小粉丝们纷纷艾特圈内同人大手,问他们要不要试水。其中呼声最高的名字自然是风头正劲的草莓太太。而原作巨巨的马甲号也收到了零星几个艾特,当然,艾特他的人都被群嘲了一番。

原作巨巨忽然灵机一动。

他秒速登上平台大号,找到了游戏官方账号,发了条私信过去:"听说你们最近要搞同人比赛?不如让我去当评委啊?不要钱不要钱。"

巨巨愿意凑趣,官方当然求之不得,当即把他的评委身份作为一个彩蛋公布了出去。

原作巨巨露出了一个险恶的狞笑,当即打开文档,开始创作"颈椎不好"的参赛作品。

原作巨巨主意已定，誓要让草莓草莓明白，自己不但能给原作提鞋，还能把她比下去。

只有作为原作将自己的作品评为第一，并且有理有据地夸奖一通，才能让对方正视曾经抨击过的这些想法，都是原作者自己真正的想法。

如他所料，草莓草莓果然也参加了这个比赛，还将参赛作品开了个连载楼。

原作巨巨一边创作，一边偷偷去对方那里瞄了几眼。瞄完之后心虚地告诉自己："不如我不如我，评审说不如就不如。"

原作巨巨当初写那些长篇大作的时候，都没这么投入过。他爱写同人，写同人使他快乐。读者问他什么时候开坑，他充耳不闻；编辑问他什么时候复活，他无动于衷。

不知不觉间，他浑然忘我，竟找回了最初码字时的状态。

直到有人给他发窗口抖动。

"你还活着吗？"一个写手朋友问。

"活着。"

"大家委托我把你拽出来。"

原来，他们这群宅男写手也是有群的，而且群里还会不定期搞一搞同城聚会，作为一群死宅为数不多的社交机会。

"你已经两次没来了，再不来就做不成兄弟了！"

"好好好，来来来……"

同城聚会的活动内容还是老一套，吃吃饭，唱唱 K，互相吹吹牛。原作巨巨确实很久没出门了，渐渐 high 了起来，在 KTV 包间里化身麦霸，唱得左右摇摆，频频破音。

其他人有的聊天，有的玩手机，还有人在狂笑着给他录像，显然预谋着回头好好嘲笑他一通。

原作巨巨边唱边摇摆，无意间朝身侧扫了一眼。

倏然间一个乐音拐了三道弯。

好在他原本就跑调，竟也没人察觉异样，只有录像的笑得愈发丧心病狂。

原作巨巨的心思已经完全不在唱歌上了。

他身边坐着个之前没见过的写手，正闷不吭声地捧着手机，低头用备忘录码字。也怪他眼神太好，一眼就扫见了对方刚刚敲出的几个字——自己作品的主角名。

原作巨巨心头狂跳，一边装作唱得投入，一边又小心翼翼地瞟了几眼。

他借口上厕所，放下话筒出了包间，一路小跑到洗手间，躲在里面用手机登上同人站，打开了草莓太太的连载楼。

没错，从最后一次更新的情节，正好能顺接到刚才那家伙在码的内容。

……

原作巨巨感觉到一滴冷汗顺着背脊流了下去。

他连忙在手机上戳那个把自己拉出来的朋友："刚才坐在我旁边的那位是谁呀？"

"你居然不知道？"朋友很快报来了一个如雷贯耳的名字，"是跟你差不多咖位的大神啊，我还以为你们早就认识了。"

大神二号的名字，原作巨巨当然是听过的。只不过初次见面，没能跟脸对上号。

爱恨就在一瞬间。

原作巨巨腿脚发软地摸回包厢，再也无法直视大神二号了。

此人岂止咖位跟他相当，按说还有点竞争关系。

谁又能想到对方会暗搓搓地写自己的同人，还在私信里流露出那么深沉的爱意呢！而且对方为了不掉马，不惜装妹子，被以太太称呼都不反驳啊！

为什么？这一切到底是为了什么？

原作巨巨盯着 KTV 屏幕上正在热舞的男男女女发了一阵子呆，又灌了一口可乐壮胆，猛然间转向了大神二号。

"大神，"原作巨巨喊了一声，"请问你——"

大神二号终于抬起头，面无表情地望向他。

"……你唱歌吗？"原作巨巨怂了。万一是自己想多了呢？

大神二号依旧没说话，又盯着他看了两秒，默默起身走向了点歌屏。有人见状起哄道："哟，难得见大神开一回嗓啊，快给他插个队！"

于是原作巨巨立即就听见熟悉的 BGM 响了起来。

是自己某部作品改编的电视剧的主题曲。

满屋子起哄声里，大神二号不为所动，一板一眼地唱完了整首，又低头看手机去了。

原作巨巨如坐针毡。

这一天剩下的时间，原作巨巨都魂不守舍，强颜欢笑。而大神二号始终在闷头码字，甚至没对他说过一句话。

回家之后，原作巨巨心情复杂地翻起了大神二号的作品集。

跟他印象中一样，大神二号本身的文风与他迥然不同，甚至可以说个人风格比他更鲜明。然而，此人写同人时竟然能把自身的特征藏得滴水不漏，反而将对方的风格模仿得以假乱真。

这种模仿可不仅限于遣词造句，就连起承转合的设置、剧情发展的节奏都能仿写出来。

原作巨巨越看越体会到，大神二号对自己，可以说是了如指掌了。

这个人究竟默默关注了自己多久？既然如此关注，又为何从未对自己说过一句话呢？

就连今天见面的时候，对方都一言不发，那面无表情的脸甚至让原作巨巨怀疑自己是不是得了臆想症。

可就算其他事情都是幻觉……至少那首歌不可能是幻听吧？

难道说对方只是单纯喜欢那首歌？

原作巨巨左思右想，越来越不相信自己的眼睛，并且无法遏制去查个清楚的冲动。

三天之后，他在同人站里注册了第二个马甲"没有文化"，换了个萌妹子头像，甚至在 IP 地址上动了手脚。又刻意等待了一星期，让这个号看起来不是那么新了，这才装模作样地朝"草莓太太"发了一封站内信。

没有文化："太太，你难道……是大神二号的马甲？"

这一次对方整整二十四小时都没有回复。

二十四小时后，他终于收到了回复："我仔细检查了一遍之前发的所有同人，没有找到任何大神二号的习惯用语，请问你为什么会有这个想法？"

这个回复就很巧妙了。对方不承认也不否认，却把原作巨巨问倒了。

原作巨巨也回答不出啊！憋了半天终于说："我查了你的 IP。"

草莓草莓很疑惑："你查到我的也就算了，难道还能查到大神二号的？"

原作巨巨打肿脸充胖子："技术够好的话，能查到的。"

对方陷入了沉默。

没有文化："太太你想写同人的话，直接用你的大号写不就行了，为什么要开马甲？"

又过了几小时，草莓草莓回道："……怕他想太多。"

承认了！

彻底承认了！

原作巨巨心道：我本来不会想很多，现在我脑子要炸了！

震惊之余，他还不忘放个烟幕弹。

没有文化："那原作巨巨知道这件事吗？"

对方显然在刚才的沉默中已经考虑过这个问题了，很快回道："本来应该不知道。不过现在既然你已经发现了，就说明这个马甲其实不安全。算了，写完参赛这篇，草莓草莓这个 ID 就封笔了。"

原作巨巨没有预料到事态会这样发展，有些愣神。

对方竟然如此害怕被自己知道，这是什么无法解释的怪癖吗？

他们原本可以用大号相识，欢乐地促膝长谈，从诗词歌赋聊到人生哲学，发展出高尚的友谊。而今却陷入了无比尴尬的局面中：他已经发现了对方的马甲，对方却对他的马甲一无所知。不仅一无所知，还嗤之以鼻。

想到这里，原作巨巨就有一丝淡淡的不爽了。

这局面明明是对方造成的，凭什么只有自己尴尬得辗转反侧？要尴一起尴啊。

原作巨巨决定以牙还牙，在自己的同人参赛作品中模仿大神二号的文风，好向对方暗示，自己已经发现了他的真实身份。

原作巨巨自己也是个巨巨，下定决心要模仿一个人，那也是易如反掌。毕竟他写自己的同人时，并不会想着"模仿自己"，难免放飞一些，而模仿对方却可以一板一眼。

他的同人号的粉和黑很快就发现了这种转变，褒贬不一。

粉丝中有人惊喜地发现"颈椎大大不需要拘泥于原著风也能写得很好看呢"，也有人生气地表示"写到一半换文风是什么鬼"。

而黑粉，基本就是一黑到底了："这位怒踩原作的选手是终于发现自己的原著风没出路了吗？四不像别丢人现眼啦！"

原作巨巨根本不关心这些反馈，他只想看看大神二号的反应。

原作巨巨心思恶劣地等待着对方也陷入困惑迷茫之中，前来询问自己为何能看穿"草莓草莓"的真身。到那个时候，自己就可以心平气和地把那句"我就是原作"发送出去，让对方好好反思一下之前给出的差评。

不对……万一大神二号是真心实意地不喜欢自己这几篇同人呢？得知自己的真实想法后，他们那尚未开始的友谊是不是就直接走到尽头了？

原作巨巨又忐忑了起来。

无论原作巨巨心中如何千回百转，那头始终没有买账。

大神二号无论是大号还是马甲，都没有给出丝毫反应，仿佛根本没有发现其中的蹊跷。

不会吧？连自个儿的文风都认不出来了？

原作巨巨孤注一掷，在同人参赛作品的最后一章里，让角色 A 对角色 B 告白了。而告白用的句子，却是出自大神二号的某篇经典作品。

尽管他注明了该句子的出处，这一引用还是招来了不少非议。他的黑点本来就是 OOC，这一下更是 OOC 出了银河系。原作巨巨被掐得十分厉害，甚至有人直接去微博艾特大神二号，问"这算不算借梗哦"。

原作巨巨反而很欣慰，心想大神二号这下总不能装死吧。

大神二号还真就继续装死了。

原作巨巨的一切试探石沉大海，对方写完手头的参赛作品后，就再也没有上线。

征文活动还是要评奖的。原作巨巨自己的参赛作品被掐成这样，肯定也不适合拿第一了，只好老老实实地把奖评给了"草莓草莓"。

而草莓草莓这个马甲，正如大神二号先前所说的那样，直接人间蒸发，连奖金都没来领。

原作巨巨意识到自己弄巧成拙了，十分伤心。

对方要么是对所谓的真相毫无好奇心，要么就是对自己的同人文深恶痛绝到了一定程度，连跟这个 ID 再说一句话都不愿意了。

原作巨巨消沉了几天。

但默默消沉不是他的性格，不管对方是怎么想的，总要有个摊牌说清楚的机会。

原作巨巨打开了写手群："来搞同城聚会呀！我请客！"

大神二号至少给了他这个面子，再次参加了同城活动。

席间，原作巨巨时不时瞟向大神二号，而对方却依旧寡言少语，一眼都不望过来。

两人以前在网上的关系顶多算点头之交，要是没有这次的事情，原作巨巨丝毫不会觉得奇怪。然而现在对方还是这个态度，他就有些心中打鼓了。

原作巨巨走去洗手间，洗了把脸冷静一下，忽然听见洗手间的门被人锁上了。

他诧异地回过头，看着走进来的大神二号。

"你你你你干吗？"原作巨巨汗毛倒竖。

大神二号走上前低声说："草莓草莓的同人文，还合你意吗？"

"现在不是说这个的——咦！"原作巨巨愣住了，"你……你怎么知道我知道草莓草莓是你？"

大神二号的嘴角翘起了一个微妙的弧度："你搞了两个马甲来提示我，我还想不明白的话，岂不是说不过去。"

"两个？"原作巨巨愈发震惊，"你怎么又知道……"

"我事后一想，就算那个'没有文化'真能查IP，一开始又怎么会想到去查我的大号？我根本不信自己的文风会掉马，唯一的解释就是对方从其他渠道发现了。再一回想KTV里坐在我身边的是谁，一切就都水落石出了。"

"等，等一下。"原作巨巨终于从大脑宕机的状态中找回了一丝神志，"就算你说的都对，你现在准备干什么？"

大神二号顿了顿："是我会错意了吗？你发那篇参赛文的目的不是想和我做朋友？"

原作巨巨涨红了脸："不是！我只是想用马甲向你证明……向你证明……"

"证明什么？"

"证明真正的我……也没那么讨厌。"原作巨巨越说越小声。

大神二号不说话了。

原作巨巨忽然发现他的脸色似乎比自己更紧张。

"我并不讨厌你的马甲。"大神二号说。

"那为什么——"

"我当时不知道那是你的马甲。"大神二号偏头看着原作巨巨，"所以不爽他盖过我的风头，抢占了你的注意力。"

"……"

"原作巨巨，"大神二号又笑了出来，"我的征文奖品还没领呢。亲笔签名，请问你要现在颁奖吗？"

我想去南极

我对着手机镜头清了清嗓子。我思前想后，别无他法，必须拍这个视频。

事情的起源是马爸爸搞了个活动，胜出者的奖品是一个免费去南极的名额。我早就算过这笔账，如果自己买机票和船票去南极，成本我目前还负担不起；而如果更极端点，先徒步走到陆地的尽头，再跳进海里游过去，那耗时漫长不说，还会遇到数不尽的危险，很有可能没法活着到达——我中二时期干过一次类似的傻事，可不愿意再体验第二次了。

也就是说，眼前唯一的希望就是这个免费名额。

活动的要求是"说出你的南极白日梦"。

所谓白日梦，大概就是畅想一番去了南极之后要干什么吧？前两天我也试着用文字形式投了几次稿，写的无非是"天真蓝，雪真白，企鹅宝宝真可爱！"之类的句子，想词想得脑袋冒烟，打字打得筋疲力尽，却连一个赞都没收到。

看来想要胜出，只好豁出去了。

我再次清了清嗓子，按下了拍摄键，对着镜头诚恳地说道："叔叔阿姨，大哥大姐，我想去南极，在那永恒之地谈一场旷世之恋，找到生命的意义。请支持我吧！"

大概是天赋有限吧，我依旧没能蹦出什么启发性的金句。

但无论如何，这个视频终究引起了小规模的轰动。大家的注意力集中在了画面上，纷纷前来询问我究竟是如何做到的。甚至还有人自称专家，断言我制作视频的成本就已经超过五万多的旅行费了，肯定是官方请来造势的托。

我很生气。要真有当托的机会的话，我一早就接了，至少可以早日攒够机票钱嘛。

我正琢磨着如何澄清，官方爸爸却派代表找上门来了。

代表呆滞地盯着我看了一会儿，小心翼翼地问："请问您到底为什么会参加我们的活动呢？"

我把自己的经济情况跟他说了。

代表又呆滞了一会儿，更加小心地问："那请问，您为什么会出现在这里呢？"

我叹了口气："中二时期不懂事。"说着朝他鞠了一躬，"拜托了，我确实需要这个名额。"

代表说要回去开个会商议此事，让我静候回复。

两天之后他又来了："我们讨论过了，坦白来说，您不符合我们的参赛标准，所以这个名额不能给您。但是，我们可以破例载您一程，希望您旅途愉快。"

我千恩万谢地上了他们的飞机，辗转飞过了大半个地球，又换成了游轮。

终于到达目的地时，我深吸一口气，迫不及待地跳到了冰面上，扑扇着短小的翅膀朝前冲去，伸长脖颈"吱吱"乱叫，以此表达归乡的喜悦。

可算赶上了今年的交配季。

"妹子啊！我来跟你谈旷世之恋了！"我叼着小鱼，蹦蹦哒哒地冲向了远处的企鹅族群。

没有药_

没有药

-尴尬-

你那天是去相亲的。

地方是你选的，家常菜馆，请客省钱。

你到早了，站在门口打电话一问，相亲的姑娘还堵在路上。你说不急，你先进去点菜。

你转了个身走进门，找了个空位坐下看菜单，服务员走过来说："以来下一马赛（欢迎光临）。"

你抬起头看着她。

你进错店了。

这是家高档日料店。你每次路过它门前，都要做贼般迅速拐进隔壁的家常菜馆。

因为你有个远房亲戚在这儿当领班，每回过年敬酒都请你照顾生意。

可你没钱照顾他生意。而且你对海鲜过敏。

服务员还在等你点单。

你想说自己走错了，可服务员一定会认为你是发现吃不起才逃走的。

虽然你的确吃不起。

人活一世，就是要个面子。你灵机一动，举起手机装作接电话的样子："换地方了？好的好的，这就来。"

然后有人喊："哥。"

你看见那当领班的远房亲戚小跑过来："哥你怎么来啦。"此人三角眼，斜着看人时像在抛媚眼，管谁都叫哥。

"不好意思，朋友临时改地方，我得走了。"你说。

他按着你不让走："改什么啊，让你朋友一起来，今天我请客。"

"哪能让你请呢。"你还盘算着托辞，他已经顺水推舟："那给你们打八折。今天的鱼特别新鲜。"

"我海鲜过敏……"

他笑："哥你这就没意思了吧，过敏你会进来？"

"……"你想说自己走错了，可这解释听上去就更苍白了。

你不得不再次举起手机，通知相亲对象换地方了。姑娘听见店名，很惊喜："真好，我也喜欢吃刺身。"

趁着服务员准备茶水的空当，你看了看刺身拼盘的价格，又打开钱包数了数。你冷静地问："接受支X宝或者微X吗？"

"本店只接受现金或刷卡。"

你卡里也没钱。

人活一世，就是要个面子。你镇定自若地为姑娘点了豪华刺身拼盘和鳗鱼饭，为自己点了蔬菜沙拉，刚好花光最后一毛钱。

姑娘来了，花枝招展地坐你对面。你一筷子不敢动刺身，低头默默吃草。

姑娘显得很感动，夸你贴心，给你夹了一片鲷鱼。

你只得说："我不爱吃鱼。"

"不爱吃为什么选这家？"

"……"

你硬着头皮夹起鱼放进嘴里，然后做出突然想呕吐的样子，起身冲向洗手间。

你把鱼吐掉了。

你走回去的时候，发现相亲的姑娘正在责问服务员："食材不新鲜吧，怎么一吃就要吐？"

高档店的服务果然无可挑剔，你那远房亲戚领班亲自跑来解释道歉，又送了你们一盘豪华刺身。

他们一起站在桌旁，恳切地等着你试吃。

你骑虎难下，又夹了一筷，还装模作样嚼了几下。你抽了张餐巾纸擦嘴，把鱼吐到了纸巾里。

他们这才离开。你如法炮制，又解决了几块，餐巾纸已经用完了。

你发现对面的姑娘十分健谈，只要一直引她说话，她就不会关注你在做什么。

"结果那个黑心司机就骂了一句……"她眉飞色舞。

"然后呢？"你问。

"然后我朋友就说……"她又讲了一分钟。

"然后呢？"你边问边寻思着如何尽快结束这一场相亲。

"问题就解决啦！"

"然后呢？"

"……我就回家啦。"

"然后呢？"

你发现姑娘表情怪异地看着你。姑娘问："你在听我说话吗？"

"当然当然，"你赶紧说，"我是太感兴趣了。"

姑娘的表情更怪异了："对什么感兴趣？"

"……"你冥思苦想，"对你回家之后干些什么。"

姑娘愣了愣，低头干笑了一声。你颜面无存。

姑娘又坐了一会儿，就找了个理由先离开了。她走得头也不回，你发现领班在远处偷偷打量你。

你尽力让这一切看起来很自然，微笑着喊服务员结账。

你看着账单。

账单比你预想中多出了三块钱。

因为你用了一包餐巾纸。

你坐在原地迟迟不动，余光里感觉到领班还在望着你。你用最小的音量喊住服务员："美女，借我三块钱，加个微 X 转账还你行不行？"

美女咯咯笑道："不好意思，我有男朋友啦。"

她走了。你呆若木鸡。

领班终于还是走了过来："哥，有什么问题吗？"

你开口的那一瞬间，恍然间觉得自己跌落深渊，触及了人生的谷底。你说："我身上少带了三块钱。加个微 X 还你？"

他愣了愣，抛了个媚眼给你："好呀。"

"……"

你品味着他那个媚眼，深渊中又渐渐透进了希望的曙光。

你付了账，加了他的微 X，走出了店门。你低头转账给他，数额不是 3.00，而是 5.20。

人活一世，就是要个面子。比起袒露贫穷，你宁愿被误解。

对方沉默了片刻。

在回家路上收到了他的回复："哥，这是啥意思。"

你心头一沉。

打开他的朋友圈，发现他刚刚发了结婚三周年纪念照。

你仰头看天，开始希望今天这一切只是个梦境。

你只得说："手滑，金额选错啦。"

对方却意外地不依不饶起来："对不起啊哥，可能是我让你误会了。"

"……没事没事。"你已经自暴自弃。

"不过你刚才是在相亲吧？"

"是啊，没办法，都是为了应付。你没看见我故意气跑了那姑娘吗？"

你多少挽回了一点颜面。

"哦。哈哈哈。"他回道，"你放心，叔叔阿姨那里我会帮你瞒着的，都是好兄弟。"

你咽下一口老血："谢谢啊。"

"好说。其实兄弟这里也有些难处，最近业绩不佳呀。能不能支援一下，办个本店全年会员？"

你没钱。而且你海鲜过敏。

可你没有权利拒绝。你突然明白过来，这家伙如果把聊天记录给你父母看，你将百口莫辩。对方是捏到了一个天大的把柄。

这一切都是为了什么？

你感到绝望，如同为秀泳姿而溺水之人，在生死之际终于悔恨起自己的舍本逐末。

"我不是故意给你发520。"你徒劳地、哀莫大于心死地说，"我只是想掩饰自己真的缺三块钱。我缺三块钱是因为用了桌上的餐巾纸。我用餐巾纸是为了吐出鱼肉。我吐鱼肉是因为海鲜过敏。"你看破放下，四大皆空，"我走错店了。"

对方沉默了。你听上去一定像个笑话。

良久他才发来一句："我十八岁那年，走进过女厕所。"

"……"

"里面有几个女生。"

"……"

"为了强撑面子，我扮成很酷的样子，对她们冷冷一笑。"

"……"

"然后她们把我告到了校领导那里，请家长谈话。"

"……"

"今天，这件事情校领导早忘记了，我爸妈也不记得了。只有我还记得。"他发来一个笑脸，"人的记忆总是对自己最苛刻，但是看开点，世界对你还是挺宽容的。"

你被治愈了。

你热泪盈眶。

你抱着满腔感激，真心实意地回道："谢谢你。"

"谢什么，都是好兄弟嘛。"他说，"所以会员卡还办不办？"

"……"

你说："来一张吧。"

对方千恩万谢："以后你相亲，一句话的事，兄弟一定全力以赴帮你搞砸。"

-焦虑-

早上我走进教室，发现苔西小姐的下巴上粘着一粒米。

苔西小姐是我们的数学老师，红发，微胖，总是好脾气地笑着。她很负责，每节课总会提前一点儿过来，先在黑板上写几道算术题。

我是在她转过头来说"早上好，乔尼"的时候发现那粒米的。

起初我以为自己看错了。那怎么会是米呢？食堂今天提供的早餐是吐司与麦片粥。就算她真的一大早跑去中餐馆吃了米饭，也不该粗心到留下这么大的残渣。

说真的，那粒米实在是太大了，我开始怀疑那其实是一颗夜里长出的水泡，或者一只白色的虫子。我没有马上走到自己的座位上，而是悄悄朝她靠近了几步。

没错，确实是米粒，圆润、白嫩、黏黏糊糊。它大喇喇地躺在苔西小姐嘴唇下方的凹陷处，活像我肥胖的祖父陷在沙发里。

我替苔西小姐感到难为情。妈妈说，只有不爱干净的孩子才会吃完饭不擦嘴。如果让别人指出这一点，苔西小姐该多么羞愧啊！

"怎么啦，乔尼？"见我走到面前，苔西小姐低下头看着我。

我想了想，朝她伸出双手："我今天能得到一个拥抱吗？"

"为什么？"她虽然这样问着，却马上搂住了我。

"因为……"我一边支支吾吾，一边试图趁乱蹭掉那粒米。苔西小姐搂得太结实了，我抽不开手臂。

"因为今天是……"我想说是我生日，又怕被戳穿，"一个美好的晴天。"

她松开怀抱，迷惑地看了我一眼，但什么也没说。距离这么近，那粒米更加突兀而扎眼。我飞快地动着脑子："我很高兴。妈妈说，高兴就要与人分享。"不待她反应过来，我飞快地捧着她的脸蛋儿亲了一口。

该死！就差一点点！

苔西小姐笑眯眯地说："谢谢你。回座位吧，该上课啦。"

我急忙说："你的下巴上——"但上课铃在这时响了起来，盖过了我的声音。她急匆匆地转过身，去补上未完成的板书。

我沮丧地回了座位。我失败了，她一定会被其他同学嘲笑的。

我低头翻开笔记本，竖起耳朵听着。苔西小姐开始上课："先来看看这里的第一道题，谁能告诉我答案？"

怎么回事？为什么没人笑？

我大惑不解地转头看着周围，却发现每个同学都面色如常，仿佛那粒米根本就不存在一般。

大家有可能默契地选择不揭穿吗？我不相信。不提别人，单说坐在我身后的茉莉就不可能放过这大笑一场的机会。

我扭过头悄声问她："你看见了吗？"

茉莉是个雀斑姑娘，戴着可笑的牙套，说话嗓门很大。我大多数情况下都很喜欢她，除非她生气时用铅笔戳我的背。

"看见什么？"她问。

我指了指苔西小姐："那粒米呀！"

"哦，"她无所谓地瞥了一眼，"看见了。"

"你不觉得很奇怪吗？"

茉莉莫名其妙地歪了歪脑袋："有什么奇怪的？兴许是个米粒形的唇钉。"

"绝对不是！真的是米！"我开始烦躁起来。苔西小姐是不可能打唇钉的，何况那百分之百、如假包换是米粒。难道只有我为此纠结吗？

"好吧好吧，就算你是对的，然后又怎么样？"茉莉问。

"为什么没有人提醒她？"

"为什么要提醒？"她仿佛听了个笑话。

我呆住了。我突然觉得这个世界跟我想象中不一样。

苔西小姐恰在此时叫我的名字："乔尼，回答一下这个问题。"

我慢吞吞地站起来，求助地四下张望。没有人给我递眼色。于是我只得问："哪个问题？"

"哈哈哈哈……"大家笑了起来。

这种时候他们倒知道笑了！

直到下课我还闷闷不乐。苔西小姐收拾起课本，朝教室门口走去。

我突然意识到这是最后的机会。虽然她不明白我的好意，但我还是决定尽己所能地帮助她。

"这个借我一下！"我不由分说地抓起茉莉放在桌上的苹果，无视她恼火的大叫，追着苔西小姐飞奔而去。

"苔西小姐！"我气喘吁吁地拦住她，"这个给你吃。"

她显然很不解："为什么？"

"因为我想给你吃！"我努力地把苹果往她嘴边凑，还差一厘米……

"乔尼，"苔西小姐后退了一步，担忧地看着我，"你今天很奇怪。"

奇怪的不是我，是这个世界啊！

然而这个世界没有给我辩解的机会。茉莉怒火冲天地追了过来，夺回苹果，像被抢了蛋的母鸡般拼命用铅笔啄我。

等我好不容易逃出她的攻击范围，苔西小姐已经走远了。

我沉浸在一种莫名焦虑的情绪里，仿佛身体漂浮在半空中，踏不着地面。

我不知道为什么会被小小一粒米搅和得如此心神不定。它就像管弦乐团圣诞演出中的一个错音，像屁股下的坚果壳，像指甲不小心划过黑板的触感，像茉莉削断的铅笔尖，让我的心脏颤颤悠悠地乱跳。我没完没了地反复自问：难道真的是我不正常？

难道下巴上的残渣在这个世界原本就是合理的，而不合理的是我的认知？

说到底，什么是合理的呢？

小的时候，我把父母告诉我的一切当作真理，比如一厘米比一英寸要长。直到我发现他们记反了。

也许这一次也是他们错了？

午饭的时候，我故意挤了一点番茄酱，用指头抹在自己下巴上。

我将脑袋扭来扭去，试图引起别人的注意。最后还真的有个同学拍了拍我："哥们儿，嘴擦一下。"

我如获新生，狂喜地一把揪住他："你看见苔西小姐的下巴了吗？"

"什么下巴？"他皱起眉。

"苔西小姐的下巴上有一粒米！这么大！"我比画给他看，"可是没人让她擦嘴！"

"真的吗？"他不咸不淡地接口。

"你不觉得很荒诞吗？下巴上有东西，是有权被提醒的吧？"我迫切地寻求认同。

他就此深思熟虑了一会儿。我不明白这么简单的问题有什么好考虑的，只能耐着性子等他的答案。

最后他点了点头："我想应该是的。"

我欢呼一声，一跃而起，冲过去找苔西小姐。我一秒都不想再忍下去，我一定要告诉她。

苔西小姐已经吃完饭了，正在走出食堂。我叫住她，定睛一看，那粒米还若无其事地黏在原处。

换言之，这一整个上午都没有一个人提醒她。

我抱着一种救世主的悲壮，庄严措辞："苔西小姐，有件事你必须知道。你的下巴上，有一粒米。"

预想中的羞愧与感激都没有出现在她的脸上。苔西小姐平静地、甚至有些茫然地反问我："所以？"

"……所以？"我脑中一片空白。

"这妨碍到你了吗？"

我愣住了："严格来说倒也没有……但是……"

"这妨碍到其他任何人了吗？"

我的背上开始出汗："苔西小姐！请听我再说一遍！你的下巴上——"

"有一粒米。我听见了。"她微笑着点点头，那该死的米粒随之危险地颤颤悠悠，却就是不肯脱落，"乔尼，你太焦虑了。"

我岂止焦虑！我觉得自己快要窒息了！

"为无关紧要的事情产生情绪波动，是不成熟的表现。"她温和地、语重心长地说，"冷静下来想一想，就算这粒米不抠下来，你会因此而产生损失吗？"

我冷静下来想了一想。

我并没有损失。

是的，即使这粒米一辈子长在她的下巴上，我也不会掉一滴血、丢一块钱。

就像圣诞乐团的错音，就像茉莉削断的铅笔，损失都是他们的，与我并无关联。

可我无法忍受啊！

"不行，我受不了。"我几乎是呻吟着扑过去，试图抠下那粒米。然而手臂刚刚伸出，就被苔西小姐牢牢抓住了。她的劲儿比我大，抓得我动弹不得。我哭了。

苔西小姐替我抹去眼泪，宣布道："我不会弄掉这粒米的。这是我给你上的最重要的一课。"

我紧盯着那粒米，努力地深呼吸着。

"等你再长大一些就会发现，这世上还存在许许多多的不平衡、不完善、不合理，但它们并不会为你而改变。"她温柔地说，"它们会永远存在下去，你必须学会与它们共处，才能获得心灵的平静。"

我依旧盯着那粒米。

一分钟、两分钟……

我的呼吸逐渐平稳下来，泪水也风干了。

我忽然想到了很多，关于存在与不存在，合理与不合理。

我感到自己在这一刻获得了新生。

是的，这粒米会永久地存在下去。直到明天，直到下一年，直到我毕业、长大、老去，它都会牢牢地粘在苔西小姐的下巴上，扎根在我的人生里。

-拖延-

再过三天，陈家后院那棵巨树就要彻底倒了——又或许是四天。

没人说得出那棵树是哪一年长出来的，也没人知道它为何长着长着就歪了。老陈八岁那年，歪树已经歪到支撑不住自身的重量，快要偏斜得压着屋顶了；可又毕竟没有真正压到，总还差着一两米。

老陈小时候喜欢学他爷爷，光着膀子在院中纳凉，抬头就能看见那树遮天蔽日的狂放枝叶。它长得那样大，又弯得那样低，简直像一只从天而降的巨手，要将屋子抓拢到掌心。

老陈问爷爷："咱俩为什么不把那树砍了？"

爷爷说："你当容易？那么大的树，砍了倒下来，能把屋子压塌了。得叫大吊车来，三层楼高的大吊车，锯一段吊走一段，那也得分好几次——咱这儿哪来的大吊车？你说要砍，那你去找？人工费不是钱？你说要砍，这钱你出？"

八岁的老陈不吭声了，他没钱。他也不知上哪找大吊车。

老陈十八岁那年，巨大的歪树歪得离屋顶只差半米了——他爹用尺去量过，五十三厘米，四舍五入就是半米。这一年老陈爷爷走了。老陈亲耳听见他爹嘀咕："有福啊，没在他这代倒了。"

他爹垮着脸去后院抽烟时，老陈再一次问了："咱们什么时候砍树？"

他爹说："你想砍就砍，法子你想，钱你出。"

老陈说："砍不了树，搬家总行吧？"

他爹说："你想搬就搬，房子你找，钱你出。"

十八岁的老陈还真跑去打听了附近城里的房价，回来之后消停了。老陈在十八岁这年学到了重要的一课：不想揽事就别提出问题，谁提了谁就输了。

可是不提也没用，那树越长越大，越压越低，秋风起时一夜间能用落叶将屋子埋了。他爹不得不搬梯子上去劈掉些小枝桠，聊胜于无地减缓它歪倒的趋势。老陈知道他心里怎么打算的：只要别在他有生之年倒了便好，谁也挑不出他的错来。

老陈二十八岁娶了媳妇。

媳妇过门第二年生了小陈，开始操心："那树要倒了。"

老陈听了头两个字就开始憋火，等她说完"倒"字更是暴躁"不关你的事，管那么宽做甚？"

"话不能这样说。"媳妇跟他理论，"我不是你家人，你儿子也不是你家人？他从小被树挡着晒不着太阳，将来长成个矮子怎么办。"

"我爷我爹以及我都是这么长大的，不也好好的。"老陈希望她少说两句。

可她偏要触他的忌讳："就算这样，那树已经歪成四十度角了，再过个十年八年就得横过来，到时我们谁也别想活——"

"十年倒不了！我精确计算过它倒下的速度及加速度，至少也要十一年。"老陈说。

老陈媳妇就此沉思了一下。

老陈媳妇问："有区别吗？"

"当然有，那就给了我们至少十一年来想法子，兴许这十一年有什么变数，村子购置了大吊车，或者那树自己让虫蛀没了。"

"那树是不会消失的，你烧香拜佛也不会。"老陈媳妇冷静地指出，"我不懂，不就是出一次钱，跑一趟路，去城里找工人和吊车来，这么点事儿你们拖了三代？"

老陈感受到了心脏的刺痛："你闭嘴，你不要再说一个字！你不知道吗，我每天单只是应付自己心中对它十一年后倒下的担忧与恐惧，就已经精疲力竭了，哪儿还有精力去砍它？"

老陈媳妇儿就此思虑一番，觉得果然应该体谅老陈，便不再说一个字了。

没人敢再提那棵巨树，连小陈上去爬了两次都被老陈打老实了。陈家上下从此对那棵笼罩在自家屋子上方咫尺之距的东西视而不见，万不得已要提起时，便用"那东西"做代称。

老陈四十八岁那年，老陈他爹死了。死前他抓着老陈的手说："总算没倒在我有生之年，靠你了。"

老陈说："靠不住。"

老陈他爹大笑一声，心满意足地咽气了。

老陈他爹下葬后，老陈站在院里抽烟，抬头看着那树悲从中来。

陈家世世代代都出生在这棵树的阴影下，抬头就能看见这个宿命的结局。它取代了太阳的光辉笼罩在他的头顶，以每年四至五厘米的庄严速度无可置疑地歪倒，像负着预言降临世间的神祇。

每个人都知道会有那一天。每个人都想过去阻止。每个人都心算过一笔账：进城出城，一些焦头烂额的奔波和口舌，一大笔开支。付出这一切，树就能运走。

老陈边想边观察那树，陈家人已经在漫长的岁月中对着那树练就了非凡的眼力，一根烟的工夫，它又离屋顶迫近了那么一点。

老陈觉得上天实在不公，那树没倒在三十年前，也不倒在三十年后，偏要在他当家时倒。大清亡了有人骂光绪吗？没有，他们只记得溥仪。

老陈非常不甘心。老陈又去量了量那树的歪倒情况：它离屋顶还差四厘米，最多再撑一年。

但是慢着，他却没有考虑近年降水量下降对土壤松动程度的影响。老陈关起门来把这个阻力放进公式里，重新演算了一遍，发现它可以撑一年多两个月。

老陈今年四十八岁，一年多两个月以后，离五十岁差三个月。离咽气固然早了些，但"五十岁"这个概念仿佛有一种重量，一种深刻的立意。只要过了五十，他就可以光明正大地老去了，家里的担子也该交给小陈了，退位让贤。

老陈越想越觉得有理，当晚在饭桌上便宣布道"我爹死前告诉我一件事。"

老陈媳妇说："什么事？"

老陈说："我出生前他找人算过，说我八字不好，要改一下生辰。所以我其实比身份证上大半年。"

老陈媳妇说："你爹的临终遗言是你比身份证上大半年？"

老陈严肃道："没错儿。"

老陈媳妇摔碗走了。老陈一点儿不动摇，对小陈语重心长道："今年我四十九，明年我就五十了，老了，不当家。你好好领悟一下。"

小陈回去后果然认真领悟了一下。隔天他问："那你四十九就还当家是吗？"

"理论上来讲是的。"

小陈道："好的，我懂了。"

说完扛起斧子就冲出门去。

老陈撕心裂肺道："站住！畜生！"小陈充耳不闻，抡起斧子对着那巨树一阵猛劈。那树干粗壮得一个成人抱不过来，奈何已经老了，酥脆了，愣是叫他劈出了一大道口子。老陈赶到时为时已晚，只好跪在地上哭号道："你干了什么！"

小陈扔了斧子，冷静道："据我目测，现在它歪倒的速度已然加快了一百倍，三到四天之后就会完全倒下，这主要取决于这三四天的降水量。三四天后你应该还没过五十，仍是你当家。"

老陈道："孽障。"

小陈谦虚道："一般一般，只将咱家祖传的学问学了些皮毛。"

老陈踉踉跄跄爬起来，支着脖子抬头看树。

再过三天，陈家后院那棵巨树就要彻底倒下来了——又或许是四天。

小陈开始扳着手指给他分析："从这儿赶到城里需要半日，找到吊车办理手续，又需要半日。此外还要找些工人，能爬上树去将它砍成一段一段的，还要跟他们谈好价钱，再带他们回来——回来的路上跟着吊车和工人，必然更慢，需要一整天。只要树在第三天还不倒，而工人和吊车不捅娄子，能在一日内把树弄走，那就还有救。"

小陈说完，总结了一句："你现在就拿钱动身，有百分之九十五的可能力挽狂澜。"

老陈看着他儿子。

祖祖辈辈都那样心安理得地寄希望于后人，坚信真到那一天，最后一代后人一定会去做他们应该做的事。他们却不想一想自己这样的人能生出怎样的后人来。

老陈想着就笑了。

老陈当晚仍然出现了饭桌上。他媳妇儿子的脸色都非常不好看。媳妇想问什么，老陈举起筷子道："谁问谁去。"于是他媳妇不吭声了。

老陈痛快地吃了顿饭，看了集电视剧，然后回房睡觉。

凌晨三点，老陈出门，走到后院，摸黑慢吞吞地爬上那棵大树，随便挑了根树枝系上绳子，往自己脖子上套。

屋里的灯突然亮了，他媳妇和小陈发现他失踪，开着手电筒出门来找。小陈鬼使神差地往树上照了照，大叫一声，惊慌失措地往上爬。

老陈喊："别过来，让我死。"

小陈边爬边喊："爹呀，一切都好说，你不想管树就不管，何必搭上性命？"

老陈混乱地摇着头，只是说："你不懂。"老陈觉得这棵树的根须缠绕着祖宗的血脉扎进了自己的脊椎，榨干了自己全部的生命力与迈出一步的勇气。他再也不愿多解释一个字，径直把头伸进了绳套里。

哗啦一阵巨响，摇摇欲倒的巨树终于承受不住两个人的重量，轰然压向了陈家的屋顶。

晨光熹微时，老陈家三人并排坐在屋子的废墟上沉默不语。

片刻后老陈媳妇疲惫地说："人还在就好。"

小陈说："对。"老陈点点头。

三个人并肩望着天边缓缓升起的太阳，谁也没再说话。

老陈打定了主意不开口说一个字。任谁也没法从他嘴中掏出这个问题：我们接下来住哪儿？

他不能问。谁问谁就输了。

洞 脑 人 这
绝 叫 案 拍

在我空的胃里

煮着星系与金鱼

我在我空的 胃 里

煮着星系与金鱼

《饿》

穿云 _

穿云

一开始让我聘他当飞行教练，其实我是拒绝的。

毕竟这世上没几个人会聘请自己的死对头当教练。

至于主动上门非要给自己死对头当教练的人，恐怕全宇宙也就他一个。

第七百七十七届星际奥林匹克运动会，人山人海，彩旗招展。

斯庞瑟星赛场保护区以外的天空上停满了客用飞船，大大小小、挤挤挨挨地悬浮着，还不断有新的飞船从各个星球驶来，穿过安检屏障一头钻进大气层。

赛场入口也是一片闹腾，维持秩序的交警翅膀都快扇断了，焦头烂额地给飞行器指着路。

他识别出我飞行器上的通行码，赶到一边打开了运动员专用通道的屏障，末了还不忘对我吼了一声："祝你好运，巴特先生！"

入口处排队的群众闻声哗然，纷纷对我发信号致意。

"祝你好运"是我近来听见最多的一句话。这不代表我有多么受欢迎，纯粹是因为我离好运实在太远，大家都看不下去了。

③

斯庞瑟星球上当然没有一个叫奥林匹亚的地方，但奥运会却依旧叫奥运会。

之所以沿用这个名字，是为了纪念一颗不复存在的，名为"地球"的行星。

当年太阳系寿终正寝之后，已经实现曲线飞行的人类在宇宙中漂泊，陆陆续续分散到了一些基本适宜生存的星球上。

但即使再接近地球，毕竟也不是地球。在种种威胁生命的环境里，人类一度濒临灭绝，几乎是被迫运用了全部的智慧与潜能加速进化，才衍生出了五花八门的新形态。其间还伴随着权力纷争，同盟解体又重建，死伤无数，血流成河。

为了防止世界被破坏，为了维护宇宙的和平，星际联盟在新秩序逐步建立之后，决定在斯庞瑟星成立奥运组委会，组织两年一届的星际奥运会，为各星球提供文化交流的平台，弘扬体育竞技精神。

斯庞瑟星的公转周期是五百二十三天，这个繁华星球的引力与大气成分等数据都接近各参赛星球的中值，在此地比赛最为公平合理。所有选手在确定获得星际参赛资格之后，都是模拟该星的环境进行训练的。

比赛项目包括了田径、游泳、球类、射击、飞行等。其中飞行这项一如既往地吸引了众多目光和争议。

跟其他项目比起来，飞行是在人类进化出双翅之后才能实现的一种崭新的运动。但实际上这比赛也仅限于拥有飞行能力的十几个星球的选手之间。

近几年，有三个星球是夺冠热门——帕拉迪星、特洛星，以及我所代表的皮匹斯星。

其中帕拉迪星那个叫伯德的选手，已经是第五年参赛，人还年轻，论赛龄却已经是个老将了。此人风头最盛的时候拿遍了所有能拿的金牌，他代言的广告投影到了无数星球上空，即使现在成绩下滑，依旧是所有选手中名气最大的一个。

——当然，他名头响亮不仅仅是因为成绩。帕拉迪星人的双翅覆盖着流苏般华美绚丽的羽毛，向来引人注目，而伯德本人又有一等一的美貌。

令人嗤之以鼻。

至于特洛星的因塞克，则是去年刚刚冒出的新秀，虽然还是个少年，但天赋异秉，充分利用了他前后两对带有尘状鳞片的特殊翅膀，巧妙地解决了翅膀力量不足这个弱点，才能在第一次参赛就一举夺冠。

最后是皮匹斯星的代表——我。

哪怕你到宇宙另一头的星系里轻喊一声我的名字，恐怕也会引来几声同情的叹息。

我的实力不弱，年纪也比伯德略轻，却永远离夺冠差那么一点点，一直被伯德压制着只能屈居亚军。去年好不容易等到伯德成绩下滑，却又不知从哪儿冒出了个因塞克。那一回我更惨，几乎与伯德同时落地，却晚了零点三秒，拿了个创新低纪录的铜牌。

在漫长的运动史上，有无数人演绎过跟我类似的悲剧，人们将之统称为——生不逢时。

4

"……这一届的选手阵容也给观众们留下了一些悬念，比如为什么长飞和短飞兼修的伯德先生这次放弃了更擅长的短飞，而仅仅报名了长飞呢，这是不是跟外界风传的伤病有关，也许我们很快就会知道答案。还有……"

我坐在单人休息间里，听着悬浮在我面前三厘米高的小人眉飞色舞地解说。

这滔滔不绝热场的主持人的身影还被同步投影到了赛场观众席的正中央，只不过被放大了几百倍，恐怕连飞舞的唾沫星子都可以看得一清二楚。

"……比赛即将开始，让我们拭目以待。那么下面让我们看一看正在休

224

息室里等待入场的选手们——"

我对着三厘米的小人一挥手，关闭了影像。

头顶上方的白色圆球里传出机械的声音："巴特先生，请确认您是否已经做好准备，摄像头即将打开。"

我对着微型飞行器点了点头，它没有任何反应。但我知道从现在开始直到比赛结束，我的一举一动都将被全方位无死角地呈现在观众面前。

其实也没什么可准备的，我站起来稍微热了热身，微微伏低身体，展开了背后巨大的灰色翅膀，用力扇动两下后腾空而起。

单人休息室的空间很宽敞，我在半空中低低盘旋几周后收拢双翼，轻巧地落了地。今天的状态跟平常没什么不同。

我的翅膀没有羽毛，只有一层灰色的厚膜，看着十分不起眼，不像伯德那样华彩逼人，也不如因塞克的轻盈，但胜在健壮有力，连飞几小时也不会累。

重新坐下之后我百无聊赖，忍不住重新打开了直播。这一次悬浮在眼前的小人一下子变成了十余个之多，正中间依然滔滔不绝的是主持人，在他周围的则是诸位选手的影像。

我一眼瞧见了默默坐着的我自己，然后目光扫过一群各自准备的选手，最后停在了伯德身上。

过去的一年里，业界一直流传着他要因伤病而休赛的小道消息。结果今天他到底还是来了。

伯德并没有在热身，坐在原地低着头不知在干什么。我伸手触碰他的影像，将之放大了些。

然后我看清楚了，这家伙正拿了把细齿梳子，翘着嘴角一点一点地梳理双翼上的长羽毛，那叫一个细致入微，似乎还边梳边哼着歌。

我早该想到的。

这家伙无论成绩如何永远广告片约不断，俨然走的偶像路线。

当初那个追着他去求握手的蠢货，一定不是我。

比赛场地是在室外，起点处和终点处分别有一座山丘，当中直线距离为六十公里。

我们从一边山峰起飞，线路自选，最后降落在另一边的山峰上。全程有微型飞行器负责监控和直播，买了现场票的观众们则坐在一定距离外的飞船里观看。

所有选手一字排开摆好准备姿势，伯德瞧见我，笑着打了声招呼。我点了点头，在这关头没心思说话。

"嘀——"

刺耳的提示音响起的一瞬间，我振翅而起，微寒的风自耳边拂过，一下子拉开了与其他人的垂直距离。我选择了一条最高的飞行路线。

这样做会在起飞和降落时浪费一点时间，但这是经过精确计算和反复模拟训练之后制定的策略。飞在众人头顶可以将环境的干扰降到最低，而且可以避免恶意或意外撞人这些容易引起纠纷的事件。

空中除了"呼呼"的风声以外别无声息，我微微倾斜双翅纠正了一下方向，确保自己是在沿直线飞向终点。今大是顺风，风力中级。

我或许不是天才，但要论吃苦耐劳和坚韧不拔，我自信无人可敌。

在那个完全模拟斯庞瑟星环境的封闭训练场里，经年累月不见天日的枯燥练习，让我将比赛的每一点细节都熟记于心。何时蓄力，何时冲刺，何时收拢羽翼，我可以精确到秒。针对不同风向和风速，还有各种调整方案。

在我前面飞着几个人。领头的是因塞克，两对半透明的翅膀轻盈而疾速地振动着，跟他的同星人相比，这少年着实是耐力超群，能用这样的振翅频率撑完六十公里。伯德暂居第三，色彩艳美的羽翼像一朵开在半空的花朵，无论何时何地，他总是最扎眼的那个。

体力在一点一滴地消耗，我小心保持着速度，眯起眼睛目测剩余距离。三十公里……二十公里……十五公里……

异变发生在我用力扇动几下翅膀，开始冲刺的时候。

视野里仿佛突然少了什么东西，那种突兀的缺失感让我用余光向下一扫，正看见一道熟悉的身影在下方不断缩小，飘飘荡荡地朝地面坠落而去！

是伯德。

只一瞬间，我就收回了视线。这种星际赛事肯定做了万全的防护措施，底下会有弹性网接住他的。

寂静的半空没有任何人对此作出反应，观众们的惊呼被隔绝在了飞船里。

我尽全力保持心无旁骛，照着自己计划好的节奏猛然提速——冲刺！

一道道身影被我甩在身后，眼前却始终有一道超越不了的障碍，那少年迅捷无比，翅膀几乎舞成了残影，速度竟然比刚出发时还快。

胜利在望，我知道胜败全在此一搏，硕大的灰翅如两道巨刃般划破空气，直直地俯冲而下——

"嘀——嘀——"两声提示音接连响起，中间大约相隔了半秒。

我喘息着站直身子走了几步，对着前面同样气喘吁吁的少年勉强挤出个微笑。

"恭喜。"我对因塞克说。

其实回头一看，我这次的成绩已经破了自己的纪录，比平均成绩更是高出了一截。

也许我的极限就是这样了吧。加倍的勤奋不足以超越天生的才能，更何况到了这样的高度，每个人都是拼死努力的。

运动员跟其他职业不同，体能的巅峰来得太早，去得太快。我已经在巅峰，他却还在上升期。现在拿不到的，或许注定永远拿不到了。

到底意难平。

6

颁奖仪式结束之后是访谈时间，等候已久的记者们一下子围了过来。

只是比起以往的蜂拥而上，这次记者显得格外少，而且都面露一种反常的急切。

"巴特先生，请问您对获得亚军有何感想？"

我能有什么感想，我的感想在前几届都说完了。

"大家都发挥得很好，都值得尊敬。我也尽力了，对这次的表现还算满意。"我干巴巴地、背书似的说，"至于亚军，我的感想没有太大变化。"

记者对我的自嘲没什么反应，眼中的急切之光更亮了。

她瞪大眼睛问："请问您怎么看待伯德先生半途坠落这件事？之前传闻中他的伤病您听说过吗？"

哦，原来如此。四周的记者全都在急吼吼地采访各个选手对伯德发挥失常的看法，有些还试图打听业内秘闻。

这次等着采访获胜选手的记者这么少，大部队现在肯定正里三圈外三圈地围着伯德。

也难怪他们如此急切。星际奥运史上也出现过几次恶意撞人导致的坠落事故，但这还是第一次有选手飞着飞着，自个儿就掉下去了。

我继续背书："伯德是个厉害的对手，这次用这种方式退出比赛，我真心觉得很遗憾。我不知道他具体发生了什么，但如果真是因为伤病，希望他能好好休息，早日恢复健康……"

场面上的话说多了，既不用过脑子，也不用过心。

我的嘴皮上下动着，心中却浮现出很多年前，伯德第一次闯进星际奥运时，无惧无畏、意气风发地站在宇宙中央的样子。

7

等到人群散去，我在离开时突然看见了伯德。

他大喇喇地站在选手通道里，笑着冲我招手，来来去去无数道射过去的目光显然对他造成不了丝毫影响。

伯德面色如常，我很是意外，原本以为他现在肯定在接受救护，或者被媒体围堵。而且他这时候找我这个多年的对头能有什么事，怪我抢了他的名次吗？

我跟他毕竟比来比去这么多年，算来也是有些交情的。我走了过去，跟着他拐进一个僻静的角落里，正想关心宽慰他几句，他已经开门见山地开了口。

"我当你的教练怎么样？"伯德问我。

星球之间语言不通，我们每个人耳后都戴了装置，听人说话的时候装置会直接把声音转化成本星语言送入耳中，所以交流无碍。

——但我此刻怀疑我的装置出了点故障。

"什么？"我确认道。

"你愿不愿意聘我当你的教练？"伯德眨了眨他那双狭长优美、吸粉无数的眼睛，换了个语序又问了一遍。

我张口结舌。

这一切发生得太突然了，完全没有前兆。

伯德还没说完："反正以你现在的成绩，最多也就是个亚军了，你超不过因塞克，你知道这是实话。不甘心的话，要不要跟我赌一把？"

我被戳到痛处，反问："为什么？"

"为什么？"伯德笑了笑，"因为我现在的身体状态需要休赛一年以上。我想为自己在这期间谋个生计。"

骗子。那么多广告商哭着喊着要给他送钱，他还需要谋哪门子生计。

"广告商看见刚才那一幕就不要我了。"

"……"不用说得这么凄惨吧。

我决定回归本质问题："我聘请你当教练就一定能拿冠军吗？"

伯德笑道："好问题。我没说过自己能保证，冠军这东西变数太多。但我能保证，如果不聘我，你一定拿不到。"

这话说得实在太讨打，偏偏从他嘴里说出来，我还没底气反驳。

"我当年的风头可比现在的因塞克强劲多了。星际连任冠军给你当教练，多少人求之不得的待遇，你还推三阻四。"

我竟无言以对，嗫嚅半晌："我……我需要考虑一下。"

"考虑什么，你把你的顾虑说出来我们交流交流嘛。"伯德竟然摆出了一副死缠烂打的姿态。

我没有什么顾虑，我只是有个秘密。

很久之前，我还没获得星际参赛权的时候，硬是混进观众群去看过伯德的比赛。

这就算了，看完之后我还跑去围堵过他，跟个小粉丝一样心脏狂跳地求握手。

这也就算了，等到握完手，我还一本正经地看着他的眼睛说："总有一天，我会变得像你一样。"

每次一回想起这茬，即使我脸皮再厚也觉得十分羞耻，只想离他远一点。

尤其是直到最后我也没能像他一样。

⑧

伯德亲自给我当教练，这个诱惑实在太大，大到超越了所有疑虑。这人再怎么嘚瑟、自恋，实力却是无可撼动的。

我跟之前的教练签的合约在比赛结束半个月后到期，我没再续约，转而聘请伯德。

伯德跟在我身后出现在皮匹斯星时，群众一片哗然。可怜我的乡亲父老，前不久还高喊着"打败伯德一雪前耻"的口号送我去斯庞瑟星参赛，这回对着笑眯眯挥着手的伯德本尊，情何以堪。

伯德倒是淡定得很，刚到就开了个记者招待会。那天晚上我去敲他的房门谈事情，一推门看见满屋子鬼影重重，吓得差点报警，定睛一看才发现全是皮匹斯星各大媒体的记者的立体投影。

"你至少该跟我说一声。"我在门口刹住脚步，嘟哝道。

——没错，这家伙跟我哭穷说没钱找住处，直接搬进了我家客房。

他翘着二郎腿坐在桌前回答记者提问，对我笑了笑，嘴里正讲到："休赛期间我总得找个工作养活自己吧。"

"那么伯德先生，你本人作为一个现役选手，而且是与巴特先生存在竞争关系的选手，会怎样回应外界对于你担任巴特先生教练的质疑呢？"一个女记者问。

"什么质疑？"伯德装傻。

"比如有人指出你因此掌握了获得巴特先生第一手资料的渠道，这会不会影响未来比赛的公平性？"瞧瞧，我的同星人多么维护我，直接抛出了这么尖锐的问题。

"哎呀，你这样说多让人伤心。"伯德弯起双眼看着她。

女记者红着脸"咯咯"地笑了起来："这倒不是我本人的想法……"

出息呢！

"我如果真想捡这种便宜，就会去教因塞克，毕竟他拿冠军的概率比较大。"伯德当着我的面毫不避讳地说。

另一个记者举起了手："你是为了避免遭到类似的质疑，才选择他的吗？"

"不是。"伯德抬起眼，"我选择他，是因为他值得。"

他的目光越过一片虚影，对上我的眼睛："我认为他的体能在我之上，他所能达到的极限也应该在我之上。我会尽我所能去教他。"

⑨

"你在逗我？"

我走下飞行器，看着眼前一片荒凉——除了参天巨树之外连个人影都没有的山。

皮匹斯星地貌无比崎岖，直插云霄的险峰与不见天日的裂谷之间，几乎数不出一处平地。

"你看着我的眼睛，再说一遍你会尽力教我？"

"我会尽力教你。"伯德从身后拍拍我，"飞呀。"

"飞你个头！"我怒了，"训练设备呢？测量仪器呢？我从来没听说过这样的训练。我的时间很紧张，没空浪费在郊游上！"

"怎么能是郊游呢，我还等着给你打分呢。"

"……你根据什么打分？而且这里和斯庞瑟星的重力有偏差，斯庞瑟星上也吹不起这么大的风，一旦适应这种环境又得去训练场重新纠正——"

我正跟他据理力争，伯德不耐烦地咂咂嘴，我只觉得眼前斑斓的色彩一晃而过，他人已经在半空了。

"喂，等等！伯德！"

伯德根本不听我说话，自顾自朝前飞去。他倒是一下子就适应了我星凌乱的大风，转眼就化作了风里一个小点。

我匪夷所思地摇摇头，展开双翅"咻"地追了上去。到底还是我比较熟悉这里凶残的风力，在空中调整出阻力最小的姿势，很快追上了伯德。我回头去看他："你搞什么鬼？"

看清他时我愣了一下，伯德居然闭着眼睛。

他不答话，还"嘘"了一声让我闭嘴："专心点。"

专心？在这种充满干扰因素的环境里，怎么专心？难道他是在训练我集中注意力的能力？但比赛场地里不可能有这么多干扰啊……

大片苍莽的绿色从身下飞速掠过，凛冽的气流托起了我的身体。我胡思乱想着，思维渐渐缓慢下来，只感觉到两颊被风吹得冰凉发痛。

地平线两端遥遥相望的两颗红色母子恒星，一颗正东升，一颗正西落。

过了片刻，我学着伯德那样闭上了眼睛。视野顿时被遮蔽，失去方向感的恐惧让我绷紧了神经，全部感知都用来探测身周环境的细微变化——透过眼帘的薄红光线，森林枝叶的"哗哗"声响，皮肤上加深的寒意。

最终惊醒我的是伯德，他微弱的声音从后方遥远的某处传来："等我一下，照顾照顾伤员嘛——"

我睁开眼，诧异地发现自己刚才在空中转了一个大弯——我一直以为自己飞的是直线。伯德更不知道是怎么飞的，远远落在了后面。我减速等着他追上来，然后一起降落。

"你给我打几分？"我问他。

伯德狡黠地笑了一下："六十分吧。"

我觉得自己隐约明白了他所说的专心的意思。

等待飞行器来接我们的时间里，我坦白道："之前居然不知道，这儿的大风吹着还挺舒服。"我从走上职业道路之后，就一直待在训练场里吹精心控制的人造风，已经不记得上一次在户外飞行是什么时候的事了。

伯德慢条斯理地抖了抖羽毛，收起他金贵的双翼，微微歪过头看着我，我竟然在他脸上看见了某种长辈般温和的神情。

"也许你不是不知道，只是忘记了。"他说。

伯德的野外训练一直持续了几周。

他似乎对充满各种未知情况的户外活动十分热衷，一边陪着我穿过一道道深不见底的峡谷，一边向我传授诸如应对风向突然改变，在不减速的情况下如何绕开障碍物之类的技巧。

虽然这些乱七八糟的技巧在实际比赛中派不上用场，但我能感到它们在无形中纠正了我的一些姿势，让我得以更高效地使用身上的肌肉。

我仿佛一天天地变得轻盈，从前与风之间精准机械的利用关系，变成了更为亲密的共生关系。

"像对待情人一样接触它、聆听它。"伯德端着诗意的腔调说，可惜他的声音大半被峡谷的疾风打散了，只能断断续续传入我耳中，"它今天心情如何，平静还是暴躁，会变强还是变弱……现在要变强了。"

他话刚出口就倏然朝上飞去，我急忙跟上，果然下一秒就听见了谷中凄厉的风声。

"湿度在增加。"上方的伯德又说。

我跟着他直线向上，风势渐缓，半山腰上一片茂密的绿林间正蒸腾着浓郁的水汽。伯德略微减速，钻入了那片云雾，华美的羽翼消失在了浮动的白烟间。

我猛扇两下翅膀，飞上去四下找他。

"它从很久以前开始，到很久以后，一直都是这样吹着。"身边传来伯德带笑的声音，我一转头，他正在与我并肩的高度。

"我们生来就认识它。只是我们记性不好，需要时不时地重新认识一遍。"

⑩

那天，山间诗情画意的云，到了第二天全部化为冰雹砸到了我脑门上。

"为什么成绩下降了？"我看着训练场里的检测结果问他。连续五次，次次低于平均成绩。

伯德还算冷静，说："刚刚回到室内，总需要一点适应的时间。"

"那么再试一回。"我抹了一把汗，重新展开翅膀。

他拦住我："你已经体力透支了，明天再来吧。"

我一声不吭地离开了场地，身上发冷，难以掩饰自己的焦躁与恐惧。这么多年按部就班的高强度训练，放弃了一切娱乐选择机械生活，好不容易达到的极限速度，永远失之毫厘的目标……

我再也输不起了。

仿佛是为了印证最坏的猜想，第二天、第三天……一周过去，我的成绩再也没有回升，始终在平均成绩之下挣扎。

"为什么改变姿势之后反而会变慢？"我终于忍不住爆发，对着试图安慰我的伯德质问道，"你当初把我拉出去乱做实验的时候考虑过这个可能性吗！"

伯德安静下来，低着头不知道在思索些什么。我等不到回答，更加愤怒："这就是你保证的尽你所能？伯德，你到底是为什么找上我！"

伯德沉默了良久才开口说："你的动作变僵硬了。"

"哈！现在开始推卸责任了？"

"我没有遇到过这种情况。"伯德在我的责问声中继续解释，"这套训练方式在我的母星是专门针对姿势死板的选手制定的，一直行之有效，没想到在你身上却起了反作用。也许我低估了与皮匹斯星人身体构造的差异……对不起。"

他看上去确实很难过。

但再难过也改变不了已然发生的事！

"我再问一次，"我在绝望与怀疑中口不择言，"你当时到底是出于什么目的，主动找上我？"

伯德对着我僵住了，张了张嘴似乎想辩解什么，但最终出口的却还是一句："对不起。"

我拼命抑制住揍他一顿的冲动，连做了好几个深呼吸。

伯德朝我走近一步："你成绩下降造成的损失……我愿意尽力赔偿。"

我冷着脸说："不必了，你走吧。尽快从我家搬走，回帕拉迪星去。我会让律师去谈解约。"

我的损失不是任何东西能赔偿的。而且，虽然不愿承认，但我内心深处并不相信他是故意的。

伯德没再说什么，对我点点头之后走了出去。

11

我浑浑噩噩地消沉了数天，连睡着时都做着噩梦，梦里我又回到了奥运赛场上，眼睁睁地看着自己的名次一路跌到榜底。没有人看见我，没有人询问我，只有不远处挂着金牌的伯德笑眯眯地迎接蜂拥而上的记者："巴特是个厉害的对手，这次用这种方式退出比赛，我真心觉得很遗憾——虽然他本来就没赢过我。"

我一惊而醒，跑去冲了个冷水澡。

现在还不是放弃的时候。离下一届比赛还有大半年时间，只要我能找出问题，回到正轨……

这些年我像机器一样顽固蛮横地撑着，已经忘记该怎么放弃。

我又回归了从前废寝忘食的训练状态。

随即我郁闷地发现，伯德那段时间荒唐的训练把我的心带野了。我再也回不到以前那种死水般不起波澜的心境，在空旷枯燥的训练场里面对着一排排的仪器，脑中却想着外面苍莽的森林，山间升起的云雾，以及云雾中与我并肩飞过的身影。

我一次又一次地强行命令自己专注于眼前，心中却鬼使神差地响起一个声音："专心点……"

眼前一黑，我发现自己在半空中合上了眼帘。

翅膀下的凉意，皮肤上的触感，熟悉到了骨子里，偏偏又这样陌生。

我像漂浮于羊水中的婴儿般放空思绪，身体被大风吹散，化作万千卑微的尘埃，与宇宙同岁。

原来放松的感觉是这样。而我之前竟然一直没有意识到，自己那患得患失、彷徨无措的紧绷……

"砰！"

我一头撞到了训练场的墙上。

12

伯德的投影在面前浮现出来的时候，我大大地松了一口气。还好，他至少给了我对话的机会。

"巴特？"伯德有些意外，"你找我？"

"是的。"我酝酿着怎么开口，却突然发现他那边的背景音十分嘈杂，"你在哪里？"

"发射站啊。我要回帕拉迪星了。"他说完我才发现他的确是一身旅人装扮。

我急了，不知从何说起："你……我……我很抱……"

"什么？你等一下，等我几秒钟。"伯德从怀里摸出一支笔，微笑着伸向一旁划拉了几下，画面以外传来了一群女孩子的尖叫和嬉笑声。

"……"我默默无语。

伯德走了几步，换了个安静的地方问："你说什么？"

"我很抱歉。"

伯德惊了一下："哦，不必道歉，主要责任在我。"

236

"不，我很抱歉，"我打断他的话，"昨天训练的时候，我的速度破了纪录，而且超过了因塞克上次的成绩。"

伯德愣在原地。

"你是对的，伯德，你说的一切都是对的，我回到室内后需要适应期，而且我的动作确实变僵硬。我重新找回在野外飞行的感觉后，才发现之前的动作有多僵硬。"我拿出十二分的认真做着检讨，"对不起，我不该那样武断、无礼。"

"巴特！"

伯德突然很大声地喊我，把我吓了一跳。

"你知道这是多大的好消息吗！只要保持这个水平继续训练，下一届你就有夺冠的希望了！"

伯德竟然一脸比我还高兴的表情。我完全不明白自己怎么值得他这样，感动之余对他更加愧疚，忐忑地问："那你，还愿意回来继续当我的教练吗？"

13

"第八圈了，下来休息一会儿。"他招呼道。

我收起翅膀落在他身边，从他手中接过补充体能的液体灌了一口。伯德在面前不远处打开投影，慢动作地回放出我刚才飞行的过程，一边观看一边分析。

我的成绩起伏不定，但总体来说是在稳步提高。

伯德并没有因为上次的事件而有所保留，反而更加尽心尽力地辅导我，专门针对我的体质不断修改训练方案。

他说到一半，我耳后的语言转换装置忽然发出了一阵微弱的杂音，接着传入耳中的就变成了一道陌生的声音。

我呆了几秒才反应过来，语言转化器坏了，现在听见的才是伯德真正的声音。

伯德对此一无所觉，还在一本正经地做着分析。他的声音不像装置中的那样清亮，而是有些微微的沙哑，一下子将他给人的感觉带得柔和了不少。

他说的语言我一个字都听不懂，我略张着嘴，却一直没去打断。

伯德分析完了，尾音上扬，似乎问了一个问题。等了一会儿还没听见我的回答，他疑惑地看着我。

我回过神来，苦笑着指了指耳后的小东西："坏了，听不懂。"

伯德闻言愣了愣，醒悟到刚才一番话都白说了，无奈地踹过来一脚，我赶紧飞起避开。

14

"是的，巴特最近的状态很好，我对他角逐冠军很有信心……什么？不不，我本人没有作为选手参加这一届比赛的计划。作为教练我当然会全力以赴，而且巴特也是一个非常有才华和悟性的选手……"

我刚冲完澡，闲坐着观看立体投影里的伯德面带微笑侃侃而谈。

斯庞瑟星的公转周期过去了大半的时候，我和伯德参加了一次访谈节目。我没有上节目的经验，从头到尾几乎都是伯德一个人在回答主持人的提问。他倒是身经百战，回答得简直滴水不漏，接近无趣。

但再无趣的问答，也架不住伯德一张俊脸的吸引力，这投影不知被观看过多少次，伯德身后"唰唰"地飞过少女们留下的无数条评论，几乎汇成了河。

我打了个哈欠，正要关闭影像，目光却不经意间落到了一条简短的评论上。

"伯德头发底下有东西在反光？"

大概指的是语言转换器吧，虽然那是戴在耳后的……难不成是谢顶？我恶趣味地想着，却还是操控着伯德的影像转了一百八十度，从高处研究了一下他的后脑勺。

什么也没找到，我不死心地又将影像放大了数倍。

于是我就看见了隐藏在他发丝间的一个极其不起眼的小东西。

它安静地贴着他的头皮，乍一眼看上去，恐怕会被当成虫子之类。只有同为专业运动员的我才会立即认出那是什么。

我对它并不陌生，许多运动员在职业生涯的某个阶段，都佩戴着它上过场。
那是一个镇痛用的装置。

……

投影里的伯德还在谈笑风生，我一把挥去了他的影像，开始沉思一个问题。

——伯德上一次在我面前飞起来，是什么时候的事了？

15

我一边权衡着是暗中观察伯德还是直接问他，一边叩响了客房的门。

门开了，我的计划全部白费，一对上伯德的脸就脱口而出："你的伤病怎么样了？"

他被我的突然袭击弄得一怔，想了想才回答："我说过的，需要时间恢复。"

"恢复情况如何？"

……

伯德还在组织语言，我直截了当地问："为什么恶化了都不告诉我？"

他的神情动摇了一下，习惯性地露出一个微笑："你这不就知道了嘛……告不告诉你情况都不会有什么改变，说出来不是多此一举嘛。"

他的回答如同冷水般当头浇下，霎时间浇灭了我焦躁的关切。我哑口无言，却还勉强说："怎么是多此一举，对我至关重要的教练出了状况，我当然应该知情。"

伯德在我肩上拍了拍："放心吧，训练不会受影响的。"

"那你呢？你会怎么样？"

大概是我的表情太吓人，伯德连忙说："别担心，没你想得那么可怕，只是解释起来有点麻烦。"

"我听着。"

他终于发现躲不过我这一关："我以前受过伤，翅膀里的骨骼出了点问题，高强度的训练又加重了它的负担。上一次比赛之前，医生就给了我两个选择——做手术把一块大骨换掉，或者保守治疗等它自行恢复。"

"你没有动手术。"我说。

"是的，那么大的骨头换成人造材料，我就再也不可能飞出从前的速度了。保守治疗收效慢，但做好镇痛的话，我还可以再比一次。我不想错过那场比赛……"

"于是你带伤上阵，却还是半路掉了下去。"我点点头，"这样一切都说得通了。那为什么要来给我当教练？"

伯德笑道："其实很简单。我坚持继续保守治疗，医生说我的翅膀至少在休赛期间承受不了任何训练，如果恢复情况不理想，那就永远不用回训练场了。我只会飞，不飞的话，我不知道还能做些什么。如果不能当运动员，那就只有教练是最接近这项运动的人了。"

我万万没想到他的答案会是这样。但只要仔细一想，他对飞行超乎寻常的热爱其实十分明显。

"结果，在教你的过程中，我的翅膀恢复非常缓慢，到后来反倒开始恶化。保守治疗是行不通了……"

"你为什么一点都不告诉我？为什么不尽早去做手术！"

伯德一脸无辜："本来是打算回帕拉迪星去做的，但是都已经到了发射站，又被你叫回来了。"

账不能这样算啊！苍天在上，我不知情啊！

"如果早点让我知道，你现在说不定都已经治好了，也不用痛这么久——"

"但我会缺席，而你会分心。"伯德似乎已经有过一番深思熟虑，"手术后的恢复时间很长，我离开你就不知道何时才能回来了。是我找你签的约，我不能在你奋斗的时候弃你而去。反正我自己已经回不到赛场……"

我眼眶一酸。

"而且这些年当冠军也当烦了……"

我湿润的眼眶顿时干燥了回去。

"不如尽全力帮你拿下一个，让你延续我的梦想。"

……

"梦想"这个词太过沉重，他的牺牲也太过沉重。我不安地嘟囔："你怎么知道我值得。"

"我就是知道。"

伯德看着我，笑容中的狡黠一闪而逝："很多年前，我在一次比赛结束后，被一个皮匹斯星的少年追着求过握手。"

我像被雷劈了一记。

"其实我当时就认出他来了。那少年在皮匹斯星上初露头角，名字在业内传得很广。虽然还没进奥运会，但我很看好他，觉得他日后肯定不是等闲之辈。"

他居然记得？！

"结果，那少年握完手后突然直勾勾地盯着我说：'总有一天，我会变得像你一样。'"

……

我不断干咳着回道："居然还有这种人啊。"

"是的。"伯德凝视着我，就像许多年前我紧盯住他那样，说，"现在就是那个人兑现诺言的时候了。"

16

第七百七十八届星际奥林匹克运动会现场，人山人海，彩旗招展。

"伯德先生已在几个月前宣布退役，赛场上失去了这样一员获奖无数的老将，对许多人来讲都是一种遗憾。但另一方面，过去一年里接受了伯德单独辅导的巴特先生，今天的表现是否会让人眼前一亮呢？让我们拭目以待……"

我坐在选手单人休息室里，听着悬浮在面前空气中的三厘米高的主持人眉飞色舞。

那天在客房听完伯德的一番话语后，我十分感动，然后把他绑着送回了帕拉迪星。再高的梦想，再深的苦心，也阻止不了我赶他去做手术。

伯德的手术还算成功，但在那之后，他漫长而痛苦的恢复期才刚刚开始。

他走之后的那段时间里，我也没有再找新的教练，一直严谨执行着他留下的那一套训练计划。我甚至独自飞越过几处森林与峡谷，每一次都牢牢闭着眼睛，任由风将我吹得七荤八素。

头顶上方白色圆球状的微型飞行器里传出声音："巴特先生，请确认您是否已经做好准备，摄像头即将打开。"

我点了点头，而后在看不见的观众的注目下做了热身，按部就班地低飞了几圈。

今天的状态算是十分理想了。但我之前在门口遇见了因塞克，发现那少年也成长了不少，望过来的眼神更加恭谨，却又更加硬气。

这一战，鹿死谁手还未可知。

"巴特先生，倒计时十分钟，请准备上场。"机械的声音提示道。

我一步步地向外走去，耳边接通了一个语音通话。

"你看得见我吗？"我问。

"看着呢。"微微沙哑的声音答道，"我们这儿聚了许多人一起看直播。"经过这段时间的恶补，我脱离转换器也已经能大致听懂他的语言了。

"那就好。"

"放松心情，像平时一样发挥就好。你紧张吗？"他问。

"有一点。"我一脚迈入了室外的空气中，前方不远处，十余名选手正在一字排开。

"但也不是特别紧张，因为——"我微微眯着眼仰起头，"今天的风好像心情还不错。"

通话结束，提示音响起。

我振起双翅，飞向无限旷远的苍穹。

242

『PART A』

从前有一篇权谋文，里面的主角从很小的时候，就会在脑内听见一个奇怪而微弱的声音。

"XX 小时候好可爱哦，想捏。"

"这么小就腹黑啦。"

而等他渐渐长大，同一个声音又开始说：

"XX 好帅，给 XX 打 call ！"

"完了完了，XX 好像要被坑了……"

就在听见"被坑"的预言的第二天，他真的被私塾的先生下了药，背上了一桩冤案。

主角一时觉得自己是天选之子，一时却又怀疑自己得了什么癔症，多年来寻医问药，始终一无所获。只有一个世外高人听完他讲的，捋着胡须道："怕不是庄周晓梦迷蝴蝶？"

主角没听懂。

直到一场惨烈的战役中，主角在"牺牲自己去营救兄弟"与"活下去完成更伟大的使命"之间，艰难选择了后者，眼睁睁地看着那个温厚仗义的兄弟惨死于敌人刀下。

脑内蓦然响起了那个声音："粉转路了，再见。"

主角依然不解其意。然而，第二天，第三天……那个声音再也没有出现。

起初主角松了口气，觉得癔症终于痊愈了。

可时间过得越久，他就越感到寂寞。

那个陪伴自己度过了漫长岁月的声音，说消失就消失了，而且是在自己放弃兄弟之后。

他隐隐觉得自己犯了个大错。

主角不敢懈怠，仍旧忍辱负重地为了大业前行着。

他开始期待那个声音会回来，仿佛那样就能证明自己赎清了罪孽。

可它一直都没有回来。

主角度过了几年时光，又经历了重重艰险，爬上了高位。

一日，他下令除去一个背叛自己的昔日手下时，突然又听到了天外传音。

这声音跟记忆中的那道似乎有微妙的不同，语气激烈，仿佛跟人争执着什么。

"XX 已经很不容易了好吗，他也一直对兄弟心存愧疚啊，但是为了大业他别无他法啊，你们能不能不要无脑黑？"

主角凝神静听。

那个声音与人吵了好久，最后小声说："对，我以前黑过他，后来又回来看文了，不敢用原 ID，特地换了个马甲，还不是因为你们分阵营吵得太凶了？拜托，这是在搞权谋啊，难道主角要当一个傻白甜的圣母吗？反正我站XX。"

主角隐隐明白了什么。

一定是天上的神仙在看着自己。

自己听不懂的那些词都属于天书。

其他神仙不喜欢自己，但这个好心的神仙眷顾自己！

主角振作了。

从此之后，他又不时地听到那个好心神仙的声音。

有时是几句鼓励，有时则是"XX 真的长大了很多啊"之类的感慨。

主角觉得心里暖洋洋的。从孤身奋战，到逆转局势建立自己的政权，这一路过来，因为有那个声音，他也不觉得孤独。

有一天，在睡梦中，他突然听见那个声音字正腔圆地朗诵道：

"致 XX：我是无意中点进这个故事的，第一眼看见你就觉得很可爱……"

接下来是起码三千字的长篇大论。

神仙点评了他这半生的点点滴滴，又剖白了自己对他复杂的感情。

主角在梦中听得潸然泪下。

只有一点，他非常想告诉神仙。

他小时候爬去邻居家偷的是鹅，不是鸡。这很重要，因为鹅的战斗力强多了。

神仙一定是贵人多忘事，记错了这一桩。

第二天神仙发话了："啊啊啊谢谢作者大大指正，是鹅不是鸡！我眼瞎了哈哈哈。"

主角终于发现了奇怪之处。

这神仙说的"故事""作者"指的是什么呢？

难道自己一生的跌宕起伏，只是庄周梦中蝴蝶的一次振翅？

主角联想起了儿时遇见的高人的点拨，渐渐开悟了。

他一边在霸业上走向巅峰，一边却又仿佛开了天眼，能看见这条长路的尽头，并非衰老与死亡，而是一片戛然而止的虚无。

他无法形容那虚无是怎样的形状，只是本能地感到畏惧。

仿佛为了印证他的预感，那神仙也越来越频繁地说出"真不想完结啊"之类的话语。

主角恐慌了。

虽然人固有一死，虽然他的一生已经算是了无遗憾了，可他依旧不想这么快就沉入虚无中。

他想见一见那个神仙。

神仙愿意见自己吗？

主角抱着一丝微末的希望等啊等，从青年一直等到了中年。

任他在梦中如何祈求呼唤，神仙始终不曾露面，只有温柔的声音陪伴着他，一步步地走向最终的虚无。

主角放弃了高官厚禄，想去泛舟江湖，寻找神仙的踪迹。

然而，他没有意识到，自己上船的那一刻，就是故事的终点。

主角措手不及，只记得坐在船上时，耳边忽然传来了神仙的声音："贺完结，写了一封情书表白 XX。从哪里说起呢？ XX 这个人，虽然不完美，却很真实……"

那声音还在滔滔不绝，主角的视野却迅速黑了下去，他措手不及地被虚无吞噬了。

主角仿佛陷入了一场无始无终的沉睡，没有梦境，也感觉不到时间的流逝。

然后他突然又惊醒了。

他听见神仙说："啊啊啊啊，番外超好吃！"

主角一脸茫然，还没来得及搞清情况，又"啪叽"睡过去了。

不知过了多久，主角的眼前再次一亮。

神仙说："啊啊啊啊，新番外！我来了！"

如此反复了数次，主角头晕目眩。

直到又一次醒来时，神仙的声音似乎成熟了不少，还带着些伤感："听作者大大说，这个十周年纪念版就是最后一篇番外了，简直舍不得看……"

主角一跃而起。

他知道自己这一次是真的要死透了。

他要见神仙一面！

主角争分夺秒，找了各种能人异士给自己看相算卦，一无所获。

他找啊找啊，终于又找到了儿时的那个世外高人。

高人捋了捋胡须，摇头道："可惜呀，这要是什么玄幻文或者穿越文，你说不定还有指望，如果是穿书就更简单了。可惜呀……"

主角问："我们是什么文？"

高人道："普通的权谋文。"

主角绝望了。

高人又道："大人莫要伤心难过，你冥冥中跟那位神仙是有缘的。"

主角怒道："有缘，怎么有缘？我已经见过终点了，就是虚无，连个来世再见的念想都找不到。"

高人道："不不，你误会了，我的意思是，结过一桩善缘就已经很不错了，知足常乐。"

恰在此时，神仙也开口了："我心中还有很多不舍，真希望能陪你再走一程。但转念一想，等我白发苍苍时整理书架，你依然停留在这最美好的一刻，未尝不是一种圆满。"

主角终于意识到了。

对方不是神仙，对方只是会老会死的凡人。

而自己在某种意义上，反而是超脱人世的。在纸张凋朽之前，自己将永远存在。

虽然直到最后都无法将这份心意传达给对方，但能以最好的样子停留在对方心中，便是属于他们的缘分了。

主角就抱着这份平静与喜悦，走向了最后一个句点。

『PART B』

从前有个喜欢看网文的姑娘，想象力很丰富。因为脑洞开得太大，时常分不清幻想与现实。

一日，她看完了某篇权谋文的最新一章，顺手评论道："XX 小时候好可爱哦，想捏。"——XX 是文中主角的名字。

姑娘刚刚将评论发送出去，忽然隐约听见一道微弱而童稚的声音："谁在说话？"

姑娘愣了愣，竖起耳朵再听，却又没声儿了。她只当是幻听，没有在意。

第二天姑娘继续留言："这么小就腹黑啦。"

下一秒她又幻听了："腹黑是什么意思？"

姑娘觉得自己一定是疯了。

姑娘平时在家与学校之间两点一线，生活尚平静无波，但只要在这篇文下发表评论，就一定会听见那个声音。

更为疯狂的是，她渐渐觉得那声音可能属于文中的主角。因为，随着文中的主角一章章地长大，那声音也一点点地变得成熟了。

姑娘去医院检查过耳朵，也看过心理医生，什么毛病都没查出来。最后她索性听之任之了，毕竟"能与主角沟通"大约只是一个无害的小臆想。

姑娘对主角的喜爱，在故事进行到第一个转折点时动摇了。文中的主角在生死一线的关头放弃了两肋插刀的兄弟，而选择了保自己的命。

此举摧毁了大批读者对这个人物的印象，姑娘也在其列。她怒而留言道："粉转路人了，再见。"说完就关掉了网文。

她确实有半个月都没再去追这篇文，转而看起了其他故事。她的幻听也基本痊愈了——只有睡梦中还会传来一点断断续续的声响，说的似乎是"你在哪儿"。起初是少年的音色，几日之后就倏然变成了青年的。

那篇文的剧情已经发展到许多年后了吗？

这可真是天上一日，人间一年啊。

姑娘一时好奇，又点开了它。

主角的确成长了，一路忍辱负重、殚精竭虑，替兄弟们报了仇，还在为了年少誓言中要成就的大业而奋战。不过，依然有一部分读者还在为了当年的事而愤愤不平，留言里也总要翻两句旧账。

姑娘默默地看了几章，终于忍不住换了个马甲，与人辩论了几句。

她的幻听突然又回来了："你是神仙吗？"

什么神仙？茫然不解的姑娘皱了皱眉，难道幻听还能听错不成？

当时的她并没有想到，这是她的最后一次幻听了。

隔日看更新的时候，她读到了作者留下的一段话："谢谢所有表达对 XX 看法的评论。我无意塑造完美无缺的人物，XX 不仅有各种优缺点，而且还会随着年龄增长发生变化。所以，喜欢他还是讨厌他，甚至是在喜欢与讨厌之间来回摇摆，都是正常的——这样才有真实感啊。"

从那一刻起，姑娘看待主角的心情变了。

他像个有血有肉的普通人，经历着自己的挣扎与成长。

但同样也是从那一刻起，无论是在现实里还是在梦境中，他的声音再也没有响起过。

姑娘再次怀疑自己疯了。

因为比起欣喜于幻听的消失，她脑子里先出现的念头竟然是："我听不见他了，那他听得见我吗？"

明明只是个纸片人，她却真的心生牵挂。

她注视着他一路走来，就像陪伴在一个亲切的朋友身边，有时笑着损他两句，有时为他捏一把汗，有时则欣喜于他得来不易的胜利。

她为他写下了长长的书评，仿佛这样就能替他加油鼓劲儿似的——顺带还收获了被作者回复的意外之喜。

她始终很在意自己最后听见的那句"你是神仙吗"。如果书里真的存在另一个世界，那么自己从上帝视角见证了主角的全部人生，对主角来说岂非真像神仙一样？

可自己分明只是一届凡夫俗子。反而是主角，不完美的、有着种种缺陷与遗憾的主角，在他这条漫漫长路里，教会了自己许多事。

天下没有不散的筵席，权谋文也终于迎来了完结之日。

姑娘万分不舍地读完了最后一章更新，写下了最后一篇长评。

当然，之后她又买了实体书、看了新番外，但在那之后，这本书就被束之高阁，再也没被翻开过了。

时光易逝，姑娘长大了，脱下校服，化上淡妆，走进了职场。

一晃十年过去，姑娘的生命中渐渐有了更多需要操心之事，年少时看网文的习惯也在不知不觉中放弃了。

她不再需要任何一篇小说的主角教会自己什么道理，她已经是个成熟、坦荡、坚定的大人了。

这天她上网时，忽然看见当年的作者发了一篇新番外："这是最后一篇番外了，纪念作品十周年。"

姑娘抱着怀念的心情点了番外，读着读着，眼泪掉了下来。

书里的主角依旧在与同伴们泛舟江湖、把酒临风。

这是最后的送别，从前她送他走，现在他送她走。天上一日人间一年，她终有一日将白发苍苍，而旧书架上的他永远鲜衣怒马。

像个快乐的小神仙。

『PART C』

"请问……你还好吗？"

姑娘抹了抹眼泪，放下手机抬起头，发现眼前有个人正担忧地望着自己。

那张陌生的面容，隐约有几分莫名的亲切。

四目相对时，对方下意识地露出了一个笑容。

俩人的脑中忽然同时响起了一道微弱的声音："啊啊啊啊，终于还是让他们遇到了！作者真是个好人！"

变人记_

一天清晨，王太醒过来，突然发现自己养的阿毛变成了人。

阿毛是她养的中型犬，没有品种，但毛发油亮，四肢矫健，又喜欢户外运动。王太有时嫌弃他调皮捣蛋、吃得又多，有时看他却也觉得可爱，还会拍照发在朋友圈，向亲戚朋友们晒一下。

王太一开始并未发现阿毛变成了人。她没有察觉到任何异样，一边吃着早餐一边玩手机，屏幕上弹出一条早间新闻：有个年轻女子半夜当街被车撞死，肇事司机逃逸。王太划开溏心煎蛋，看着蛋液流出来，随口道："三更半夜还在大马路上逛，肯定不是做什么正经行当。我们那年代，下了班都是马上回家的……"

这时她突然听见一个嗓音细声细气地说："可是，不管是什么行业都不该被撞死呀。"

王太很惊奇。她扭着脑袋，四下搜寻着问："是谁，谁在说话？"

"是我呀，王太。"

王太看看餐桌对面，看见了阿毛。

王太瞪大了眼睛，举起手机拨号给老王："老王你快回来，出大事了。"

老王说："我这儿开着会呢，有什么事不能等我下班再说？！"

王太开了免提，颤声说："阿毛说话了。"

老王说："不可能，没有狗会说话。你一定是听错了。"

阿毛细声细气道："是我呀，老王。"

老王说："你更年期压力大，产生幻听了。"

阿毛说："我说话了。"

老王很快赶回了家，问："那只小畜生呢？"

阿毛说："这儿呢。"

王太尖叫道："闭嘴！闭嘴！让邻居听见怎么办呀？我们是体面的人家，怎么丢得起这个脸？他小时候咬坏那么多玩具，撕坏了我的沙发，我也没有丢掉他。可他为什么要说话？为什么不做一只正常的狗？"

老王骂道："还不都是你没教好！今天开口说话了，明天怕不是要直立行走了？"

王太举起一只手捂住眼睛，呜呜地哭了起来："我犯了什么错？我每天喂他三次，定期洗澡驱虫，刮风下雨都去遛他。你呢，你做了什么？"

对此老王发表意见道："我已经活得够没意思了，每天起早贪黑，跑着去上班，那个草包头儿还总拿裁员威胁人。而这只狗呢？赖在家里吃了睡睡了吃，跑得却还不如别的狗快，吠得也不像纯种狗那样响亮好听。现在他还说话了——你要我怎么办？我还得赶回去对付老板呢。"

王太只是哭。

阿毛怯生生地说："老王，王太，我很感谢你们遛我喂我，但是我刚刚发现，我跑得不如狗快，可能是因为我不是一只狗。你们别紧张，深呼吸，放松地看一看我，觉不觉得我长得其实像个人？"

老王说："那不可能。你只是头以下的毛少了一点，尾巴短了一点，我知道有些串串就是这样的，没有办法。"

阿毛说："狗会说话吗？"

老王说："没有研究过，不知道。"

阿毛说："那我可能是人。"

王太又哭了起来："行行好吧，我连续两个月失眠，我精神衰弱，油价又涨了。你能不能安分点当一只狗，像隔壁家的金毛那样帮忙衔个拖鞋、关个冰箱？"

阿毛说："拖鞋、冰箱可以商量，但我既然发现自己是个人，就很难再被遛出门当街抖腿撒尿了。你们说，是不是要有一点微小的改变？"

王太坐下来，把冷掉的荷包蛋吃了，换了一种冷静的口气商量着说："那你想做什么？"

阿毛说："也没什么，我想有个自己的房间，平时可以看下小说、玩会儿电脑。"

王太倒抽一口气，老王摔门走了。

③

这一天王太没有遛狗，晚餐也没准备狗粮。

阿毛说："王太，我晚餐呢？"

王太说："你好好想想，什么时候想清楚了让我遛，什么时候有晚餐。"

阿毛说："你这样令我十分不安。"

王太说："狗不会不安的，你不安是因为一天没出去跑，憋的。"

老王回来了。王太关上门跟老王商量了两个小时，回来说："阿毛，坐。我们好好谈一谈。我和老王都很担心你，觉得你这样没办法过好日子。"

阿毛说："我觉得当人挺好的，腰不酸背不痛，很有精神。"

王太忧伤地看着他，缓慢而轻柔地说："你以前不是最喜欢出门奔跑捡球了吗？"

阿毛说："仔细想一想的话，我好像还是更喜欢宅在家里。"

王太说："没有狗喜欢宅在家里。你这样不正常。"

阿毛说："所以我可能不是狗。"

老王清了清嗓子，郑重地说："我们怀疑你得了某种罕见的犬科病，这些都是初期征兆。首先你不把自己当成狗，接着就会传染其他狗，让他们都失去狗的特性，然后死去。你需要治疗。"

阿毛说："我不治疗。我这样挺自在的。"

老王说："我们不逼你，我们是开明的现代人。你不想当狗，那么你去给我们生一只正常的狗，然后你可以不出门。你看怎么样？"

阿毛说："我也不想配种。"

老王说："没有狗到年龄了还不想配种。你这样让我们很难办。"

王太举起一只手捂住眼睛，呜呜地哭了起来。王太说："我犯了什么错？我每天喂你三次，定期洗澡驱虫，你成年以后我每年都带你去见小区里的小母狗。你怎么会不想交配？我的饲养方式哪里让你不满意？"

阿毛说："也不是不想交配，主要还是没看见喜欢的小母狗。我觉得我可能更适合母人类。"

王太摇着头说："你这样让我们很难办。"

老王也说："你这样让我们很难办。"

阿毛说："我没有要你们难办，我只是想试试当个人。要不这样，你们先让我每周一三五当人，要是当得好、当得让你们满意，以后再改成每年单数月份当人，怎么样？"

老王摔碗道："太复杂了，没听说过养狗还有这么复杂的！我决定不当开明的现代人了。"

老王和王太把阿毛拴了起来，不认错就不喂食。

夜里，阿毛咬断狗绳跑出了家门，又被老王捉了回来，拿皮带抽了一顿，顺带绑上了狗嘴，以免他口吐人言。

这天老王下班后，王太跟他商量："我跟李太打电话的时候说了这件事，李太劝我们找一家专业训狗基地，说是按军犬标准培养的。他们家狗就送去了一趟，出来之后要多乖有多乖，让叼袜子绝不捡鞋。"

老王问："多少钱？"

王太说："划算的，术业有专攻嘛，交给他们一劳永逸。说是不愿配种也能治好，回头生一窝听话的。"

阿毛被送去训练了。

第一堂课的内容是趴在地上，被询问"你是狗是人"。回答"是人"就被打狗棒抽，回答"是狗"的话也要被抽。一直抽到说不出话来，只会吠叫为止。

第二堂课则是训练他们吃屎，狗吃屎时必须面带微笑。

这两门课及格之后，才有进阶级的奔跑、跳高与捡球。不及格的则无限重修。

老王和王太回到家里，数着日子等结果。

三个月后，阿毛被训好回来了。教官微笑着保证道："哪里不到位，还可以再送回来。"

训练成效是卓著的，阿毛再也没有说过一句人话。每天老老实实地出门跑圈、捡球，对母人类也不再做非分之想。

王太很满意，只有一次对老王悄声说："听说李太家的狗没有训好，又送回去了两次，最后一次出来之后，跳楼自杀了。"

老王说："还有这种狗？"

王太唏嘘道："可不是嘛，据说跳楼之前还喊了一句'我是人'……哎呀，真可怜，李太以后在朋友面前还怎么抬得起头啊，养出那种狗……"

老王不屑地哼了一声，说："还是我们阿毛乖。对吧，阿毛？"

阿毛说："汪。"

半年之后，老王和王太才发现了一个历史遗留问题。阿毛对小母狗依然没兴趣，怎么抽都没用。

老王骂道："废物啊，白花了这么多年狗粮钱。"

王太说："教官不是说包售后吗？我打电话去问问。"

教官听了王太的讲述，尴尬地笑了："这个课程我们这里没有。我们倒是可以化学阉割一只狗，但没法强迫他硬起来。"

王太不服气地跑去训狗场外闹了一通，被保安轰走了。

王太回家之后很是泄气了一阵，最后老王劝道："要不我们再养一只？这次养个有证的，保证听话能干。"

于是老王和王太又养了一只狗。小狗毛发油亮，四肢矫健，性情活泼。王太看着小狗，会恍惚地想起阿毛小时候，便笑呵呵地拍照发个朋友圈。

小狗有时候当街撒个条子，有时候撕一下女孩子的裙子。女孩子尖叫着捂住裙子踢小狗，王太柳眉倒竖走上前去："哎，你一个人类怎么能跟狗计较呢？"

我看着他，缓缓放下了手里的枪。

"你赢了，"我对他隔空飞了个吻，"杀了我吧。"

他同样没有开枪，局促地望着我默不作声。

在闭目等死的关头，我心中一片茫然，居然还牛出一丝可笑的疑问：眼前的这一切是如何发生的呢？

我跳下私人直升机，理了理领结，好整以暇地走向会所大门。

大门自带安检系统，门上刻着"兽族与动物不得入内"。

我亮出请柬："晚上好。"保安拿手中的仪器扫了一下请柬，对照着投射在半空中的个人资料唤我："徐少爷。"

真正的徐少爷此刻正在直升机里躺尸。

这小少爷头一次出席宴会，谁也不知道他应该长什么样。

我的组织从近百个嘉宾中筛选出他，黑进人类的安全网中，将他资料中的照片临时换成了我的。

他死得光荣，今夜过后大家都会记得徐少爷是个大美人。

兽族的杀手圈里流传着一句话："比申一南更可怕的，只有不发神经的申一南。"

这句话看似什么都没说，却又点明了此人突出的实力与个性，可以说是十分精辟了——美中不足的是它没有提及申一南的睿智与美貌，这令我略为遗憾。

我就是申一南。

我从洗手间隔间的垃圾箱里翻出了组织留下的手枪。

这是一场私人晚宴，时间地点都是高度保密的。如今世道大乱，再嚣张的人物也难免草木皆兵。

来到场内时，会所的晚宴桌已经基本坐满了，可我要杀的人却未到场。我半低下头，装成青涩的人类小少爷的样子，穿过一片衣香鬓影避开人群，端了杯酒坐到角落里。

我必须小心行事，因为聚集在这里的都是激进派中的激进者。他们才不管什么和平条约，恨不得明天就朝兽族领地扔颗核弹。

我知道你想问什么。

事实上，我们的世界从来不缺战火。人类是自相残杀的天才，从肤色到性别，从宗教信仰到意识形态，总有千万种标准将彼此界定为"同类"或"异类"。

历史的长河伴着这样的分分合合蹒跚向前，直到某一天，陡然被一道巨大的沟壑拦腰斩断。

一切都是从一个新玩具开始的——"想试试变成祖先的样子吗？"

起初它只是科学实验室里的尖端仪器，却被独具慧眼的商家一步步地推向了民间，与视觉投影技术相结合，以手环的外观摆上了柜台。

昂贵的手环介乎玩具与奢侈品之间，只需要玩家的一点血液或毛发，便可分析再现出其祖先的模样，并投射到玩家身上。

毫无意外，手环立即风靡全球，一时间满大街都是戴着它左顾右盼的人。

由于游戏技术有所限制，每个人的基因能被追溯到的最早祖先都不一样。

所以玩家们有些摇身一变，成了自己的曾祖爷爷，有些却成了长衫飘飘的古人；还有些更"幸运"的，变成了披着兽皮的矮小原始人。

随着游戏越来越畅销，一些玩家发现了 bug。

他们竟然被投射成了动物。有狮子，有狼，还有早已灭绝的不知名的生物。

起初这被当成一个有趣的笑话。能在他人眼里呈现出动物样貌，这让玩家们觉得自己很酷，四处抖着尾巴招摇过市。

然而，当商家召回他们的手环检查修理时，却没查出任何问题。

3

我正默默地观察场地，寻找着监视器死角，背脊上的汗毛突然全竖了起来。

那是从经年累月的死亡游戏中磨炼出的直觉——有一道视线正落在我身上。

我面上不动声色，感官却在一瞬间被调动起来，捕捉到了一丝微弱的气味。

兽族的气味。

能混进这种地方的兽族，都非等闲之辈。对方显然也做了伪装，加上这里气味纷杂，犹如一只大染缸，那点儿似有似无的味道根本提供不了更多信息。

我能混进来主要靠组织情报，但有本事进来的杀手或许不止我一个。

有人要跟我抢这个人头吗？我正在心里飞快地打着算盘，没想到来者竟然大喇喇地走到了我身前。来的是两个人。

其中一个黑发黑眼，胸前别着装饰花哨的微型录音扣，表明了他的记者身份。此人毫不怯场，满脸堆笑地问我："打扰一下，是徐少爷吗？"

人类。

我坐着没动，故作矜持地"嗯"了一声，视线转向了他身后的同伴。

那是个极高极瘦的男人，发色偏灰，看不出年纪，长手长脚无处摆放般尴尬地僵直在空气中。他戴着眼镜，仔细一瞧还是摄像专用的眼镜，镜片可以根据眼球运动的指令进行实时录像。

由于个子太高，他在低头看我的时候还弯了腰。目光隔着镜片相撞，他反而先吓了一跳，窘迫地移开了视线。

黑发记者轻咳一声夺回了我的注意力，递来一张名片："之前没见过您，幸会幸会，我叫任嘉，这是我的搭档文森特。"

原来是娱乐记者。无论时代如何变化，大家对贵族阶层的八卦欲永远熊熊燃烧。这家媒体想必跟大人物们的关系良好，才能派人进这种场子。

我陪着任嘉寒暄，鼻端又飘来了那一丝兽类的气息。我意识到它如此微弱不仅仅是因为被做了掩盖。

任嘉打完招呼，就转身去寻找下一个人物了。文森特正要跟着他走开，却被我一把拉住。我就着这个姿势站起身来凑近他，笑吟吟地轻声说："挺不容易吧？做摄影师多辛苦，还是混在人类之中。"

文森特的手心霎时间凉了，他像被猎枪瞄准般睁大了眼睛，苍白着脸望着我。这会儿我才看清，他镜片后是一双温和的碧眼。

应该是某种食草动物。我紧盯着他的神情变化。虽然仅凭外观很难判断种类，但八成是兔子或者绵羊那一类。

我族最喜欢吃食草动物了。他似乎在努力辨别我是否有敌意，半晌才战战兢兢地笑了笑："这，这年头有个饭碗不容易。请您……"

我慢条斯理地放开了他："放心吧，我是个善良的人，不会说出去的。"

人群突然一阵骚动，宴会的主持人高声说道："有请威廉姆斯部长致辞！"

我要杀的人来了。

威廉姆斯部长人高马大，蓄着络腮胡，上台之后的第一句话是："没有野兽味儿的空气真新鲜。"

大家哄堂大笑。

威廉姆斯翻出一页演讲稿："今天邀请各位来此，是为了向大家保证，我们剿灭兽族的计划在有序推动中，现在有重大进展即将公之于世。"

4

非灵长类的动物怎么可能进化成人类呢?

那些遇到 bug 的玩家被请去更专业的实验室做采样分析, 结果无一例外——比常人多了一个基因组。

这个消息震动了世界。

科学家们无法解释这种现象: 看似大同小异的人类之中, 其实混杂着截然不同的分支。这些似乎是来自兽类的基因组决定了他们的性格、外貌与偏好, 甚至能在特定的方面, 开发出远远超出普通人类的能力。

一夜之间, 大家纷纷醒悟: 公司里那个挑剔又敏锐的顶头上司是只鹰, 怪不得大家早就不喜欢她; 班上那个暴躁好斗的大块头原来是狮子, 听说他爸爸还杀过人! 能不能现在就把他关进监狱; 自己的老婆竟然是只兔子, 不离婚难道等着她生出一窝龅牙的小怪胎吗?

……

原本只是人群中的一点"不喜欢", 却被来自基因的分歧骤然激化。

相关政策迅速出台, 所有公民被强制进行采血检测, "族类"成了个人身份的必填项。再也没有公司愿意聘用兽族, 没有家长愿意让孩子与犀牛同班, 没有牙医敢给老虎拔牙。落后的地区不时发生惨案, 一户户兽族被村民逼到角落, 强行套上手环现出原形, 而后被浇上汽油活活烧死……

失去一切的兽族不得不聚集起来展开反击。恐惧、敌意、争斗, 一步步地演变成了围攻、杀戮与暴乱。

这场战争原本会持续到文明终结的那一天, 直到有个人粗暴地为这一切画上了一道休止符。

5

文森特小声说: "失陪一下。"

他躬着身子穿过几张晚宴桌，蹲在地上找寻合适的角度，给慷慨陈词的威廉姆斯部长拍照。我又等了两句话的时间，在人群的欢呼声中四下张望，见左近不剩旁人，也悄然离开了桌子。

我坐过的椅子上，静静地躺着一只领结。

留给我的时间只有半分钟，不成功便成仁。我无声地移动至监视器死角，藏身于一根立柱后面，躲在西服袖子里的手腕一翻，握住了那只小巧的手枪。

领结里面藏着的小玩意儿正在倒计时。我要让保安来不及根据子弹的走向判断我的方位，就必须在出手前的一瞬间让他们分神。

威廉姆斯部长讲到激动处，开始来回走动。我暗骂了一声，调整了站位，正要举起胳膊，背脊的汗毛陡然又竖了起来。

"那个……徐少爷……"

我猛地回头，文森特刚刚走到我背后。

他的手里还拿着我留在椅子上的领结。

大约察觉到了我目光中的杀气，他下意识地后退了一步："我刚才看你好像要走，但是忘了这个东西……"

我恨不得一枪崩了他。

倒计时已经只剩几秒了。来不及思考，我一把夺过领结，在文森特呆若木鸡的注视下用尽全力朝着无人处掷去。

轰然一声巨响。

在领结炸开的同时，我的子弹已经朝着威廉姆斯部长的脑门飞去。

紧接着又是一声巨响。

我被意料之外的气浪掀翻在地，浑身剧痛，右臂嵌入了一块不知哪来的碎片，顿时血流如注。经过地狱式训练的身体比脑子先做出反应，我就地一滚躲到了墙角。一时间，我失去了听觉，只看见桌椅与人躯的碎片四下飞散，会所的建筑如地震般颤抖着崩塌。

第二次爆炸绝不可能来自我那颗小型炸弹。我那玩意儿的杀伤力只够放点烟花。果然有另一个杀手混进来了，而且下手比我俗气得多，直接要拉全场陪葬。

我不能输！

"嗡嗡"的耳鸣声略微平复，响彻云霄的警报声传入我的耳际。

视野角落里滚过一道壮实的人影，威廉姆斯部长躲过了我刚才那枪，正被保镖掩护着试图爬出礼堂。

我当机立断将枪换到左手，抬手瞄准，刹那间在他的后脑勺开出了一朵血花。

抢人头又怎样，世上最快的终究还是我族杀手。

这场比赛，我先赢一局——前提是我能活着逃脱。

我飞快地扫了一眼事先确认的消防出口，然而它已经被半塌的墙壁堵住了。

看来必须另寻出路了。我摇晃着站起来，突然又想起一件事，左手的枪对准了倒在脚边的文森特。

他瘦长的身躯蜷成了一个别扭的姿势，垂着头生死不明。

无论他刚才那下搅局是有意还是无心，既然已经瞧见了我出手，这条命是不能留了。

文森特恰在我开枪灭口的前一秒挣扎着抬起头，对着黑洞洞的枪口有些结巴："别别杀我，我，我能帮你逃出去……"

"你？"

"我经常来这里采访，知道所有出口……"

外面的保安正不断涌进来，没有时间犹豫了。

我一把揪起他的衣领，无视他本能的挣扎，埋头将鼻子贴到他颈边，深深吸了一口气，一股苦涩的青草味儿充盈了我的鼻腔。

是一只鹿！我单手拖起文森特，拽着他拔腿狂奔，一瞬间暴露出了超越人类极限的速度："你指路！"

这场剧烈的爆炸引来了全城的警力。我三两下撂倒几个保安，从偏门逃出，赶向接应地点时，远远就看见组织的车子已经溜号了，取而代之的是一排警车。

我慌忙地原地一个急拐弯，拽着文森特闪身藏进了一条狭窄的暗巷。

警车的车灯在外头来回扫动，被发现只是时间问题。我嘶着凉气，低头检查了一下右臂的伤势，心中早已将那个不知名的竞争对手千刀万剐。

文森特用身体挡着我，喘得上气不接下气，细长的双腿直打颤："你，你肯定也不是人类吧？你是什么族的，跑得这么快……"

"你猜啊。"我咬牙说。

"……豹子？"

"真聪明，猜对了，你可以死个明白了。"

他大惊失色："别，别……别开枪，我……我还有用！"

"什么用？"我挑眉。

"你受了伤跑不远，我家就在附近，我可以带你过去躲一躲。"

6

文森特的住处果然在不远处。

这是间一室两厅的小租房，收拾得还算整齐，一眼望过去没什么可疑之处。我站在门口观察了几秒，这才走进去，让他锁上门。

"不要离开我的视线。"我警告道。

文森特贴墙站成了一个细长条。

为了防止留下血迹，这一路我都用西装外套缠着伤口，此刻布料已经浸透了鲜血。我拿出他的家用医疗箱简单处理了一下伤口，将衣服一股脑儿塞进洗衣机，然后找他讨了一件睡衣换上了。

整个过程，文森特都像被罚站的学生般拘谨地望着我。

我在沙发上坐下，从眼球上剥下隐形眼镜，将其中一块小到几不可见的透明芯片插入了手机。这玩意和文森特的摄像眼镜功能相仿，只不过做得更精细，悄无声息地录下了过去几小时里发生的一切。

我将录像发送给组织，作为自己杀死目标的证据，顺便通报了此刻的藏身点。

在我收拾作案工具的时候，文森特终于酝酿出了一个问题："你们是兽族的……地下军队吗？"

"不能这么说。"我冲他笑了一下，"我们是参赛选手。"

"什么比赛？"

"你真名就叫文森特？"我不答反问。

他愣了愣："嗯……你呢？你应该不是徐少爷吧。"

"你可以叫我阿申。对了，"我伸出手，"眼镜给我。"

他屈于我的淫威将眼镜交了出来，我丢到地上几脚踩碎了："对不住，我再赔你一副。"

文森特一脸欲哭无泪："没事。"

"我饿了，你会做饭吗？"我得寸进尺。

文森特打开冰箱请我检阅。我对着满眼的绿色一阵窒息："没肉吗？"

"我平时不吃肉……"

我拈起一根青菜，又生无可恋地放下了："算了，叫外卖吧。"

外卖很快来了。

或许来得太快了些。

我在文森特开门的前一秒闪身进了衣柜，听见外头的人说："警察。请配合回答几个问题。爆炸案发生时你在现场吗？"

文森特闷声说："在的。"

这些警察应该是在照着嘉宾名单挨个排查："现场有监视镜头被炸坏了，你是摄影记者对吧？有保留现场的录像吗？"

"逃出去的时候，眼镜丢了。"

大约是因为小记者平素记录清白，又不太可能跟大人物们产生瓜葛，警察只盘问了两句就走了。

文森特慢吞吞地关上门转过身来，正好对上我的枪口。

我面无表情地晓之以理："你是兽族，一旦去告密，自己也别想逃过检查。而且，但凡我的组织还剩一个人，我保证你的尸体会连你妈都认不出。"

恐吓这招用多了，可能也就削减了威慑力。他眨了眨眼："哦。"

真的外卖来了。

我狼吞虎咽地补着餐，终于有余暇观察他家里的布置。

一整面投影墙上实时播放着八卦新闻，另一面普通白墙上则装着一个小屏幕，上面是他的采访日程表。

我咽下嘴里的食物，问道："你既然是兽族，为什么不来我们的地界，反而混在人类中当记者？"

文森特局促地笑了笑："我们鹿族百无一用，无论在人类中还是兽族中，都是社会底层，唯一拿得出手的优点就是跑得快。我原本就是摄影记者，追拍八卦的那种，工作换来换去也只能干这个——总得混口饭吃。"

我眯起眼："看来你们公司还挺器重你，派你去拍大佬们的聚会。"

"倒不是器重我，主要是我搭档厉害。他是特派记者，专门跟大人物的行程，帮他们写文章。"

我心中一动。"跟人类共事的感觉如何？"我问。

"啊……其实他们还挺友善的……食草动物本来就不容易被发现，他们都当我是同类。有时候我自己也觉得，跟他们没什么不同。"

"那你拍摄威廉姆斯部长那番要把兽族赶尽杀绝的演讲时，有何感想？"

文森特终于发现我语气不对，愣愣地看过来："他是个疯子，那些计划不会真的发生的。那都是激进派的……"

"如果真的发生了呢？如果有一天，你在现场看着他们向你的族人发射导弹呢？你会站出来吗？"

他仍旧一脸茫然。

我在文森特的沙发上窝了一晚。身处陌生的地界，我的精神高度紧绷，几乎一整夜没有入睡。黎明时我才撑不住打了个盹儿，却陷入了不知名的噩梦中。梦中有火，有黑烟，还有一双惨白的手，轻轻抚过我的发顶、面颊。

惊醒过来时，脸上仿佛还残留着似有还无的触感。我心生警觉，抬手用力搓了搓，把那莫名的幻觉搓去了。

我一查时间，只过了半小时，文森特已经不见踪影。

我心中登时警铃大作，"噌"地跳下沙发，捞起他的衣服换上，检查了枪支弹药。此地不宜久留。我走到门边侧耳谛听片刻，转而从窗口翻了出去，壁虎一般攀爬而下，潜伏到他家旁边的树丛里守株待"鹿"。

我没等多久，就听见一阵轻快的脚步声由远及近。

只见文森特穿着一身街坊老大爷一般的太极练功服，手中还拎了一把菜，边走边左右摆头地活动颈椎。

"……"

我放下枪从树丛里走了出去，把他吓得原地一蹦哒。

"你去干吗了？"我问。

"晨练，"他顶着我匪夷所思的眼神淡定解释，"我喜欢清晨的草地。"

"你是不是还爱唱两下子？"

"……"

回到家中，文森特将菜放进冰箱，递给我一卷鸡蛋饼。

"你吃完就走吧，"他撑着头看我吃饼，"我一会儿还要去上班。"

我眯着眼看他。

"我不会泄密的！就像你说的，我自己也怕暴露啊。"

"你们今天是要采访谁？"

他似乎怕我起疑，忙将日程表亮给我看。

我一眼扫过上面跟拍对象的名字，清了清嗓子宣布道："从今天起，我就在你家住下了，你每天的行程全部都要向我汇报。"

文森特大惊："那你要住到什么时候？"

我说："杀完我要杀的人为止。"

文森特一时无法接受现实的灰暗，半晌才小心翼翼地问："那你一共要杀多少人啊？"

⑧

组织也觉得我疯了。

收到我的汇报后，那头立即发来质问："申一南你又发什么神经？"

"这安排很合理啊。他们总能提前知道跟拍对象的保密行程，而那些大人物里很可能就有我的目标。"

"你要的情报我们也能提供！"

"单凭你们，动作不够快。文森特的情报来源可靠，正好可以跟你们互补。你们也希望我赢得这场比赛吧？"

对于组织来说，我实在是个不太容易操控的杀手。但在关键时刻他们还是得用我，谁叫我动作最快呢。

"你要是不听令行动，我们也无法保障你的安全。"那头干巴巴地说。

"这个我知道，我自己会小心。"我满意地说，"对了，昨晚发去的录像里的那只鹿……请帮我查一下他的背景。"

许多兽族天生就好斗，这是基因决定的。因此在之前，这些人里有相当一部分在军队和其他武装部门身居要职，甚至掌握了不少大规模杀伤性武器。

在那个关头，人类和兽族距离开战只差毫厘，一旦爆发战争，最有可能的结局就是全军覆没。

或许是因为双方都意识到了这一点，他们最终各退一步，签署了几个似是而非的和平条约。兽族开辟了自己的居住地，从此跟人类互不干涉。虽然小规模的冲突暗杀依旧不可避免，但总体来说，算是迎来了短暂的和平纪元。

——当然，以上都是表象。

⑨

文森特的背景没有问题。

组织调查过他之后，大约是挑不出问题来，终于不再提出反对意见。

他提供的情报也很准确，让我顺利地将子弹送入了一个又一个目标的脑门中。

每个杀手都有各自的生存之道。我这人的行动没什么观赏性，一击命中就全身而退，不留任何痕迹，通常不会上演警笛高鸣的追逐戏码。

我找了个隐蔽之处将录像发送给组织。待到暮色降临，外头那阵搜捕彻底停歇，我这才稍作乔装，不慌不忙地走上了街。

衣兜里传来振动，那是我专门用来联系文森特的一只手机。

"阿申，今天回来吃饭吗？"

"回。"

"好，那我做烤肉。"

回到家时果然迎面一阵扑鼻的肉香。文森特正在厨房忙活，烤箱里传出"滋滋"的声音。我双臂抱胸盯着他细杆儿般的背影，脑中一瞬间竟然浮现出了幼时归家的记忆。这可不是什么好兆头，我连忙冷静了一下，挥去心中的错觉，招呼道："我买了酒。"

饭菜上了桌，我与他干杯："谢谢你的情报，帮我又拿下一分。"

文森特当然知道我这"一分"指的是什么，不由得面现忧色。

"放心吧，不会让你被怀疑的，改天我就去杀一个不在你们日程表上的人。"

他摇摇头，犹豫地问我："你说过你要赢这个，这个什么比赛……为什么这么拼命？"

"为什么？"我笑了，"你知道奖金有多高吗？多到足够我下半辈子的生活了。"

"啊……"他顿了顿，"我还以为你有什么英雄情结，或者跟人类有什么血海深仇……"

我晃动着酒杯不吭声。

他似乎自悔失言，连忙换了个问题："所以到底为什么要举办这种比赛？"

"那可就说来话长了。"我笑眯眯地说，"如果你在兽族的学校接受过教育，就会知道十年前发生过一场屠杀。"

文森特明显地僵了僵："屠杀？为什么我从来没听说过？"

"人类当然不会提，这对他们来说太不光彩了。十年前，他们表面上与兽族和平谈判，甚至已经划分出了兽族居住区，结果转头就朝居住区投放了生化武器。当时那块区域还没有完全安定，兽族里混杂着来不及撤离的人类，尸横遍野……"

我发现自己嗓子有点哑，忙喝了口酒润喉。

文森特的一双碧眼默默注视着我："你是幸存者吗？"

"开什么玩笑，现场没有幸存者。"

"可你说得好像亲眼见过一样。"

我耸耸肩："我见过啊，见过视频。"我见他还要开口追问，当即强行拉回话题，"不过人类耻于提起这场屠杀，倒不是因为他们耍了阴招，而是因为他们的下场也不好看——就在投放武器的那个晚上，所有参与决策了此事的领导人都在一夜之间死于非命。

他果然被转移了注意力："是被兽族杀的吗？"

"没有人知道。课本里说有个兽族杀手以身殉道，让人类对兽族的实力心生忌惮，不敢再挑起战争，这才换来了如今的和平期。不过大家也都知道，会有这种传说是因为当时急需一个英雄，更需要一个由头。"

"什么由头？"

"反击的由头。那场屠杀让兽族彻底认清了人类的嘴脸，认清了真正的和平是永不可能到来的事实。每个族类都暗中培养了自己的杀手组织。为了纪念无名英雄，兽族的所有组织联合起来，共同设计了这个一年一度的比赛。"

"猎杀人类的比赛？"

"人类也在猎杀我们，这是双方的暗战。总之，比赛的组委会每年拟定一份目标名单，上头都是对兽族构成最大威胁的人类。每族都可以派出一名杀手，拿下最多人头的那个就是获胜者。"

"那除你之外，还有多少参赛的杀手？都是哪族的呢？"

"那就是属于组织者的机密。反正能活到最后的往往只剩一个。"我望着他笑，"还有什么问题吗，好奇宝宝？"

文森特明显还有问题，却被我一句话呛得涨红了脸，只得闷头夹菜。

我笑着干了一杯酒，又给自己倒了一杯，试图压下心头的烦闷。

我们这些参赛者名义上都是单枪匹马，但背后当然都有组织支撑。虽然这比赛是为了兽族共同的未来，但获胜者可以拿到巨额奖金，还可以换到很多不可言说的奖励，所以比赛结果代表的是各自族群的荣耀和利益。

正因如此，在这十年的演变间，比赛规则渐渐被修改得极为凶残，能够活着回去的参赛者越来越少——他们不仅要猎杀目标，还被允许猎杀彼此。一旦杀死一名竞争者，便可自动继承对方名下的所有人头数。比赛发展到最后，往往就成了部族之间的自相残杀。

当然，"能不能活着回去"这个问题只会极其偶然地掠过我的脑海。

上天留我一条命，不是用来怕死的。

10

或许是酒精的作用，又或许是因为提起陈年旧事，当晚我又做了梦。

梦里一切颠倒，我不知为何脱去人形，变成了一只幼豹，被关在巨大的笼子里，身旁都是兽群。

笼外燃起火光，滚滚黑烟从四面八方涌来。我惶惶然不知所措，身边的野兽发出一阵阵凄惨的哀鸣，它们的身躯撞在铁笼上回响不绝。熊熊火光忽然燃成了人间炼狱，转瞬间一片荒野上只剩焦黑的尸骨、经年不绝席卷而过的大风，还有被遗忘的我。

我陷入深不见底的黑暗中，慌不择路地伸手乱抓，企盼着抓住一根救命稻草带自己离开……

我是被摇醒的。

文森特站在沙发前，犹犹豫豫地弯腰推我。他的另一只手还被我紧紧攥着，都快被捏紫了。他不敢呼痛，龇牙咧嘴地抽着凉气小声说："你做噩梦了……"

我头痛欲裂，松开他的手慢吞吞地坐了起来，心中万分诧异。作为一名合格的杀手，我当初接受的培训中包括一项"睡眠训练"。被组织安在床板下的装置会在我们进入深层睡眠后发出最微弱的振动，持续时间仅一秒钟。一秒钟后，天花板上便会开始下子弹雨。

文森特靠近我到推醒我的过程，足够我杀死他十次。而我竟然没有惊醒。

我阴沉地看着文森特，他似乎毫无察觉，将我的手机递了过来："你的手机刚才响了。"

是与组织联系的那只手机。

我打开组织发来的紧急信息，只扫了一眼就一跃而起："我出一趟门。"

11

目标七号出现了。

此人与列表上的其他目标不同，并非什么政要高层，也不是家财万贯的激进派金主，而是个科学家。

我不知道他研究的是什么逆天课题，让他被兽族列了最高威胁名单，但人类政府显然也很珍惜他这一条命，给他的办公楼和住所都配了层层安保，还派了一群保镖对他前簇后拥。

组织对此人调查了足有半年之久，才找到一个理论上的下手之机：他交往了一个情妇，会不定期地秘密联系。

然而此人什么时候会去与情妇私会、私会时身边还带不带保镖，却都是未知数。

更重要的是，谁也不知道那"情妇"是不是另一个组织设的一枚棋子。

因此，今晚组织突然发现他在单独行动，可谓千载难逢之机。我必须抢在半路上就把这条命收了，以免夜长梦多。

我很快赶到最近一处车库，从组织长期租用的车位开走了一部车。

"我出发了。"我说。

"很好，"车中回荡起了组织联络员的声音，"现在把他的实时定位发给你。

跟上之后不要贸然行动，先汇报一下周围情况。"

我跟着指示左绕右拐，二十多分钟后远远地跟上了一辆黑色私家车。

此时已经是深夜，城市的街道上车辆极少，视野颇为开阔。

"我看见了，目标正在匀速朝前行驶，预计一分钟后转向。"我汇报道。

"附近有障碍物吗？"

"没有，但很快就有了。"我踩下油门，"这么跟踪反而容易引起警觉，我动手了。"

"等等，申一南！"

我将油门一踩到底，猛然提速追去，眨眼间赶上了那辆私家车，调整到了与之齐头并进的位置。我举起枪侧身瞄准，心脏猛然一沉。

"申一南，快汇报！"

"他死了。"

"什么？"

"目标已经死了，窗玻璃破碎，头部中枪，那车现在是自动驾驶。"还是被别的竞争者捷足先登了。

组织的人只迟疑了半秒："那你快撤退，对方的人很可能还没走远，说不定这车子都是引你上钩的陷阱！"

想杀了我，夺取我的胜绩吗？

我的冷笑浮起到一半："等等。"

我盯着车内科学家那死不瞑目的脸，豹族的夜视眼捕捉到了他瞳仁中闪过的异样光泽。

"他戴着摄像用的隐形眼镜。"

"哈？！"

"里面的芯片也许记录了他白天的工作，能分析出对兽族有用的信息。"

组织要被我逼疯了："这个比赛没有附加分，拿到名单上的人头才能算数！"

"我要杀的可不止名单上这么点人。"

我不知道自己的语气在外人听来如何，但联络员一时噤声了。

我将车子靠近旁边那辆，设置了自动驾驶，爬到副驾驶座，打开车窗探出身，然后将手探入对方窗玻璃上的破洞，揪着死者的头发将他拽过来，粗暴地从他的眼眶里抠出了隐形眼镜。

整套动作一气呵成，我刚刚舒了口气，倏然间遍体生寒，近乎凭着本能钻回车中。在我握住方向盘之后，旁边那辆车就爆炸了。

这果然是个陷阱！

来不及挽救，我的车被掀飞了出去，翻了个四轮朝天。

这车子的减震措施十分过关，我被挤在弹出的气垫里，只晕了几秒钟，就被求生欲强行唤醒。

"喂，你还在吗？"

我叫了几声，始终听不见组织的应答，联络已经断开了。

我挣扎着滚出车子，赶在为数不多的行人聚拢过来之前爬了起来，就近找了条巷子一瘸一拐地钻了进去，一边跑路，一边从紧紧攥着的隐形眼镜里分离出那微型芯片，塞进手机，将芯片里的讯息连同自己此刻的定位一道发给了组织。

组织的应援不可能那么快赶到。而竞争者既然设了这个局，必然还有后招，恐怕救援也不会顺利。

果然，很快我身后传来了重叠的脚步声——追兵来了。

巷子很窄，而且七拐八弯、岔道极多，在黑夜里更是如同迷宫。我仗着优秀的夜视能力，尽挑黑暗狭窄处钻。猫科动物脚步很轻，点地无声，我尽己所能地推迟着被追上的时间。

不同族群总是在互相渗透、刺探情报。如果那辆车的爆炸不是事先设置，而是即时遥控，那么对方很可能正通过某种方式监视我，说不定还能黑进我的手机，拦截甚至篡改我发出的信息。

想到这种可能性，我摸出了另一只手机，将一模一样的内容又发了一份给文森特。

那只鹿自己是帮不上什么忙了，我让他立刻报警。如果警察来了，至少能制造混乱，增加我逃脱的机会。

两条消息都石沉大海，没有回音。

又逃了一阵，我终于中了头彩：死胡同。

往后退是不可能了，我闪身躲进建筑物构成的一处三面环墙的凹槽里，屏住呼吸一动不动。

追兵似乎分头展开了搜查，靠近的只有三个人的脚步声。我极其缓慢地抽出了一把匕首。我必须无声地解决他们，不能闹出动静引来其他人。

应援和警察为什么还不来？总不可能两个手机都被黑了吧？

脚步声越来越近，终于到了咫尺之距。匕首猛然刺出时，我的脑中闪过了一个更为关键的问题。

这群竞争者究竟为何能步步抢先？

他们是在我之前发现并杀了目标，还是……截获了组织发给我的情报，然后先下手为强？

我在思考的同时瞅准了时机，瞬间捅死了一个追击者，然后与剩下的两个展开了近身搏击。他们害怕误伤对方无法开枪，正好给了我可乘之机。

突然，"截获"这个字眼让我恍惚了一瞬，身上顿时挨了一记。

脑中闪过一双无辜的碧眼。他把手机递给我时，是怎么说的来着？

敌人在我的快攻之下抢到了一息，慌忙对天鸣枪，召唤同伴。我功亏一篑，不禁咬牙切齿，扑过去将他压到墙上一阵乱捅，却又被另一人从背后制住。身后这人力大无穷，我狠命挣扎却为时已晚，更多的脚步声朝这里聚集了过来。

申一南啊申一南，你这辈子自作聪明，难怪死得如此之蠢。

早知如此……

我刚刚想到此处，就听见一串属于消音手枪的闷响。陋巷里飞溅出一地血迹，像是奇异的图腾反射着月光。

那没想完的下半句被活生生地惊了回去。

我的意识有一瞬间恍惚，站在原地僵硬了几秒，才反应过来发生了什么事。

方才那一串枪声的余韵尚未止歇，夜色中围攻我的敌人已经全部倒下，连从背后制住我的人都在电光石火间被爆了头。

空气中弥漫着浓郁的血腥味，我皱起鼻子深深嗅了一口，是狮族。

这倒不出意料，我们几个猛兽族群之间的竞争一向都是你死我活的。这场比赛会被加入"杀死竞争者就能夺走对方的战绩"这种凶残的规则，也是势力博弈的结果。

狮族的组织这次占尽天时地利，抢先杀了目标七号，还差一点就灭了我，没想到最终却是他们命丧于此。

那么，真正的赢家是哪族？

我又调动五感搜寻了一次，仍旧没发现救命之人的踪迹。想到此地不宜久留，只得先撤离了。

今夜到场的除我之外，至少有两批人。

如果前者是狮子，后者又是谁？我十分确定刚才听到的枪声没有重叠，也就是说，下手之人很可能是单枪匹马。

在那样的紧急情况下能够一发命中我背后之人，此人枪法之准，不在我之下。若说他只是抢人头时碰巧救了我，时机未免太巧，况且也没有专程留我一命的必要。但要说他是专程来帮助我的，我又委实想不出谁会这么好心。

我带着满腹的疑窦和疲惫回到文森特的租房处，停步于门外，正在沉思，房门便被从里拉开了。

文森特惊慌失措地扑了出来，一把拉住我上下打量："阿申你怎么样？有没有受伤？"

我突然心中一动，眯起眼看向他。他被我看得目光躲闪："对不起对不起，我之前在厨房炖汤，刚刚才看见你的求救信息，正想去找个匿名站点报警……"

"为什么要匿名？"

"万……万一警察调查我，你不就暴露了吗。"

我依旧审视着他。

豹族的脚步是很轻巧的，我刚才靠近房门时的动静常人根本无法听见，除非是受过专业训练的杀手。

今晚的怪事与他有关吗？他属于前一批人，还是后一批？

文森特感觉到我的杀气，又开始哆哆嗦嗦地道歉。我一言不发地绕过他，去浴室清洗血迹了。

12

我问组织是谁抢到了目标七号的人头，答案出乎意料：没有任何参赛杀手认领这项功绩。当夜大开杀戒的神秘人，似乎打定主意要当个无名好汉。

"怎么可能？"我匪夷所思，"这年头哪来的救世主？"

"也许不是救世主，可能他当晚就死了，没来得及认领功绩而已。"组织联络员思维缜密。

"……你会这么猜，是因为你没见识过那家伙的身手。"

既然这个问题没有进展，我只好转向另一个："我传过去的那段录像，分析出有效信息了吗？"

"目标七号的芯片里只保留了当日的录像，但是他那天大多数时间都在跟地下情人打情骂俏，基本没怎么认真干活。我们只得到了一个有效信息，就是他启动终端机时看到的这个文件。"

我的手机振动了一下，空气中投射出一张截图。

"虽然目标没有打开它，但你看这个文件名，GX-9804d，这是人类政府为武器编码的格式。我们的已知情报中并不存在这个武器，换句话说，它很可能还处于研发阶段。"

我摸了摸下巴："这就是他上了暗杀名单的原因吧？他研发的这个武器是用来对付兽族的？"

"有这个可能性。我们正在尝试黑进目标的工作网络。"

话虽如此，但如果我的猜想正确，那这个科学家肯定被人类政府列为重点保护对象了，想捞点情报出来难如登天。

不过术业有专攻，我果断将难题留给了组织，转而关心起了更切身的疑点："上次请你们调查的那只鹿，确定没有问题吗？"

组织的人一愣："没问题啊。怎么，你怀疑他？"

"当晚我出发之前，他碰过我的手机。"

"那你赶紧远离危险区啊！"

"……不。"

如果文森特想杀我，没必要如此大费周章。

而如果文森特是救我的人，他的目的就不难猜测了。

这个人隐藏实力，很有可能是因为后备力量不足，不敢孤军奋战。换作我面对这样的处境，也会选择先找一个对手结盟，让对方在前面冲锋陷阵，甚至暗中给予帮助。等对方杀得盆满钵满，再来个黄雀在后，将其一击毙命。

"所以？"

"所以，我现在的成绩还不够他的渔翁之利，我还是安全的。"我大喇喇地说。

联络员的语气沉了下来："申一南，比赛不是儿戏，也不是你发神经的舞台。"

我也正经回道："富贵险中求嘛，此人想让我多杀人，就必须给我提供情报，某种意义上也算是互惠互利了。不敢承担危险，又怎么去赢？"

"我们当初破格录用你，是看重你的斗志。但请不要让斗志影响了你的判断力。"

"不会的，"我嗤笑，"我当然会活着赢得比赛，我还要名正言顺地爬到更高的地方，才能杀更多的人类，不是吗？"

13

在加入兽族的杀手组织之前，我曾遭受过许多质疑。

不是因为水平不够，恰恰相反，我是天生的杀戮者。我轻盈、敏锐，在战斗中极度蛮横，如同真正的野兽般无所畏惧。

可我依旧"不够资格"，因为我是个混血。

我的母亲是人类。

小时候——兽族还没有被发现的时候——我并未感觉到自己的家庭有什么不同。我的父母像任何一对寻常夫妻一样，工作养家、教养孩子，偶尔在家务上闹些小矛盾，三五日后又言归于好。

那时我的心里对"幸福"这个概念非常模糊。无论多努力去回忆，我都想不起当年的自己每天在期待什么，又在埋怨什么。

我懵懂度日，任由生活的鸡毛蒜皮汇聚成无知的洪流，裹挟着自己缓缓向前，从未预想过这洪流的尽头会是名为不幸的深渊。

14

我继续与文森特和平共处。

敌不动，我不动。如果生在和平年代，文森特会是个模范室友。他有轻微洁癖，爱搞卫生，每天买菜做饭，而且沉默寡言。

我疑心他的社交恐惧不是装出来的。走在路上被玩滑板的熊孩子撞着了腰，他那低着头唯唯诺诺的样子看得让人心头火起，害得我忍不住揪起那熊族小崽子揍了一拳，在后者的号哭声里质问文森特："你到底行不行啊？"

他一路没吭声，快走到家门才羞答答地憋出一句："谢谢。"

"……"我对天翻了个白眼。

文森特在卧房的书桌前工作。有时我存心打探，突然走进他的卧室，见他戴着耳机，正在研究一道投射在空气中的人影。

那是某个人类政要的等身模型。他反复将那个 3D 影像放大又缩小，不停调整着观看角度。我推测他要执行什么机密任务，跟着看了半天却没发现任何异常，索性出声问道："你在找什么？"

他猛然一抖，仿佛刚刚发现我的存在，摘下耳机望了过来："我明天要拍摄这个人，在研究他的脸怎么拍好看……"

"……"

"有什么事吗？"

"哦，"我面不改色地将手中的水杯递过去，"我给你送杯水。"

他又鼓了半天勇气才跟我对视，睫毛抖个不停："谢谢。"

有时候，我真心实意地希望是自己多疑。

15

这天晚上，我看见了一只鹿，一只异常高大矫健的白鹿。

它浑身雪白，骨骼颀长，巨大的鹿角如弯曲的古木般生长出枝桠。

它朝我缓步踱来，慢慢俯下身，似乎在蓄力攻击却又引而不发，碧绿的眼中透着来自远古的苍莽之意。我不知为何忘记了危险与杀戮，鬼使神差地伸出手。

指尖刚刚触及那冰冷的巨角，鹿的幻影就倏然散作了尘埃。

我从文森特租房的沙发上倏然睁眼。

夜色已深，四下悄无声息，手机屏幕亮起，格外刺眼。

我伸直胳膊捞过手机看了一眼消息，随即坐起身来，扭头看向卧室那虚掩的房门。隔着这扇房门，里头一片寂静，我甚至听不出文森特的鼻息。

我从怀中摸出手枪紧紧握在手中，起身蹑手蹑脚地靠近卧室，屏住呼吸缓缓推开了房门。

文森特安静地侧躺在床上，睡相十分规矩。

我举着手枪盯着他看了几秒，转身离开了租房。

16

组织发来了新的情报。

名单上的一个人类间谍暴露了行踪，此刻正在接近鹰族首领的住宅。

赶往组织发来的地址的路上，我很是怀疑了一下此人出现在兽族地界的目的。

一个间谍突然不惜暴露自己的行踪，只有一种解释：他是去杀人的，而且抱着同归于尽的决心。只是不知鹰族最近犯了什么事，会被人类盯上。

我靠近那首领的别墅时正是深夜时分，四下十分安静，嗅不到任何杀气。

其他参赛者似乎尚未赶到，这次让我抢了一回先。然而气氛平静得过了头，就显出了几分诡异。

我很快找到了这别墅的警报探测器，熟门熟路地断了它的电，这才沿着墙壁攀上二楼，挑了扇没亮灯的窗户，从窗缝里探入工具开了锁，轻巧地跳了进去。

眼前是一间宽敞的卧室，从摆设来看似乎是主卧。

我正在四下探看，突然被一声异响吸引了注意力。

发出响声的是与卧室连通的房间，中间仅有一门相隔，此刻门还半开着，漏进来了些许灯光。我无声无息地靠近过去，外头是一间书房，有个瘦削的中年男子正坐在书桌前操作着什么。

我小心翼翼地避免释放出任何杀气，暗中举起枪支，瞄准了他的太阳穴，念头一转，却没有扣下扳机。

这好像不是我要杀的间谍。我凝视着此人的脸，直到它与某个模糊的印象对上了号。我在电视上见过这张不苟言笑的脸，他是鹰族首领。

我的目标竟然也尚未行动，是在等什么？

情况不太对劲，理智告诉我应该撤退，直觉却强行牵绊了脚步——这首领明明是房子的主人，一举一动却透出一股鬼鬼祟祟的紧张感。

他的面前悬浮着一个文件的影像，时明时灭，似乎正在传输。

我慢慢地往前挪了一步，试图看清文件名。

陡然间警铃大作！尖锐的警报声撕扯着人的耳膜，在整座房子里回荡！

书房里的首领猛地抬起头，神色慌乱。我立即退入更深的黑暗，却还是没逃过鹰族的眼睛，他毫不犹豫地举枪朝我的方向射来！

"等等——"我狼狈不堪地闪躲，被迫出声解释，"我是来保护你的！"

鹰族首领分明听见了，却反而加快了攻势。这么狭小的空间里，纵使是一通乱射也足以让我手忙脚乱。

情急之下我开枪射中了他的小腿，趁着他跌倒在地，沉声说："冷静一下，我是豹族，不是要杀你的人。"

"滚开！"他拖着伤腿爬了起来，面容痉挛，满眼都是疯狂的恐惧，跟跟跄跄退入书房，一边继续朝我射击一边高声喊人。

这一瞬间我心念电转：我明明断了探测器的电，它为何还会响起？

有人在我进来之后修好了它！我想到"瓮中捉鳖"几个字，心陡然一沉，抬手一枪，正中鹰族首领的脑门。他直立着呆滞了两秒，像突然短路的 AI 般抽搐着倒地了。我满头冷汗，回身一看，窗外黑黢黢的，浓稠的夜色中暗藏着无数杀人的眼睛。

是谁要他杀我，或者说，是谁要我杀他？

他刚才在害怕什么？

我飞奔进书房，那文件还在传输，我几乎是出于本能地将首领新鲜的尸体拖到桌前，抓着他的手指摁到了终端机的密码屏上。

传输停止了。我终于有时间定睛去看，只看了一眼就心头一寒。

文件名是 GX-9804d。

有什么东西在脑海里一闪而过。耳边仿佛响起了那个威廉姆斯部长的声音："剿灭兽族的计划有重大进展……"

重大进展，指的就是这个研发中的武器吗？

如果这武器是对付兽族的，为何会出现在这里？鹰族首领难道是叛徒？

"爸爸！"清脆的童声将我拉回了现实，四周警铃还在声嘶力竭地响着。

我一枪打向窗玻璃，又飞起一脚将蛛网状粉碎的玻璃踹出一个大洞，随即猛地矮身闪躲，果然外头立即有子弹射进来。

我贴墙蹲在地上，凭借子弹来势推断出了敌人的大致方向，正要发起反击，书房的门被打开了。

一个六七岁的小女孩哭喊着"爸爸"跑了进来，却在看清里面的景象时呆住了。

她收住了哭声站在门口，盯着地上的尸体，那双大眼睛里，比起惊恐或悲伤，更多的是迷茫。这个年纪的孩子，不一定理解死亡。她的身上没有兽族的气息，这说明她没有继承兽族父亲的基因组。那么母亲就应该是……

一个女人追着她跑了过来。果然是个人类。

这年头竟然还有兽族与人类通婚。

她也看见了首领的尸体，然后看向了我。

她薄薄的嘴唇哆嗦了几下，伸手将女儿一把拉到身后，用力朝外推去。小女孩木讷得不知道逃跑，反而紧紧抱住了她的大腿。女人眼中流露出绝望，对着我张口试了几次才发出声音："放过孩子吧，求你了……"

小女孩依旧直勾勾地看着我，脸上的迷茫毫无预兆地褪了个干净。像一部被强行快进的影片，又像一场极尽真实的噩梦，我眼睁睁地看着她的大眼睛中燃起了熊熊的仇恨之火。

一声枪响近在咫尺。

我在最后一刹那凭着长期训练出的战斗直觉向旁侧一滚，却还是没能避开，肩上一阵剧痛，痛得让我怀疑那条手臂是否还存在。

外头的杀手爬到了被我打碎的窗口，一击不中，反而被我躺在地上连连反击。他在躲闪中失去平衡，又跌了出去。

仅仅是几秒时间，也足够我看清他的脸了。

这张脸，我也见过。

当时他站在文森特身边，朝我递来一张名片："幸会幸会，我叫任嘉。"

17

简单分析一番眼下的情况：我刚刚发现自己落入了一个阴谋，身受重伤，窗外还有数量不明的敌人虎视眈眈。

你是不是觉得我应该另找一个出口逃命？

那很符合逻辑，而我也确实朝楼梯走去。

那女人正拖着小女孩跌跌撞撞地跑下楼梯，被我从背后追上，挨个儿送上两记手刀，直接劈晕了过去。

我下到一楼，穿过客厅，来到大门，伤口溢出的鲜血淋了一路。

我在大门前站了两秒钟，又毫不迟疑地转身原路返回，爬上二楼。这具身体的行动速度越来越慢，最后我几乎是四足并用地回到了书房中。

大量的失血让我的视野一阵阵发黑，伤口持续剧痛，每一步爬行都不亚于酷刑。我咬牙从尸体身上扯了件外套按住伤口，摸进了卧室。

果然，不出我的意料，几分钟后，任嘉又从窗口爬了进来。

他扫了一眼地上那一直延伸到楼下的血迹，似乎放松了警惕，走到桌前扯下那巴掌大小的终端机揣进了怀里。

任嘉又望着血迹沉思了一下，举起手机，不知是向谁语音汇报道："任务失败，目标受伤。"

他并未如我料想般追出大门，而是直接原路返回，消失在了夜色中。

此刻我后悔的事情只有一件：出门之前没有一枪崩了文森特。

如今那间租房显然不能再回了，我得另寻他处藏身。

我跟跄着摸到最近一处组织的联络点，爬上那栋即将被作为危房拆迁的公寓楼，在失血昏迷之前闪进了一扇门。

陋室里到处积着厚厚一层灰，所幸组织没忘记交租，仍旧能通电。我开了灯，扶着墙走进洗手间，在镜子上胡乱抹了抹，然后吸着冷气脱下衣服，转过身去查看肩上那充满艺术感的弹口。

看完之后我果断放弃了自救的念头，转而拨通了组织的电话："我需要紧急医护。定位发给你们了。"

"你怎么会在那种地方？我们的人赶过去最快也要两小时！"

"两小时？是打算来收尸吗？"我火冒三丈，"不是你们让我去杀那什么人类间谍吗？"

"我们今天没发出过任何指令。"

我心头一凉。

方才逃来的路上，我还心存侥幸，琢磨过任嘉与文森特各自为政的可能性。

如今看来，根本不是那回事。连最开始的指令都是伪造的，对方直接冒充组织把我骗到了死局之中。而有机会动手脚还能做得天衣无缝的人，就真的只剩一个了。

沉默片刻，我慢吞吞地说："总之先接我回去吧。"

挂了电话，我从陋室的柜子里找出存放已久的医疗箱，用牙咬着止血绷带在肩上乱七八糟地缠了十几圈。也不知能不能止住血，但聊胜于无。

做完这一切，我也用完了最后一丝力气，瘫坐在洗手间的地板上大喘着气。

手机又响了。这次是联系文森特用的那只。

我没有理会它，望着天花板默默发呆，直到铃声自行止歇。

接与不接又有什么区别？对方早已将我玩弄于股掌之上。以他的能耐，恐怕很快就会追踪到我的位置。

眼下的问题，只剩文森特和组织谁先赶到。或者还有第三种可能，我在他们赶来之前就抢先断气，也省下了后续的麻烦。

我并不怪文森特。这本就是一场你死我活的博弈，只是这局对方技高一筹，而我愿赌服输。

他应该也很高兴再也不用为我做晚餐了。

身上越来越冷，眼前的灯光似乎也暗了下去，我在缓慢地陷入休克中。

我正勉强保持神志清醒，漫无目的地回忆着落在文森特租房里的个人物品，门铃突然响了。

我精神一振，挣扎着爬到门边，扶着门艰难地撑起身体，凑近猫眼向外看去。

文森特站在门外，高举双手以示清白。

我撑着门思索了一会儿，将门拉开一条缝，伸出了黑洞洞的枪口。

文森特沉默地看着我的枪口。

我说："怎么，想来亲手补上最后一枪？"

文森特说："我没带武器。"

我嗤笑一声："我们都是杀手，你觉得这点小伎俩能糊弄谁？"

文森特想了想，抬手解开扣子脱下了衣服。

他的身体并没有想象中那么瘦弱，但果然细细长长，看着就不是能打的料。我冷眼看着，心中却微微一凛——他身上找不到任何伤疤。

他要么从未跟人动过手，要么就是从未负伤。

文森特一边脱一边偷偷打量着我的脸色，见我不为所动，便又开始脱裤子和鞋袜。

等他涨红着脸彻彻底底一丝不挂，我才终于将门打开，依旧拿枪口正对着他："有何贵干？"

文森特保持着刻意的慢动作走了进来，反手带上房门，四下打量一圈，一言不发地踱向了我的医疗箱。他似乎极不适应全身赤裸的状态，走路时几乎同手同脚，却还是坚持着提起医疗箱，朝我靠近过来，直到被我的枪口抵住额心。

文森特任由我保持着威胁的姿势，自顾自地抬起手，轻巧地解开了我肩上胡乱包扎的被血渗透的绷带。

看见伤口时，他的双手明显僵了一下，随即又为我重新包扎。他动作很轻，冰凉的手指却很稳定，只有颤动的睫毛泄露了一丝情绪波动。

我几乎无法直立，拿枪的手也抖个不住。我不愿暴露自己的体能状态，索性放下胳膊。

我故作气定神闲，调笑道："你这是突然良心发现？"

文森特顿了顿，一本正经道："对不起。"

"……"

我像是听了个笑话。

站在他的角度，即使杀了我也不过是各行其是，完全不需要道歉。大家都是职业杀手，对事不对人，这点专业素质我还是有的。

那他此刻又是在干什么呢？心理战术吗？我仔细回想了一下，想不出自己还有什么值得他继续利用的价值。

不过，我还记得任嘉抱走了那台终端机。这就是一个比赛以外的动作了。他们要的是里面的文件吗？他们想用针对兽族的武器做什么？

"做人不要太贪心，小心把自己搭进去。"我嘲讽道。

文森特正在将绷带打结，闻言微微一震，仿佛被这句话刺痛了似的。他抬头看了我一眼，目光极度复杂。

"对不起。"他又说了一遍，"害你受伤……这不是我的本意。"

我感到费解："那你的本意是什么？"

文森特又陷入了沉默。他在沉默中凝视着我，我莫名其妙地与他对视。

文森特乱了阵脚，匆匆放下手："这……这样可以暂时止血。你坐下歇一会儿，得到专业救治前别再动它。我该……走了。"

他慌乱地放下药箱，退出了房门。

18

文森特走后一刻钟，组织的救援才姗姗来迟。

我被他们用担架扛上车，一路紧急输血，运回了豹族的大本营。处理了一身伤口后，我被裹得像木乃伊般，在自己熟悉的卧房里陷入了沉睡。

这是很长时间以来我的第一次安眠。在豹族地界，我至少不用再担心其他杀手的突袭。文森特即使能继续追踪我的位置，也闯不进这里的层层防护。

虽然他似乎并不想下杀手。

我没有过多的精力去分析他的意图，也不敢计算这一通耽搁会对比赛成绩产生怎样的影响。我眼下唯一能做的，就是尽快恢复，然后卷土重来。

我放任自己昏睡了整整两日。兽族的身体素质终究胜过普通人，睡梦中都能感受到破损的肌体一点点地自我修复，重新焕发出生机。

唯一的麻烦是，那只白鹿仍旧时不时地闯入梦中，平静地俯视着我，被

288

我当作残影挥散后又会去而复返，令我不胜其扰。

第三日凌晨时分，我终于充电完毕，彻底清醒了过来。

嗓子干渴得冒烟，肚子也大唱着空城计。我拔掉手上的针头，双脚发软地跳下床，捧着组织留在桌上的餐盒大快朵颐了一阵，这才有余裕关注一下手机里的新消息。

第一条消息就将我拽回了现实。

文森特的用语非常简短，但烦人至极："对不起。"

"这话你已经说了两次了。"我回复道。

我的内心毫无波动。刚刚从他手下捡回一条命，在我眼中他的每一个标点都是阴谋。

此刻我终于有力气细细回忆一遍事发经过，故意恶心他道："你为什么要骗我去杀鹰族首领？"

当时我只觉得他想借机除掉我，事后一想，恐怕没那么简单。

文森特老老实实地回道："我需要他手上的一个东西。"

"GX-9804d 吗？"我问。

等了片刻没有回答，我索性捅破了："你想借它之力除掉所有比赛对手吗？别忘了那是人类倾尽全力打造的武器，一个控制不好就会将兽族全灭——还是说，这才是你的原本目的？"

文森特仍旧不答。

我的心凉了一截："你该不会是人类那边的吧？"

"当然不是。"他终于说话了。

我不知为何狠狠松了口气，随即又为自己的反应心生诧异。他是哪边的人有什么区别？横竖都是你死我活。

但其实还是有区别的。如果他仅仅是比赛对手，我不需要恨他；但如果他为人类效力……

文森特恰在这时问道："阿申，你为什么会成为杀手呢？"

这算哪门子试探？我心不在焉地打着字，将嘴里咀嚼的食物咽下去："因为无路可走。"

　　他这次花了些时间，发来了长一点的句子："你跟我说十年前的那场屠杀时，描述得特别详细，不像是道听途说。当时你其实在现场，对不对？"

　　"我不在啊。我说了，屠杀没有幸存者，我只是看过视频。"

　　"可是……"

　　"看过我父亲在现场录制的遗言视频。"

　　"……"

　　"那一年他自己先去了兽族聚集区，准备等安定下来后再把我们接过去。事发时他知道自己难逃一死，于是录了一段遗言，发给了我母亲。"

　　我闭了闭眼。

　　或许是因为数千个失眠的夜里的循环播放，我甚至可以在脑海中一帧一帧地重现出视频里的画面。那晴朗无云的天空，以及阳光下尚未断气、绝望地抽搐着的兽族。还有破风箱般苟延残喘的父亲。

　　因为中毒，他只说了两句话就无法再发出声音，却始终固执地盯着镜头，目光中似有千言万语，直到瞳孔渐渐放大。死不瞑目。

　　我的母亲看完视频，当场就疯了。她被诊断为精神失常，在短暂的余生中再也未恢复理智。

　　最终，她趁我不注意冲去了市政大厅，在混战中被乱枪打死。

　　我来不及安葬她，就在被人类追捕上门之前连夜逃走，逃到了兽族聚集区。当晚我就加入了豹族杀手组织，从此开始了经年累月的训练。

　　"我必须赢得这场比赛，为了得到消灭更多人类的权力。总有一天，我会成为复仇之战的发起人。"

　　"为什么？"

　　"为什么？"我好笑地反问，"你是认真的？"

　　他苍白无力地反驳道："其实人类也分很多种……"

　　"别跟我扯多数少数的那套借口。"我嗤之以鼻，"如果你是想在这关头削弱我的斗志，我劝你不用白费力气。"

我将手机抛到一边，再也没看他的回复。

尽管如此，那一刹那我心中却闪现出了某个小女孩的面容，如同不祥的凶兆。

说来讽刺，在她燃烧着复仇火种的眼中，我仿佛看见了自己的镜像。我作为刽子手创造了又一个自己。

19

伤口痊愈了大半，我便申请继续执行任务，没想到却遭到了组织的驳回："名单上的目标已经不剩几个了，再回去抢人头没有太大意义。不如养精蓄锐，等待最后一战。"

我没有等待太久。

两天之后，我在营地的早餐桌上被喊了起来："找到了，目标一号。"

这是名单上剩下的最后一个人。他被留到最后，不仅仅是因为行踪难觅，更是因为杀之困难。

目标一号是位手握重权的人类将领。

只要将他成功猎杀，今年的比赛就宣告结束。而如果不成功，比赛也会在所有参赛者死亡之际自动结束。

组织用越野车将我一路送出城，到了一处连路牌都没有的荒郊野岭。

这地方理应寂寞得能闹鬼，沿途却热闹非凡，单是来自其他杀手的拦截我们就遇到了两波。

"看来已经有很多组织得到消息了，我们监听别人，别人也在监听我们。"负责送我过来的司机指了指远处一座不起眼的茅屋，"底下藏着一座军工厂，目标一号今天来视察，被人发现了行踪。不知道已经有多少杀手到场了，千万小心。"

我点点头，打开车门："我去了。"

比赛唯一一条不可触犯的规则是：猎杀目标时参赛者必须单枪匹马。这主要是为了控制损失。

司机喊住了我："申一南。"

我回头望去，车上的几个人都满脸严肃："控制你自己，别在这关头干多余的事。"

我冲他们抛了个媚眼："我尽量。"

茅屋地板上隐藏着怎样的暗门，我不得而知。

因为我赶到时它已然被炸成了一个大洞，简单粗暴地露出底下的庞大空间。军工厂里战况正酣，爆炸声不绝于耳，子弹在熊熊烈火中胡乱地飞舞着。

饶是我反应如电，还是被尚未痊愈的伤口拖慢了速度，一进场就中了弹，伤到了一条腿。慌忙之中，我就地一滚找了个掩体，发现自己算是极其幸运了：地上已经横陈着数具尸体，其中不乏熟悉的老对手。

至于目标一号，我只能勉强地分辨出哪几块碎片是属于他的。

大家都知道这是最后一搏，无论先前成绩如何，所有竞争者都使出了浑身解数，要吞噬所有同伴。

我仗着精准的枪法远远崩掉了几个敌人，却没能留意到某串被爆炸掩盖的脚步声。

有人猛地从背后勒住了我的脖颈，力道之大，我的呼吸被骤然打乱，眼球瞬间充血暴突。

对方徒手搏击，那就是没有武器！

我调转枪头朝后，他立刻劈手来夺。我死死抓着不放，与他争抢了几个回合，突然寻隙将枪远远地扔了出去。

可惜，对方智商在线，没理会那把枪，专心致志地想勒死我。

我伸手入怀，想摸出一把小刀，却被对方半路抓住手臂，硬生生拗断了手腕。

我痛得几欲晕厥，窒息中即使竭力保持着清醒，视野依旧逐渐被黑暗笼罩。

在这关头，我实在很想回头看看对方，是不是长着一张熟悉的脸。

我最终看见了那张熟悉的脸。

但不是从身后之人的脖子上，而是从对面，十米外的障碍物后头。

黑影幢幢的视野中，我依稀看见文森特稳稳地举起了武器，那双碧眼中透着超乎寻常的冷静，枪口正对着这个方向。

我只来得及扬起一抹苦笑。

枪响了，勒住我的竞争者颓然倒地。

我呛咳着跪倒在地，身子还没缓过来，但仍然死盯着不远处的他。

文森特一扬手，将手中的枪朝我抛来。

20

场内的杀手已经所剩无几，且个个身受重伤。

武器在手，我耐着性子将他们一个个地磨死，却还剩下最后一人。

场内的血腥味浓郁得令人作呕，我的伤腿已经站立不住，不得不跌坐在地，眼望着文森特一步步地走来。

我费劲地抬头，用枪指着他，笑道："你赢了。"

文森特还是那副莫名其妙的羞答答的模样："赢的是你啊。"

我扣动扳机——没子弹了。

"技不如人，没什么可抱怨的。你手下留情到这一步，我很感激。"我对他说，"你赢了，杀了我吧。"

在闭目等死的关头，我心中一片茫然。但文森特没有给我太多伤感的时间。

"我，我不是来杀你的……"他磕磕巴巴地解释，"我也不是参赛者。"

我倏然睁眼："什么意思？"

这玩笑可就开得大了。我皱眉看着他："那你是谁？"

"怎么说呢，"他眨了眨眼，"你说的那个故事里，屠杀发生的当夜，所有参与决策的人类首领都死于非命，传说是一个兽族杀手用一己之力干的……"

"你可别告诉我你就是那个大魔王，我不会信的。"

他显得不知所措，弱弱地点点头："我就是那个大魔王。"

21

尽管身边危机四伏，我还是分出了十秒钟来消化这个信息。

"大魔王不是早就死了吗？"我艰难地问。

文森特低头看了看自己："……据我所知还没有。"

传说总是美好的。真正的大魔王并不是什么以一当千的孤胆英雄。

他只是一只鹿。他没有强大的体能，所幸有冷静的思维和极高的智商。

在兽族的存在被公开于世之前，他是人类军队中一名研究武器的军官。

兽族被排斥的初期，基因检测技术尚未发展成熟。凭着技术宅的特有天赋，他设计了简单的反检测工具，成功地避过了勘察。

十年前，人类对兽族的敌意愈来愈盛，终于对兽族聚集区发动了一场不光彩的偷袭。

当时军队在研发一种辐射性武器，代号 GX-9804d，是专门用来针对兽族的。这武器威力强大，但不能精确锁定攻击范围，也尚未攻克自动甄别兽族与人类的难题。也就是说，一旦投放它，人类也会跟着遭殃。所以，偷袭时人类并未使用它，而是选择了传统的生化武器。

文森特从军队内部旁观了那场屠杀的始末，内心遭受到了剧烈的冲击。他无法原谅袖手旁观的自己，于是他谋划了一场复仇。

当人类首领们聚头庆祝偷袭成功之际，他黑进军队系统，调用了还在雏形阶段的 GX-9804d，投向了那个充满欢声笑语的房间。

然后他连夜逃进了兽族居住区。

当时几大族类各自为政，而鹿族一向弱势，他在兽族高层的地位十分尴尬，发言权也有限。

他尽己所能地献计献策，说服其他首领，将内战变成了一年一度的暗杀比赛，借以联合大家一致对外。

人类与兽族的战争转入地下，开始了长达十年的互相暗杀。

文森特深知即使是这种表面的和平也维持不了太久。别的不提，一旦

GX-9804d 的功能完善后，激进派的人类一定会第一时间将兽族剿灭。

"所以你们想将它抢过来，改造成针对人类的武器？"我问。

文森特摇摇头："我没有让其他首领知道这个武器的存在。因为我可以预见，每个族类都会想方设法将它独吞。"

我转念一想，确实如此。这玩意既能对付人类，又能对付兽族中的老对手，绝对会让所有人为之疯狂。

"你的最终目的该不是帮鹿族独吞吧？"那他一定会成为开创鹿族盛世的大英雄。

文森特又摇头："我的最终目的，是彻底销毁它。"

"为什么？"

"我其实是个和平主义者。"

我呆了呆，随即勃然大怒："放屁！"

"你……你听我说。和平是基于势力的平衡，不能让任何一方打破这个平衡，否则你父母的悲剧还会不断重演……"

"你当自己是降世圣人？"我突然找回了求生欲，不顾一切地挣扎着爬了起来，"那武器在不在这个工厂？藏在哪里！"

文森特一把扶住我："阿申，我当时在考察这一届的参赛者，遇到你时……我特别开心，相信你会成为我的同类……"

"我不是你的同类！"

"那个晚宴上，你和另一个参赛者都要杀威廉姆斯部长，你选择制造骚乱后杀他一个，而你的对手却选择炸死所有人。你明明一直怀疑我，却始终对我手下留情。我……我欣赏你的做法。我本想尽早向你表明身份，但后来却发现你心中也有激进的一面。"

"激进？"我冷笑，"你有没有家人？"

他愣了愣："我是孤儿，身份又一直保密，没什么亲近之人。"

我翻了个白眼："怪不得。"

"但我遇到了你。"

"……"

我本想吐槽"我跟你也不熟"，但迎上他的目光之后，就莫名地说不出口了。

"对不起，我真的希望尽一切可能保护你。目标七号那次，我觉得你孤身一人赶过去会有危险，所以才派任嘉跟着你。"

"任嘉不是人类吗？"

"他在巷战中救了你。"

"那鹰族首领家里又是怎么回事？"

"鹰族首领其实是人类派到兽族的卧底。他虽然是兽族，但却是目标七号一手教出来的学生。目标七号死后，人类委托他继续开发 GX-9804d。我花了些时间才调查清楚这件事，当时他已经完成了研究，正要将文件发给人类政府。事出紧急，我怕人类会立即发动战争，只好把你骗去杀了他，拖延一点时间，再派任嘉找机会销毁文件……"

我顿时怒从心头起："这就是任嘉杀我的理由？"

"什么？"文森特惊愕地望着我，"任嘉没有要杀你，他是去保护你的，虽然还是让你受伤了——"

"你骗鬼呢？我肩上的伤就是他一枪打出来的！他根本没有销毁文件，他把终端机抢走了，还想杀我灭口！"

"……"

我们同时静默了一下。

我突然用力抓住他："GX-9804d 是不是在这个工厂里？你该不会让任嘉去销毁它了吧？"

文森特的碧眼中终于露出了一丝惊惶："我本想亲自去的，但你有危险……"

我猛推了他一把："去追啊！"

"不……不要紧，我在他身上藏了定位设备以防万一。"文森特摸出手机看了看，"他出去了，还没有逃出太远，我们只要——"

他的话语被突然的巨响打断了。外头传来了引擎的轰鸣与直升机螺旋桨的摆动声，听上去气势惊人。

我们耽搁了太久，人类的增援到了。

"怎么办？"我问。

文森特垂眸想了想，背对着我蹲下身："上来，我背你。"

他的体能比装出来的略好一些，摄影记者果然跑得快，背负着我一个大活人依旧风驰电掣。

"外面都是人，你要逃到哪里去？"

文森特喘着粗气跑进了一架电梯，毫不犹豫地按下了最下一层的按钮。

他说："这工厂在荒郊野岭，那些人是怎么来上班的呢？"

底下果然有车库。

"放我下来。"偷车这种基础训练我当然接受过，当下挑了一辆看上去最能跑的，弄开车门坐进了驾驶座，"你也上车！"

这车库的出口原来在数公里外，隐藏在一处山洞里。我一脚将油门踩到底，冲出去撞飞了几个人类，又甩下了另外几个。此地的包围尚且薄弱，硬是被我撞出了一条生路。

"任嘉呢！"我吼道。

文森特紧紧抓着安全带："往西边去了。"

他盯着手机为我指路，开到最后已经没了路，进了一片坑洼不平的荒地。我们颠簸着追了片刻，文森特指着远处一个小黑点："他在那儿！"

任嘉开着一辆乌沉沉的运输车，巨大的车身里装的想必就是那武器。运输车原就沉重，在这种地面上更是行动缓慢，我们的距离被迅速缩短。文森特打开车窗开了几枪，然而那军车结实到不可思议，子弹打在钢铁车皮上只能留下浅浅的弹坑。

"坐稳了。"我将手伸进口袋摸出个东西抓在掌心，倏然提速，一个急转弯超到那辆车的右侧，对着它的轮胎一通乱射。

任嘉满脸惊骇欲绝，大喊道："你不要武器了？"

我不为所动继续摧残车轮，他终于打开车窗冲我开枪。我等的就是这机会，在矮身躲避的同时，我一扬手，将一枚小型炸弹丢进了他的车窗内。

任嘉在千钧一发之际弃车逃了出去。

"轰！"

爆炸将那辆车的玻璃震得粉碎，而坚固的车身却只是轻微变形。

我并不是真的要毁了它。我当即打开车门瘸着腿冲去夺车。然而任嘉也不是吃素的，竟在这瞬息之间猜到了我的意图，我还没摸到车门就被他扑倒在泥地上。

我近乎条件反射地手腕一翻，而他的反应速度也不遑多让。落地之时，我的枪口已经抵住了他的胸膛，而他的则指着我的脑门。

僵持几秒，任嘉发出一声冷笑："你也被他收买了？等到人类追过来，你们谁也活不了！"

我咬牙道："放心，一定拉你陪葬。"

"你想帮他毁了这武器？你不想拿它去对付人类吗？"

"至少不能让它落到你们手上。"

任嘉一愣，突然凄厉地大笑起来："申一南，你到现在都以为我是站在人类那边的？"

"别装蒜！"

他笑得枪口直抖："我恨不得他们下一秒就灭绝！"

"为什么？"

"你又是为什么？"他紧盯着我，眼神癫狂，"我们才是同类，我们的亲人死于同一场屠杀……"

我微微一震。十年前的那场突袭发生时，兽族聚集地内还有少量来不及撤出的人类，大多数是兽族的亲友。

"我的生命已经随着他们终止在了那一天，这十年对我来说都不算是活着……"他喃喃地说，"你也是这样吧？你付出的一切也是为了这一天吧？"

"阿申。"文森特出声唤我，声音中带着警告的意味。

任嘉瞥了他一眼："我原以为他也是同类，没想到他是个无可救药的孬种。你不会真的信了他那番救世主宣言吧？他只不过是怕死。

　　"阿申！想想这武器会创造出多少孤儿，想想那些人类孤儿又会怎么复仇！

　　"人类与兽族早就应该开战，拖到现在都是因为他从中作梗！他借着这比赛不停搅浑水，每年都利用参赛者为自己办事，最后再全部灭口——那天晚上，他不就派我去杀你了吗？"

　　我漠然望着他："我不信。"

　　"你果然被洗脑了，真可怜。"任嘉轻声说，"清醒一点吧，我们已经有了武器和图纸，只要杀了他逃离这里，就可以为那些亡灵报仇了。"

　　我更加冷漠地盯着他，不愿暴露内心的挣扎。

　　身后传来了车门开启声，文森特毫无防备地走了下来。

　　趁着我与任嘉举枪僵持之际，他一步步地朝我们走来，全身空门大开，只拿了一把激光枪。

　　任嘉骤然面现紧张，显然不像自己话里那样轻视文森特："他要偷袭！快移开枪，让我杀了他，否则我们都得死！"

　　"你先移开。"我仍旧死死抵着他的胸口。

　　"申一南你疯了吗？"

　　文森特已经走到了跟前。我盯着眼前的任嘉，无法分神扭头去看他，也就不知道他此刻是什么表情。

　　我在余光里看见文森特越过了我们两人，径直走到运输车厢前，举起激光枪，开始切割车皮。

　　"他要毁了武器！"任嘉目眦欲裂，"我最后说一遍，移开你的枪！"

　　"你先移开。"我不为所动。

　　"我数到三，一起移开！"任嘉立即开始计数，"一——"

　　文森特对他的喊声充耳不闻，一改平日的战战兢兢，仿佛已将生死置之度外。

　　"二——"

　　文森特平静地移动着激光束，很快在车皮上画了个圆圈。铁皮掉落，露出了一个洞口。

他从怀中掏出一只炸弹。

任嘉双目赤红："三——！"

枪口同时移开，我一脚踹开任嘉翻身而起，一边冲向文森特，一边瞄准了他的手臂，毫不犹豫地扣下了扳机。

文森特忽然迎着枪口朝我扑来！

扳机已经扣动，子弹的路线不可更改，我眼睁睁地看着他的胸口炸出一朵血花——

下一秒，文森特将我扑倒在地，身后几乎是同时传来一声枪响。

是任嘉的偷袭。

而文森特救了我。

他的躯体沉重地压在我身上，血液很快浸湿了我的衣服。

我的大脑还在困难地消化着这一切，身体却像精确设定的机械般行动起来，从他手中夺过那炸弹，一把投向身后。

轰然一响，我这才推开文森特。

任嘉被炸翻在地尚未死绝，我举枪对着他劈头盖脸地扫射过去……

心中恨意滔天，彻底烧去了理智，却又陡然被一阵冰凉的恐惧浇灭。

"文森特……"我抱着他喊道。

文森特尚未失去知觉，睁大眼睛专注地盯着我："你没受伤吧？"

"没有。"我抖着手按住他的伤口止血，"你……你也不会有事，你不会死在这里的。"一代大魔王，怎么能死于这种一文不值的枪击？

文森特的碧眼中清晰地映着我的倒影："谢谢你做我的室友……"

"闭嘴。"我粗暴地打断他，"我不想听这种废话。"

文森特无奈地闭上嘴，却仍旧目不转睛地望着我，直到双眼逐渐失去焦距。他的面容突然与遗言视频里的父亲一点点地重叠起来，我只觉得身体从心脏的位置开始结冰。

"我带你去营地急救，"我恶狠狠地说，"现在就去。"

遥远的地方传来模糊的引擎声，人类的追兵来了。

我费力地抱起文森特，一瘸一拐地将他搬进来时的车，放下靠背让他平躺。

想尽快赶去营地，就没法开走运输车了。事到如今我也顾不上纠结，照着文森特的做法扔进去几枚炸弹，彻底毁了里面的东西。

我带着他一路轻车飞驰，身后追兵骤减，大约是人类都去抢救运输车了。

四下陷入了奇异的寂静。半晌，我突然开口："不要死。"

没有回答。我不敢转头查看文森特。

眼前一时是父母的面容，一时又是初见时他腼腆的样子。我盯着前方道路，视野忽而出现了诡异的扭曲，一眨眼才发现我的眼里全是泪水。

"不要死。"我像个蛮不讲理的小孩，试图指挥命运的轨迹。

车里过于安静，连他的呼吸声都听不见了。

我惊恐地扭过头去，正对上一双碧眼。

"……"

他弱弱地说："你哭了。"

"……"

"我不会死的，伤势没那么重。你射偏了。"

"……"

"对不起，刚才怕你还不肯炸车，只好装死逼你一把……"他小心翼翼地戳戳我，"别生气了，往好处想，你赢了比赛呀。"

"……"

我咬牙切齿道："哪里哪里，你才是真正的赢家。"

着陆 _

着陆

从前有个小年轻，非常害怕坐飞机。

这倒不是说他从不上飞机。恰恰相反，他毕业后好不容易进了一家外企，不幸的是该岗位要求不时地出差。

这个小职员为五斗米折腰，指望着以后转岗，就隐瞒了自己的飞机恐惧症——小时候他曾经险些丧生于一次飞行事故，当时空姐甚至分发了写遗书的纸笔。

虽然最后安全着陆，但从那以后，他每次系上安全带时，都坚信这次一定会坠机。

小职员为随时可能到来的死亡做了万全的准备。

他的房间永远干净整洁，各种不可言说的杂志即看即丢。

他常常坐在候机室里想象自己死后，网上那群亲友前来微博刷蜡烛，却看见自己最后一条微博是"这胸大肌真厉害"。所以，他的微博总是不定时清空，只留下一条莫名其妙的博文："岁月之河，凝固在任何一秒都是美丽的。"

小职员是这么琢磨的：万一预感成真，大家可以毫无压力地刷蜡烛。万一这次没事，大家看见了也不会想太多。

问题是他三天两头就要上飞机。

于是他在朋友圈内逐渐被传为了"非常深沉的忧郁美人"。

　　小职员盘靓条顺，虽然最近脸上长了颗青春痘，晒照片时总是遮遮掩掩，只肯露侧面剪影或者眼睛特写，但依然能看出底子好。圈里有不少人关注或者悄悄关注他。

　　这其中就有一个特警。

　　特警十分特殊，事实上，他的身份信息丝毫都不能泄露。

　　特警所属的小组是专门执行卧底任务的，每个组员都不知道哪一天轮到自己壮烈牺牲。

　　这样的特警默默分析着小职员的每一条微博，逐渐产生了一种大胆的猜想。

　　首先，小职员从来不露全脸。其次，小职员偶尔冒出的只言片语，每每都能正中特警要害。

　　比如说，特警出任务归来，看着城市街道上的车水马龙，正想着"如果就这么孤独地死在任务里，这个城市有多少人记得我呢？"，一刷微博就能看见小职员发了一条："有任何人记住自己，都是幸福的事。"

　　特警简直感动落泪了，顶着个僵尸粉的 ID 默默回复："会有人的。"

　　特警越来越被自己的猜想说服了。

　　一天，他终于忍不住发了私信给小职员。

　　特警觉得对方如果真的跟自己岗位相同，那私信显然也不保证安全，因此他用了非常隐晦的暗号。

　　特警："你好，冒昧打扰了，请问你是我想的那样吗？"

　　小职员："？"

　　小职员心想：他指的是怕坐飞机吗？那不是显而易见吗？

　　小职员回道："是啊是啊，很明显吧哈哈哈。"

　　特警："！！"

　　特警冷静下来仔细一分析，觉得对方回答得未免太爽快，很有可能是误解了问题。

于是特警进一步添加细节："哦，看你隔几天就要清空微博，然后发一些让我感触很深的句子，我在想没准我们是同类。"

小职员："……？"

小职员心想：咦？他指的到底是不是恐飞？

于是小职员回头看了看自己那些隐晦的遗书，又去对方的主页转了一圈。

对方这账号一个粉丝都没有，主页更是空空如也，只有微博简介写着："身轻如燕，飞入云端，回头一望，不枉此生。"

小职员震惊了！

小职员也产生了一个大胆的猜想——自己可能不是唯一一个有飞机恐惧症的人。

对方真的是病友。

小职员也开始进一步求证："哈哈哈，我可讨厌我这工作了，每次出发之前都很害怕……你又是因为什么？"

特警大喜！

这下没跑了，对方一定是个刚入行的战友。

特警顿时升起了强烈的保护欲，安慰道："别害怕，都是这么过来的，要相信自己一定可以挺过去的。"

小职员热泪盈眶！

小职员觉得自己终于找到了组织，二话不说便要加微信好友。特警到底是特警，为保险起见，特地注册了一个新号。而小职员身为资深网友，也习惯性关闭了对方查看朋友圈的权限。

双方都觉得自己很理解对方对隐私的重视，半生不熟地尬聊了两星期，话题才逐渐深入。

一天晚上，小职员窝在沙发上看肥皂剧，手机突然亮了。特警发来了一句话："昨天有个朋友，出任务死了。"

小职员挂起了一脑门子的问号。

他皱眉思考了半天，正想问对方打的是什么游戏，特警又追来一句："死亡这种事，面对多少次都不会习惯啊。还记得第一次杀人后我两天没吃饭。"

小职员："什么？！"

小职员不敢轻易地回复，对着这句话发了半天的呆，终于战战兢兢地说："确实，我也差不多。对了，你那次杀的是什么人啊？"

特警眉头一皱，忍不住教育新人："我们这种人不能透露具体信息的，你也得牢牢记住，注意信息安全。"

小职员这下是真的汗毛倒竖了！

他连忙拨通了110："你好，我想举报。"

接线员说："请讲。"

小职员说："我在网上遇到了一个杀过人的黑社会分子。"

接线员默默无语了几秒："请讲述一下具体经过，您是怎么认识黑……黑社会人士的？"

"他是我的微博粉丝。"

"……那您是如何判断出他杀过人呢？"

"他自己说的。"

"……那他为什么要主动透露这一点呢？"

"不知道。"小职员茫然，"他一上来就很信任我，可能是因为我写的诗。"

"……"

接线员职业素养很不赖，挂断前还解释道："我们需要一些更实际的情报才能处理。"

小职员关掉聒噪的电视，走到窗前，凝视着外头深沉的夜色。他已经领悟了，上天不会平白无故选择自己，真正的主角往往孤立无援。

从今天起，他要凭自己的力量与恶势力虚与委蛇了。

小职员怀着一颗热血公民的心，一步步地争取着特警的信任。

他深知在这条艰难的道路上决不能冒进，于是非常沉得住气，每日只是闲聊几句，却不间断，也不再触及对方雷区。

闲暇之余，他买了几本刑侦与反刑侦的书，晚上当作睡前读物啃。

小职员变了，连微博画风都跟着变了——"这一切都是因为，心里还有不能放弃的信念！"

特警钦佩地给他点了个赞。

小职员明白自己是被黑社会组织当作了同类，于是为了不露馅，也时刻装作对危险和死亡十分熟悉的样子，甚至做了不少枪支弹药的功课。

但他却从不提及那些子虚乌有的任务细节。特警对此毫无疑心，还很欣慰。

两人相识几个月后，小职员跑去大洋彼岸出差，坐了一趟十几个小时的国际航班。

出发之前，他对着头顶的阴天拍了张照，微博配文："风萧萧兮易水寒，壮士一去兮不复返。"

特警紧张了。

特警连忙戳他："小心，保重。"

小职员见对方误会，大言不惭道："嗯，我会的！活着回来再聊！"

等到小职员下了十几个小时的航班，手脚发软地回到旅馆打开手机，便收到了一长串留言，发件人全是同一个。

特警在他平时上线的时间开始询问："回来了吗？"

大约等了几小时，对方开始慌了："没事吧，看到速回。"

而在自己落地几分钟前，留言变成了："我还没睡，你如果平安回来，一定要跟我说一声。"

小职员发现这黑社会还挺有情有义，在感动之余，蓦然发现了新的契机。

他躺在旅馆床上，没再打字，而是发了语音过去，用故作虚弱的声音说："抱歉，手受了伤，没法打字。"

他只等了几秒钟，那边就发了语音聊天的申请过来。

小职员接起，只听对方问："你还好吗？现在安全吗？"

小职员愣了愣。

他有点意外。

这人普通话太标准了，跟他脑中的黑社会人士形象对不上号。

小职员重新脑补了一个形象：电影里演出来的那种，戴墨镜坐豪车的黑道少爷。

然而黑道少爷的声音也不该是温和可靠的低音炮吧？

小职员很快控制住了胡思乱想，继续虚弱地哼哼："嗯，没事了。"说着强行加入骂街，"那帮混蛋……"

特警说："我懂，我懂。"

特警陪着小职员聊到半夜，说了很多平日不会说的话。

他们交流了生活中的辛酸苦辣，分享了学生时代的糗事，各自剖析了对死亡的看法。

小职员一时冲动，问了个错误的问题"你好好一个人，怎么就干了这行？"

特警迟疑地问："这行……怎么了？"

小职员一个激灵，慌忙找补："死，死亡率高嘛。"

特警说："哦，你不也写过吗，因为心里还有信念啊。"

小职员心想：天哪，这黑社会人士还是个大龄"中二"。

特警低笑了起来："开玩笑的，人总要混口饭吃嘛。我读书不行，只好发挥特长。那你呢？你又是为什么？"

小职员调整了一下情绪，深沉地道："我对这个世界，有很多不满。"

特警说："我懂，我懂。"

小职员发现黑社会人士变了。

他变得越来越婆婆妈妈，鸡毛蒜皮的事都要发条信息来汇报。

"今天樱桃打折，多买了一盒。"

"今天路上的桃花开了，很香。"（附一张照片，花被折下来搁在白纸上，背景一片空白非常安全）

"今天出去吃饭，遇到一家黑心店，硬说我们多点了菜没付钱。给老板普法五分钟，老板赔了我们十块钱。"

小职员对着最后一条，想象出一群彪形大汉把老板按在墙上"普法"的画面，笑得乐不可支，同时又怀着深深的负罪感——道义不允许他被恶势力萌到。

小职员礼尚往来地通知对方："我家猫生崽了。"

特警惊了："给我看看！"

小职员举一反三地把小奶猫捧到一面白墙前拍照。小奶猫刚学会爬，娇滴滴地裹着小毛巾看镜头。

特警半天说不出话来。

"可爱吧？还有一只已经送给好兄弟了，"小职员原本打了"同事"二字，幸好反应过来改掉了，"这只也有兄弟预定了。"

"你们还有空养猫。"特警不无羡慕地说。

小职员顿了顿，小心翼翼地开了语音："真好。"

"什么真好？"

"这种平凡琐碎的生活很好啊。虽然少了点刺激，但不用刀口舔血，不觉得很向往吗？"小职员努力进行洗脑。

特警在意念中坐到小职员身边，陪着他撸猫："确实很向往。"

小职员心头一喜，对方却又紧跟一句："我得走了，紧急情况。"

"好……再见。"

小职员搁下手机，连自己都理解不了这突如其来的烦躁。

两人聊天满一年的当晚，小职员又一次上天了。

他坐在靠窗的位置，一边第三次检查安全带，一边默默回想：电脑关机了吗？关了。微博清过了吗？最后一条微博发的是啥？

这时他发现自己想不起来了。

不知不觉中，自己满脑子都是：如果这次坠机，还没见过那个黑社会人士长什么样。

墨菲定律告诉我们，如果一直担心某种情况发生，它就更有可能发生。

小职员只是没料到它到来的方式。

飞机一路平稳，小职员安全落地了。

然而还没走出机场，他的耳膜就险些被警铃声刺穿——他们遇上了恐怖袭击。

电源很快被切断，蓦然而来的黑暗进一步催化了恐惧，远处响起模糊的枪声，人们尖叫着抱头鼠窜。

小职员险些被失去理智的人群推倒踩死，挣扎着贴墙摸索到洗手间，却发现门已经被反锁了，聚拢在外面的人正在拼命砸门："让我们进去躲躲！"

里面的人当然不会开门。

小职员慌不择路地随便跑到个墙角蹲下，浑身抖得如同犯了癫痫，艰难地打出两个字给特警："别了。"

"什么意思？"对方立即回复。

小职员抬头一看，恐怖分子还没杀过来，又艰难地录下语音发过去："我在 XX 机场遇袭了。"

……

"没想到最后会死在地面上……真不高级……"

小职员还没抒情完，对方以惊人的手速发来了几句话："手机静音别亮屏。找掩体，趴倒别动，安静。"

小职员已经大脑一片空白，机械地遵照指示关了手机，就近趴到了一排靠墙的座椅底下，拼命捂住嘴。

仿佛过了两次走马灯那么久，遥远的地方传来了警笛声。

小职员更用力地捂住嘴，泪水近乎无意识地淌过手背。

混乱持续了整夜。警方控制局面后封锁机场，挨个儿排查了在场的所有人。

天色将晓时，机场广播通知大家可以从大门离开了。

小职员浑浑噩噩地坐在原地，重新打开手机。对方在十分钟前发来过一条留言："危险过去后给我报个平安。"

小职员吸了吸鼻涕，闷头打字："我没事……我有件事跟你说。"

"嗯？"

"其实，我一直都在骗你。"

……

"我不是你的同类，我只是个普通小白领，别说人了，鸡都没杀过。"

……

"我发那些微博是因为我害怕死于飞机失事。"

……

已经走出机场坐上警车的特警回过头，朝那围了三圈家属的大门望了一眼。排查人员那会儿，他一直若有所盼地搜寻着一双照片中见过的眼睛，却一无所获。

小职员还在逼自己继续坦白："我一直这样伪装自己，是为了骗到你的信息，去警局告发你。"

特警："……"

"但是就在刚才，日出那会儿，我突然发现自己根本不可能告发你。"小职员的眼泪又下来了，"我良心过不去，以后也不会再联系了。你能不能，洗心革面好好做人？"

特警的太阳穴开始一跳一跳地发疼。

"一直想看看你长啥样，不过恐怕没机会了。忘了我吧，再见。"对方发来了总结陈词。

小职员还没来得及生无可恋地放下手机，它就震动了一下。

他很惊讶对方在这种情境下还回复得如此之快。对方说："我只看懂了'长啥样'三个字……"

小职员的手突然又抽风似的抖了起来。

对方发来了一张图片。

照片上的人有着一张天生适合做卧底的脸——不帅到扎眼，却也不存在任何能成为记忆点的缺陷。即使有人用力盯着他看，几天之后多半也会忘记。

他的背景一如既往地一片空白，连衣服都只拍进了一小截领口。

然而在此时此地，小职员只看一眼就蒙了——他的面前刚刚晃过那么多特警，每个人身上的制服都是这样的领口。

小职员呆呆地看着手机屏幕，半晌才想起打字："你，你都能扮成警察了？"

特警："……"

饶是特警泰山压顶面不改色，也忍不住咬了咬后槽牙："我在你脑子里到底是个什么玩意儿？"

小职员昂起头，那颗一宿未睡的脑袋艰难地运行片刻，终于迸溅出一丝智慧之光。

"啊！"小职员原地蹲下，把迅速充血的脸埋进了膝盖里，"我错了。"

接着他又知后觉地心头狂跳，重新打开照片左看右看，拿指尖去触摸那双仿佛带着一点笑意的黑眼睛。

小职员捧着手机站起来，开始绕机场大厅走圈。机场工作人员以为他这是创伤后应激反应，连忙走过来引导："你好，那边有个临时心理辅导室。"

"哦，我没事，真没事。"小职员强迫自己坐回去，手足无措地歇了几秒，突然从相册里挑挑拣拣翻出一张自拍，还鸡贼地P掉了那颗青春痘。

小职员将它发过去："你……你觉得我长得还行不？"

特警坐在车上无声地笑："好看。"

小职员看不见他的表情，只能翻来覆去琢磨这简短的评语，跨踏着期期艾艾地问："那，你哪里人啊？叫什么名字？有空那啥，见一面呗。"

特警又回头望了一眼。候机楼此刻已经缩小成了一个点，一拐弯就消失在了视野之外。

小职员坐立不安，活像被告人等着判决书，那头却沉默了比他预期的更长的时间。

就在他忍不住自我圆场时，特警回复了："其实你敲我的时间挺巧的。我明天就要去出个任务。"

对方没说是什么任务，甚至没用任何形容词，小职员的心却无端地一揪，刹那间从云端跌入了深渊。

对方没有等他的答复，自行说了下去："如果能回来，我就去见你。如果没有，那你最好也不用知道我的名字。"

小职员晕头转向地请假回到家，趴在床上翻出一年来的聊天记录，一边重看，一边借酒浇愁。

直到现在，他才真正理解对方的每一句话："昨天有个朋友，出任务死了。""还记得第一次杀人后我两天没吃饭。""你不也写过吗，因为心里还有信念啊……"

小职员突然想到，特警是怀着什么样的心情，冒险让自己知道他的样子呢？

小职员不记得自己是什么时候昏睡过去的，醒来时天色已黑，头痛欲裂。他迷迷瞪瞪地起来给猫倒了猫粮，猛然间慌张地冲回房间，打开手机找特警："你走了吗？"

对方似乎一直在线等他，很快回了过来："还没。"

小职员松了口气，浑身不得劲地倒回床上，却又一时找不到话说。憋了半天，发过去一句："要去多久？"

"一周吧。"

"哦。"小职员把脸埋进枕头里，"等你回来，我飞去找你？"

"你这么怕坐飞机，还是我去找你吧。"

"也行，我请你吃饭，就是跟你念叨了好久的那家蟹黄包。"小职员盘算着，"你要是待久一点，这块还有好几家吃的……"

"不请我去你家撸猫？"

"……"小职员又悲伤又羞涩，"来呗。它可能怕生，我给你按住。"

特警忍不住笑："你被挠怎么办？"

"它不会挠我的。"

"好。"

特警慢吞吞地打字："认识你以后，我变得有点怕死了。这不太好，可不知为什么，我却很开心。谢谢你。"

等到小职员回过神来，对方已经下线了。

第二天一早，特警接到指示出发之前，习惯性地最后刷新了一遍某个主页，就看见了刚刚发出的一条："一路平安。"

特警笑着点了个赞，然后卸载了微博。

小职员的煎熬才刚刚开始。

他的工作效率创了历史新低，每天仿佛到傍晚才刚刚惊醒，死活记不起午饭吃没吃。

然而无论小职员怎么刷屏，都再也没见到熟悉的点赞。

三天之后，他把两人的聊天记录都从头到尾翻完了，实在无事可做，鬼使神差地点进了特警那永远空白的主页，却发现上面多了一条内容。那是特警在第一天出发之前就留下的，对自己的回答："我会的。"

小职员竟然整整三天都没发现它，这重大失误犹如一个不祥的征兆，成了压垮骆驼的最后一根稻草。

小职员给特警留了很多的言。

他交代了自己最初的误会、漫长的谎言，补上了对方偶尔流露出孤独时未曾给出的安慰。他甚至提前交代了自己姓甚名谁，剩下的就是不断请求对方回来。这一年里用伪装的样子骗来的情意，他只能祈祷自己还有机会偿还。

一周过去了，小职员始终没能盼来回复，那账号沉寂得像是不曾存在过。

又过了两天，小职员不敢就此崩溃，顽强地维持着人样，上班下班，拎包出差。

飞机升到最高处时一阵颠簸，小职员坐在紧张的人群中恍惚地想：还是不能在这里结束。至少要找到他的名字，这世上应该有人记住他。

或许是上天听见了这心声，小职员落地后打开手机，掌心传来一阵令人心悸的振动。

小职员跳起来打开留言，却在读到第一句话时就眼前一黑。对方说："你好，我是这个手机主人的同事。"

小职员摇摇晃晃地读下去。

"它的主人让我跟你说: '不要随便把个人姓名发给我, 很危险。'"

小职员: "……？"

他缓慢地回过神来, 心跳又恢复了正常。

同事说: "他伤得很重, 暂时没法自己打字, 怕你等急了, 让我代劳的。"

小职员边哭边笑。

等到特警能自己打字的时候, 才告诉小职员, 当时自己捡回一条命, 却昏迷了两日。

昏迷中只觉得活着太累, 一心想就此撒手升天, 却总是听见一个遥远的声音抽抽噎噎, 这才不堪其扰地醒过来。

特警请了假, 飞来看小职员。

他们吃遍了小职员推荐的所有饭馆, 还撸了猫。

凌晨时分, 小职员突然蹬着腿惊醒。他的动静惊动了特警, 对方低声问: "做噩梦了？"

"梦见你昏迷时, 我向你同事要了地址飞去看你, 结果半路坠机……"

特警沉默片刻: "其实我也做了噩梦。"

"梦见什么？"

特警没回答, 只是说: "也许在某个平行宇宙里, 你刚从咱俩在一起的美梦中醒来, 发现自己正睡在我的墓碑前。"

小职员被这描述震得一哆嗦, 鸵鸟般一头扎进被窝里。

特警笑了笑, 说: "我总觉得怕死是人类进化的缺陷, 后来才发现它是恩赐。"

正因为不知死亡何时会来, 才觉眼下的每一秒加倍的快乐。

半晌, 小职员轻声说: "我也是。"

从年幼时起在风中飘摇的那架飞机, 终于等到了着陆的一天。

如果世上有"事业有成的死宅"这种生物存在的话，小明是其中一个。

小明兢兢业业地工作，花了小半辈子时间，成功从基层混到副总。工作结束后，他又兢兢业业地虚度光阴，将所有的闲暇时光全部花费在了卧室里、电脑前、游戏上。

一日，小明在玩一个解密类游戏，卡关了。

他在那 RPG 画风的房间里兜了几圈，屏幕上突然弹出了一个对话框："是否要打开床边的红抽屉？ Y/N/C"

小明疑惑地皱起眉，这算剧透吗？

他依言一点"Y"，果然抽屉里弹出了关键道具，通关了。

小明定睛一看，对话框指向了一个凭空出现的 NPC。

RPG 画面上，只能模糊地看到一顶蓝色的尖帽子和一张微笑弧度略显僵硬的脸。

小明从未在任何游戏里见过这种指路 NPC。

他跑去一搜，果然游戏资料里也并没有提到这个 NPC 的存在。

难道是隐藏彩蛋吗？小明万分好奇，打电话询问游戏客服。岂料客服闻言大惊失色，连连要求他提供具体信息，似乎是要汇报什么严重的 bug。

小明隐隐察觉不对，果断挂了电话。

蓝帽子 NPC 依旧静静飘浮在屏幕上等待着。小明想与他互动，在他的图像上点击数次，都没冒出对话框，只得暂时作罢，当作 bug 忽略。

接下来的几关，小明过得很顺畅，只在最后试图离开房间时失去了线索。

小明迟疑了几秒，正要转而打开浏览器搜索攻略，蓝帽子开口了："是否要进入镜中？Y/N/C"

小明恍然大悟，点了"Y"。

所有关卡登时被打通，游戏顺利结束，画面切入了卡司表。

小明愣了愣，有些怅然若失——他还没搞清楚这 NPC 是什么情况呢。

正在此时，蓝帽子仿佛强行钻入画面般挡住了卡司表："你是否还想再见到我？Y/N/C"

小明毫不犹豫地选了"Y"。

下一秒，蓝帽子倏然消失，小明怀疑自己点错了地方。可直到卡司表播放完毕，也没有其他事情发生。

小明又将这手游从头到尾玩了几遍，甚至故意装作卡关停顿了几分钟，但蓝帽子依旧不见踪影。

小明惆怅了一段时间，想明白了，多半是这手游的一个噱头，用拙劣的手段制造话题。他在心里嘲笑了一番上钩的自己，终于选择卸载，又下了一个新的格斗类游戏。

结果一打开游戏，蓝帽子 NPC 正在初始页面等着他。

小明大惊。

这游戏换了个画风，蓝帽子的脸也随之变得精细了，几乎能看出那微笑背后的狡黠。

蓝帽子："你在这个游戏中是否需要我的陪伴？Y/N/C"

小明百思不得其解地选了"Y"。

蓝帽子："开始战斗吧？Y/N/C"

接下来的日子里，小明一连换了几十款游戏，蓝帽子都会风雨无阻地出现。

他玩升级类，蓝帽子帮他打怪。

他玩剧情类，蓝帽子陪他聊天。

小明终于怀疑自己疯了。

"你谁啊？"他在电脑与手机里一切能打字的地方打字，"为什么盯上我？谁派你来的？黑客吗？"

但无论他如何打字，都激活不了与 NPC 的互动。NPC 的对话框永远只给他回复 Y/N/C 的权力。

小明换了两台电脑，都于事无补。他请来各种专家检查自己的电脑，又联系各个游戏的开发商，却一无所获。

小明为了逼蓝帽子露出真面目，不惜暂时脱宅，硬生生地憋了整整一年，没打开任何一个游戏。

他以为只要自己不玩，蓝帽子背后的人自然会黑进其他程序，甚至出现在现实中。但这些想象都没有成真。

一年后，小明逐渐淡忘了这件诡异的事，一日手滑，又打开了一个游戏。

玩了半天，他才发现哪里不对。

蓝帽子没有出现。

小明心里五味杂陈，既松了口气，又因为解不开谜题而耿耿于怀，顿时失去了玩下去的兴致。

他在游戏地图里四处徘徊，点进所有正常人不会点的角落。

几小时后，在小明第二十次拐进同一个死胡同时，猝不及防地看见了蓝帽子。

蓝帽子："你在找我吗？ Y/N/C"

小明点了"Y"。

蓝帽子："你是否还想再见到我？ Y/N/C"

某种意义上，小明在宅男群体中算是个务实的人。他抵触这种云里雾里、稀里糊涂的感觉，想利用这次机会逼迫 NPC 露出真面目。

小明选了"C"——取消。

"我拒绝回答。你先回答我。"他想表达这个意思。

蓝帽子显然误解了他的意思。

这个游戏的画风比较简陋，画面中的蓝帽子只是几个像素组成的小人，看不出表情。

蓝帽子："我明白了，祝你开心，永远不再哭鼻子。"

这一次没有选项。蓝帽子闪了几下，消失了。

小明隐约觉得蓝帽子最后的这句话十分莫名，苦思冥想了很久，都猜不出其中深意。

当晚，小明做了一个梦。

梦中的他又回到了小时候。父母工作很忙，他常常一个人待在家里。邻居家的孩子拉他一起玩闹，没玩几次他就成了被按着揍的那一个。

于是他不再出门，整天闷在自己房间里。父母为了哄他开心，给他买了一个 RPG 游戏。

小明通关了又重打，反反复复，百玩不厌。游戏中那个蓝帽子的 NPC 是他唯一的朋友。

后来呢？

后来那款游戏再也不出了，接着掌机也停产了，最后他保存了很多年的掌机也坏了。

他哭了很多天鼻子。可那时他已经是个大孩子了，父母也不再哄他，反而斥责他脑子有问题。

"为什么不能当个正常人呢？"他们问，"现实生活还不够你去探险吗？"

感到羞耻的小明在那一天做出了改变，奋斗打拼起来，将从前的悲伤与快乐一并遗忘。

可蓝帽子却没有遗忘他，始终觉得他还需要自己的陪伴……

梦醒时，小明一跃而起，四处寻找蓝帽子。

不见了，哪个游戏里都找不到他了。他在自己按下"C"的那一刻，已经完成使命消失了。

小明觉得背叛了蓝帽子，也背叛了从前的自己。

终于，小明决定自己做一款游戏出来。

这是一款非常逼真的全息游戏。小明倾注了很多的感情去设定其中的NPC，尤其是蓝帽子的那个。小明根据记忆复原了他的长相，通过曾经的那些对话推测他的性格，还把他在各个游戏里说过的话加入了常用台词中。

可即便如此，小明心里也很清楚，这只是自欺欺人罢了。自己只是在创造另一个蓝帽子，让他去陪伴其他孤单的孩子。

到了游戏公测的那天，小明带上感应器，迫不及待地进入了游戏，轻车熟路地直奔蓝帽子所在地。就算是自我安慰吧，小明想要补上欠他的一句感谢。

小明远远看见了蓝帽子。

蓝帽子也看见了他，露出了嫌弃的表情。

小明：？

这……这不是系统设置吧？

小明试探着问了一声："是你吗？"

蓝帽子："啧，怎么用了这么久？"

小明：！

小明的眼泪流了下来："我很想念你。你也想我吗？"

蓝帽子微笑道："Y。"

清蒸山海＿

-招摇山-

《山海经》中有一座招摇山。

这是一座神奇的山，山上有三种特产。

首先是一种叫祝余的草，适合切成碎段，加盐炒鸡蛋，

也可加入排骨汤中提鲜。吃了之后就不会感到饥饿。

其次是一种叫迷穀的树，把它的花佩戴在身上会发光，可以照路。

最后是一种野兽，叫狌狌。据说就是猩猩。

狌狌平时宅在窝里，用四肢爬行觅食。

但它有时也能像人一样用两腿走路。

要捕捉狌狌，须在深夜登山，

于空地大吼一声〖你爱豆被黑了〗，

它就会两腿冲出来。

相传迷妹们追星之前都要去拜山，集齐这三种圣物。

用祝余草忘记饥饿，戴迷穀花以免接机时迷路，

吃狌狌保证跟紧爱豆步伐。

招摇山因此被后世称为迷妹圣山。

-求如山-

求如山是滑水的发源地。
滑水中有一种鱼，叫做滑鱼。
长得像黄鳝，但背是红色的。
加葱姜蒜翻炒，倒入料酒老抽，
洒白糖胡椒粉，炖至收汁。
滑鱼会发出一种声音，像吴侬软语，很缠绵。
滑水中还有一种动物，叫做水马。
基本上就是一匹马，但腿上有花纹，还长着牛尾巴。
水马也会发出一种声音，像人在叫喊，很激烈。
相传东瀛国的一大批声优，
出道前都会特地前来模仿学习。
据说水平必须达到被滑鱼水马当作同类，才能出道。
因为水马很难捕捉到，所以他们学成之后的作品，
俗称抓马，又名斗拉马。
东瀛人追求细节的敬业精神真是令人敬佩啊。

-猾裹-

尧光山上有一种怪兽，叫猾裹。
猾裹长得像个人，只是身上有鬃毛。
平时待在一个狭小的空间，冬天会睡觉。
叫声像砍木头一般，很有穿透力。
人们都说，如果见到猾裹，就代表着有繁重的劳役。

后世的人给它取了个别称，叫老板。

开水烫掉鬃毛，切块，加糖油炸染色，加葱姜蒜、老抽一勺、加班的烟蒂一打、打回的报告灰烬三钱，文火焖三小时。

-凤凰-

有座山叫丹穴山，盛产金玉。山上有种鸟，叫凤凰。

凤凰羽毛非常绚烂，有五彩斑斓的花纹，晃眼。

凤凰是一种政治正确的鸟。

头上的花纹是个〖德〗字。

翅膀的花纹是个〖义〗字。

背上的花纹是个〖礼〗字。

胸口的花纹是个〖仁〗字。

腹部的花纹是个〖信〗字。

凤凰经常自己唱歌跳舞娱乐。见到这种鸟，通常代表着天下一片和平喜乐。

后世的人给它取了个别称，叫春晚主持人。

-基山-

基山的向阳面有很多玉石，背阳面则有很多怪树。

基山盛产两种动物。

一种叫猼訑，长得像羊，但是有九条尾巴，

四只耳朵，眼睛长在背上。

捕获猼訑的方法是准备一只麻袋，站在它正前方，

等着它自己跳进麻袋里。反正它眼睛长在背上。

九根尾巴切成薄可透光的片，文火炖黄豆，鲜美不可言说。

剩下皮毛穿在身上，会变得无所畏惧。

还有一种鸟，叫 [尚鸟][付鸟]，有三个头、

六只眼、六只脚、三只翅膀。

捕捉 [尚鸟][付鸟] 的方法是准备一只麻袋，

悄悄接近它，然后猛地大喝一声。它就会受到惊吓，

因为三个头三只翅膀无法分配而把自己摔进麻袋里。

[尚鸟][付鸟] 适合加黄酒与姜片清蒸。

吃了之后，睡觉时就再也不用躺着了。

从前有个将军，冒险去了趟基山，

归来之后立即变得骁勇善战，威名赫赫。

将军战而无畏，而且打仗的时候可以站着睡觉。

敌军准备夜袭，却看见将军直挺挺站在营地，

日以继夜地不睡，不禁吓破了胆，都传言此人是星宿下凡。

久而久之，老百姓亲切地称这位将军为——基神。

-亶爰山-

亶爰山离基山只有三百里。

这座山非常险峻，水流湍急，草木不生，难以攀登。

但是山上有一种长得像狸猫的野兽，叫类。

这种兽是雌雄同体的，据说人吃了之后，就会消除妒忌心。

皇帝好色，后宫收了无数美人。

皇后妒忌心很重，每次听说皇帝去了别的妃子那儿，

她就会对他实施冷暴力，让皇帝心很痛。

为防后宫起火，皇帝决定派人去抓一只类。

这个人选就是那个被称为基神的将军。

将军战功赫赫，手握重权，令皇帝十分忌惮。

皇帝道：〖反正就在基山旁边，你去过基山，

想来去亶爱山也不成问题。〗

将军一声不吭去了，数日后成功抓了一只类回来。

皇帝为了骗皇后吃下，不惜亲自下厨，

号称是炖了一只老母鸡，给皇后美容养颜补身子。

皇帝站在热锅边守着汤，汗如雨下。

终于似乎炖烂了，他下意识地拿勺子尝了一口。

皇帝道：〖……要死。〗

他端给皇后，皇后不疑有他，开心地喝了一碗。

皇帝心中自我安慰，自己只喝了一口，

再说这药效是正直的，即使发作了应该也没问题。

三天之后，皇后在后花园转悠，突然看见淑妃手下的小宫女，从背后将一个新入宫的婕妤推下了池塘。

放在平日，这种事她是喜闻乐见的。但是这一天，

她竟然不由自主地纵身跃入池塘，

身手矫健地一捞一托，把人托上了岸！

宫女惊呆了，婕妤也惊呆了。

皇后站在水中，湿淋淋的头发半遮住了眉眼。

宫女和婕妤……突然有点小心跳。

皇后变了。

从前她看见漂亮小姑娘总要暗中比美，

如今第一反应是上前搭讪。

后宫佳丽三千，转眼大半被攻略，

天天围着皇后转，眼中再也没有皇帝。

后知后觉的皇帝终于回想起来，那野兽，好像是雌雄同体的。

皇帝道：〖……要死。〗

皇帝陷入了深深的恐慌之中。

不过，他喝的那一小口迟迟没有生效，

皇帝就渐渐消除了警惕。直到一个月后的早朝，

他看见自己忌惮多年的将军英姿勃发地走上殿来。

皇帝沉默良久，淡淡一笑道：

〖爱卿快上前来，朕给你看个宝贝。〗

-翼望山-

翼望山寸草不生，却盛产金玉。

这座山上有两种动物。第一种叫讙，

擅长模仿百兽的叫声。第二种叫鵸，

经常发出笑声，传说吃了能治疗梦魇。

有户人家最近添了个小儿子，但这小儿子常在夜里毫无缘由地啼哭不止。
郎中来看了，只说是梦魇所致。

这家尚算家底殷实，老爷心疼小孩，

就找猎人去翼望山抓一只鵸回来。

一个月后，猎人带回了一只怪模怪样的野猫。野猫只剩一只眼睛，却长
了三条尾巴，竖在身后慢悠悠地摇晃着。

老爷看着它一脸发懵：〖你抓了个啥？〗

猎人戳了戳野猫，道：〖叫呀。〗

野猫懒洋洋地开口，

发出一阵气沉丹田的雄浑笑声：〖嚯哈哈哈哈。〗

猎人道：〖错不了，是鵸。〗

〖……〗

老爷道：〖古书记载，鵸是一种鸟。

长得像野猫的是讙，擅长模仿其他动物的叫声。〗

老爷很失望：〖算了，抓一趟也不容易，

把这畜生宰了吃吧，没准也有奇效。〗

猎人抓着野猫的后颈将它提起来，

野猫惊慌道：〖嚯哈哈哈哈。〗

倒是这家夫人起了善心：〖就当猫养着解闷，也挺好。〗

这只讙从此在这家住下，平时没人管它，

它就在院中寻个隐蔽处躲起来，眯着独眼晒太阳。

偶尔帮忙抓两只耗子，被下人搂着顺毛。

一日它悄无声息地四处溜达，不知怎的竟寻到了那小儿子的卧房。

小小的婴儿刚喝了奶，半张着嘴睡得正沉，

忽然惊醒过来，便与跳上床的三尾猫面面相觑。

讙虽然可模仿百兽，但在翼望山上只听过鹕的叫声。

它开口道：〖嚯哈哈哈哈。〗

那小儿子盯着它，慢慢皱起脸，撕心裂肺地啼哭起来。

下人匆匆赶进来，讙被他们抱了出去，

还听见侍女道：〖以后千万别放它进这间卧房。〗

结果它却像是与人杠上了，从此时常徘徊在门窗外，

默默看着侍女哄孩子。

小儿子的梦魇之症没得到治愈，依旧夜啼不止。

因此一天夜里，大家没听见哭声，

反而很不安，提了灯进去探看。

只见那讙卧在婴儿旁边，

三条大尾巴在襁褓上慢吞吞地扫来扫去，

口中正哼着童谣，调子与侍女口中的一般无二。

这怪猫从此获得了陪孩子睡觉的特权，直到小少爷渐渐长大，

和它在院中你追我赶，杠铃般的笑声此起彼伏。

-仑者山-

仑者山上有一种神秘的树，叫做白。

白的树干纹理是红色的，还会流出一种红色的树汁。

这种树汁非常厉害，可以将白玉染成血色。

皇帝有了将军的战斗力加持，治下十分太平。

加上后宫最近也很安宁，皇帝心情很愉悦，

就开始琢磨一些骄奢淫逸的东西。

皇帝非常喜欢玉，尤其喜欢血玉。

他听说这种树汁可以染出血玉，大喜。

但是呢，白出汁很慢，在树干上划个口子，

要等十天半月才能收集一小瓶。

皇帝就让人四处搜罗，劳民伤财，

眼看要变成不务正业的昏君。

将军看在眼中，很是着急。

有一天，皇后让人给将军传了个小纸条，

上面如此这般地出了个主意。

将军赶紧安排了人手，

去大街小巷上散播一个传言：这种树汁，很好吃。

树汁是甜的，因为流得慢，收入瓶中时水分都蒸发了，

所以质地很粘稠，吃起来有嚼劲，很 Q，像软糖。

大家听了不信，各自尝了尝，没想到竟是真的美味。

混合梅酒，加上捣碎的冰搅拌，红得晶莹剔透，

是不可多得的消暑甜品。

一时之间，仑者山上排队挤满了嗑树汁的人。

因为消耗太快，活活把树折腾死了。

皇帝再也没有血玉玩了，

很伤心，大怒道：〖这天下人怎么就管不住嘴呢！〗

后世把这个故事总结为一句话：防民之口甚于防川。

后来，将军派人送了重礼给皇后，

并询问她如何得知这个奥秘。

皇后微微一笑道：〖有一回我戴上树汁染的丝巾，

闻着特别香甜，好奇之下舔了一口。〗

因为皇后无私救国的举动，

后世都开始佩戴红色的丝巾。

-夸父-

传说有个人，叫夸父。

夸父有个偶像，叫日。

夸父非常迷恋日，不落下日的任何一场演出。

有一次，日的通告安排实在太紧，夸父为了追上他，

事先去了一趟招摇山。他吃了祝余草，

戴了迷穀花，还吃了狌狌的腿肉。

日乘车赶通告，夸父就追着他跑啊、跑啊，

跑了九九八十一天。

结果，夸父虽然感觉不到饥饿，

最后却还是因为缺水而死，临死前还挥舞着迷穀花当荧光棒。

他的迷弟心打动了上苍，

手中落下的荧光棒化为了一片桃花林。

夸父虽然没有追上爱豆，

但他的长跑却创下了人类纪录，至今无人打破。

这个故事告诉我们，追逐偶像不一定有结果，

但追逐的过程中，一定要让自己变成更好的人。

-阳山-

阳山上有很多岩石，不生草木。

山上有一种化蛇，长着人的脸，豺的身形。

化蛇不仅长了翅膀，还会低伏蛇行，是一种无处不在、防不胜防的生物。

时不时还会发出叱责的声音。

后世的人给它取了个别称，叫妈妈。

不可以抓，会死。

-耿山-

耿山是一座听名字就很耿直的山。

耿山上草木不生，但盛产水晶和大蛇。

大蛇切段，放老抽、料酒、姜片腌制半日，

热锅油炸至金黄，撒上椒盐可食。

耿山上还有一种怪兽，像狐狸却长着鱼鳍。

这是一种耿直的兽，名字叫朱獳（ru）。

之所以叫这个名字，是因为它的叫声就是〖朱獳〗。相传这种野兽出现的地方，就会发生恐怖事件。

据历史学家分析，成因可能是人们听见它的叫声，

就会陷入〖谁骂我〗〖你骂的〗〖找抽吗〗〖来啊〗的恶性事件中。

这人生活

真 实 有 趣

很多很多朵 云

是天被揉碎 捻成一个我

从生到死

是梭子引着光 纺出一个我

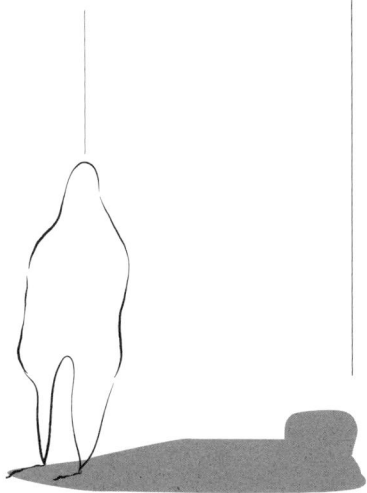

《很多很多朵云》

染发

全过程是这样的：

一天，我坐在理发店里翻看着"洗剪吹图鉴"，脑子突然受到宇宙的感召，不受控制地指向了一张比棉花糖还软的粉毛软妹，对 Tony 老师说："我想染这个。"

Tony 老师："你认真的吗？"

我："认真的。"

Tony 老师上下打量了我一眼："你想好了吗？"

我："想好了。"

一小时后

我："老师。我觉得这不是我。"

Tony 老师："……你看图鉴的时候没有发现这件事吗？"

我："我无法解释那一刻我的脑子里在想什么。"

Tony 老师："反正钱我是不会退的。"

我："要不再染一层棕色把它盖掉吧。"

Tony 老师："你的头发已经漂过了，漂过了你懂吗？如果再叠一层染料，最后会变成什么样子谁也无法预料。"

　　我："没事，我觉得不可能比这个更丑了。"

　　一小时后

　　我："老师。"

　　我："我的头发为什么变成了狗屎色？"

　　Tony老师："我早就警告过你了！你自己说不可能比粉色更丑！"

　　我："我有时候太相信这个世界。"

　　Tony老师："反正钱是不会退的，而且你这头发再折腾就要废了。其实也……也没那么丑。"

　　我："老师你刚才结巴了。"

　　Tony老师："我没有。回去吧，你只是看不习惯，过两天习惯了就好了。"

　　两天后

　　我："老师。我想剃光头。"

　　Tony老师："冷静！我求你冷静！真的没……没有那么丑！"

　　我："老师你结巴了。"

　　Tony老师："我没有……这样吧，我先给你剪成短发，然后等你的黑发长出来，我再把染坏的部分修掉行不行？"

　　我："成吧。"

　　两个月后

　　我："老师我来剪发了。"

　　Tony老师："你的黑发只长出了这么一点儿，（比手势）就这么一点儿。"

　　我："我知道。可我已经当了两个月网吧的网管了，一天都忍不了了。"

　　半小时后

我： "老师。我像进去劳改过，刚放出来的。"

我： "老师你为什么不说话。"

Tony老师： "你走吧，我思考一会儿人生。"

死亡按摩

我今天经历了一次死亡按摩。

事情是这样的。

今日长滩岛台风登陆，风雨大作，我的旅伴由于航班延误被困在国内。

我一个人本着"来都来了"的哲学守则跑去潜了个水，嘴唇都冻紫了。

上岸之后想着反正没什么事干，就去做个马杀鸡（按摩）回血吧。

攻略说不要在网上预订项目，在当地找比较便宜。

我这人比较不讲究，就直接问了宾馆前台。

结果那小哥一看就是个托儿，热情百倍地拉着我就走。

转过两条街，拐进一条巷，最后把我送到一扇狭窄的门前。

小哥："就这儿，进吧。"

我探头进去一看，一片漆黑，熏香缭绕，当中坐着个面无表情的大婶。

我："你确定是这儿？"

再一扭头小哥已经跑了。

我感觉被骗到了一个黑作坊，就有点犯怵。

但本着"来都来了"的哲学守则，还是跟大婶要了张价目表。

我："石头马杀鸡……是啥？"

大婶："最棒的马杀鸡。"

大婶："Very relaxing.（非常舒爽。）"

大婶："Makes you feel lighter.（能让你舒服上天。）"

我暗自疑心就这个氛围能怎么让人"feel lighter"，是要砍只脚下来吗？

但本着……就决定作个死。

大婶摸着黑把我往里头带，打开一个小隔间，指着马杀鸡床让我趴下，头对着那个透气的洞口。

没一会儿进来了另一个大婶，光线太暗了看不清长相。

大婶往手上抹了点香油，二话不说就按了下来。

她的手法，非常朋克。

平凡的按摩师都是顺着筋络捏捏揉揉，只有她，不捏也不揉，就是往下按，使出吃奶的力气按，仿佛我是个不太配合的面团。

按到肩膀的时候，我整颗脑袋往洞口里沉了几厘米。

按到背心的时候，我肺里的每一丝空气都被挤了出去。

外头狂风暴雨，里面暗无天日，大婶一言不发，而我瑟瑟发抖。

她用了非常非常多的香油。

很快我就变得油光水滑，芬芳扑鼻。

我鼓起勇气问了一句："请问……这个马杀鸡跟石头有什么关系？"

大婶："石头的部分马上就来。"

我："？"

我感到一阵灼烧般的热度，接着"嗷"地一声叫了出来。

大婶把两颗滚烫的鹅卵石，搁在了我的两片屁股蛋子上。

我："……"

我又鼓了鼓勇气。

我："请问你为什么……要放石头……在我腚上。"

大婶："你不喜欢吗？"

我："……"

我："倒也不是这个问题。"

大婶又一言不发了。

她拿出另外两颗滚烫的石头，在我背上大力地划来划去。

由于抹了一层香油，石头倒是滑行顺畅。但那个滚烫的温度，让我仿佛闻到了自己的焦香。

大婶划了片刻，把这两颗也搁在了我的腰上。

她就这么一趟趟地码石头，很快我的腰上就码不下了。

于是她又顺着背脊一路往前码，胳膊腿儿也没放过。

然而我表面积不是很大，加上香油降低了摩擦阻力，所以时不时有石子滑下去，导致大婶开始玩一种高难度的垒石子游戏。

我身上逐渐沉重，如同一块滋滋作响的铁板肉，散发着绝望的椒盐味。

就在这时，我眼前出现一片白光。

我突然看清了大婶的脸。

大婶："来电了。"

我："……"

紧接着眼前回归了一片漆黑。

大婶："又不行了。"

我："……"

大婶又码了几颗石头，接着把所有石头都收了回去。

大婶："到时间了。"

我爬起来站到地上，身轻如燕，脚下发飘。

付了钱走出大门时，恰好遇到宾馆前台那小哥又带了个白人小哥过来。

门边的大婶："Very relaxing."

门边的大婶："Makes you feel lighter."

白人小哥将信将疑地看了我一眼。

我点了点头。

复健

我真傻，真的。

我单知道骨折了要打石膏，却不知道拆了石膏还要面对什么。

在手臂绑了一个月石膏，练就了单手开瓶盖等绝世神功之后，我抱着一种看透一切、平静无波的心境走进了医院。

X 光片显示我的骨骼已经恢复正常，医生拿起一把专用剪子"哗"一下划断了所有绷带，沉重的石膏落地，一大片皮肤重新接触到了空气，手臂也随之变得轻盈。

那一刻我的感受犹如一场好莱坞灾难大片看到最后一分钟：男主角流着泪抱起重逢的小女儿，镜头拉远，一家人携手走向希望的明天。

这时医生露出了和善的微笑，他说："你弯一下试试。"

这里要说明一下，我折的是靠近手肘的桡骨，所以之前一个月里胳膊一直靠石膏固定出一种似弯非弯、似直非直的玄妙状态，大约弯曲 150 度，我称之为"薛定谔的直"。

此时我尽全力弯了一下，手肘处一阵剧痛传来。

我惊恐道："医生，我掰不弯了。"

医生道："能弯，你只是需要复健。"

338

说着他和善地握住我的上臂和下臂，猛然一并。

我的号叫声掀翻了自己的天灵盖，一路流窜到楼下妇产科。

我："啊啊啊又折了！"

医生和善地道："没有，这是正常的。"

我："不可能啊啊啊……"

医生："这就是筋僵掉了。"

医生："Z总理晓得伐，你看他胳膊为什么老揣着。"

医生："你不复健也会老揣着。"

医生："不要叫了。"

医生："不要叫了。"

医生："我停手了，你不要叫了！"

我闭上嘴，太阳穴的青筋砰砰跳。

我："我眼前有点发黑。"

医生："那你去躺会儿，吃两颗止痛片。"

我躺下了。

医生："你们年轻人不行，上个月有个女的被我掰休克了。"

我："……"

医生："复健就像今天这样，一天练三次，每次四十分钟。"

医生："让你妈亲自下手，现在不忍心以后就残疾。"

我仿佛看见好莱坞大片的片尾，字幕安详地滚到最后，突然冒出了下集预告。

我颤抖着问了最后一句："医生，这要练多久呢？"

医生和善地说："掰弯为止。"

339

北疆

我们这次玩北疆，其实是个摄影团。

所谓摄影团，就是"可以不吃不睡只要拍好照片"团。

起早贪黑，自带干粮，抢光线，占点位，放弃一切拍不到好片的景点，比一般旅行团艰苦得多，对导游的综合能力要求也更高。

结果好死不死，我们原定的导游在出发前一天"掉链子"了，换了一个不知道从哪儿冒出来的大叔。

大叔皮肤黢黑，厚唇，说话有点含混。

如今看来，他的本职工作可能是帮领导倒咖啡吧，谁知被临时抓包来当导游了。

大叔全程保持着一种充满禅意的表情，似乎并不明了自己是谁，从何处来，往何处去。

你问他几点集合，他不可说；你问他宾馆在哪儿，他不可说；你问他下一站何时到，他请你吃个馍。

至于领队，领队只管一路"咔嚓咔嚓"地拍照。

出发仅一天，全团就陷入了一种"一半在掉队，剩下一半在争吵"的状态。

这时出现了一个大姐。

大姐有一张隐忍决绝、凛冽荒芜的国字脸，趁大家聚众举报导游时，越众而出，和蔼道："大家早上好。"

大家安静下来听她"港"。

大姐柔声道："我理解大家的心情，大家也多理解导游的不易。有情绪是不能解决问题的，你们嗦四不四。"

大家继续等她"港"。

大姐："为了让导游的工作更方便，我实名倡议成立一个通信组，把每天的安排转述给每个成员，你们嗦好不好。分成三个小组，由我统一部署，需要三个小组长，你们嗦谁来当。"

大家炸了。

提问者有之，吐槽者有之，推举者有之，自荐者有之，冷嘲热讽者有之，企图夺下总组长宝座者亦有之。

一辆狭窄大巴里，顷刻间风云际会，拉帮结派，勾心斗角。

仿佛凭空投放出了一块后宫本位记的手游登录页面，底下刷新出一个问题：

你刚刚受到万岁爷赏识去赏花宴上献舞，你要：A 把握机会好好练舞；B 在虎视眈眈的贵妃面前藏拙。

大姐满面诚恳，回答提问，无视吐槽，面无惧色，过关斩将，钦点下属，力压强敌。

转瞬间风云已定，通信组成立了。

大姐露出一个凛冽隐忍的微笑："既然有了通信组，导游领队请听好了，从现在开始，我不允许你们离开我的视线一步，明白我的意思了吗？"

那一刹那，我清楚地看见导游打禅般悠远的神情变了变。

导游："你说啥？"

大姐："为了大家能得到最清楚的讯息，请不要离开我的视线一步，一切决定要跟我商量之后才能向大家传达，明白了吗？"

导游仿佛大棒当头，刚发现江山亡了。

至于领队，领队还在"咔嚓咔嚓"地拍照。

全车人表情各异。

刚才那场宫斗里败在大姐手下的小妹发出了一串意味不明的高亢笑声。

下车十分钟后，我们看见，大姐在售票处冲着导游的右耳乳："我刚才说的你没听见吗！没经过我同意你怎么能放人！"

两天过去了。

现在团里再次陷入了，一半掉队，一半争吵的状态。

听说是要把大姐赶下去换人，立了好几座山头互不相让。

后宫手游2.0版指日可待。

王侯将相宁有种乎

这是一件让我在全市出名的事情。

它发生在我读小学的时候。

有一次，市里准备举办一个大型的小学生表演活动，全程有领导观看和电视台直播的那种，要从我们学校找一男一女两个小朋友担任主持人。

那天，我的班主任把我叫进办公室，递给我一张发言稿说："你念念。"

我抬眼一看，四面八方全是老师，全年级的班主任都挤在了那间办公室里。

我这人天生没什么紧张感，反而是无耻的表演型人格，观众越多我越兴奋，哪怕观众是班主任。

我看了一眼发言稿上印的第一句。

这里要解释一下，当时全国人民每天晚上都在追《康熙王朝》，我们家也是一集不落地追完了，导致陈道明老师成了我人生中的第一任男神，他的每一句经典台词都深深地印在了我的脑海里。

于是我念道："寒风还在大地上，放肆！"我特意把重音放在了最后两个字，非常抑扬顿挫，以便让老师们感受到我深厚的台词功底。

老师们静静地看着我。

班主任说："……肆虐。"

我低头又看了一眼发言稿。

我说："……肆虐。"

班主任说："你先出去吧，我们讨论下。"

后来，不知道为什么，他们又把我叫了回去，还让我读完了全篇发言稿。

再后来，不知道为什么，可能是因为我长得超级可爱让人无法拒绝吧，我还是当上了主持人。

活动当天，场地四周聚集了黑压压一片小学生，每个学校的代表团组成一个方阵，穿着校服，手捧着那种五颜六色、甩起来哗哗作响的花球。

小学生方阵前是一排市领导人，坐在塑料椅上，人手一瓶娃哈哈纯净水，面色慈祥，轻轻鼓掌。

此外还有几台看上去就很厉害的摄像机，黑洞洞的摄像头对着舞台中央。

我跟另一个班的男主持同学一起走上了台。

计划是这样的：我念第一句，他念第二句，我念第三句，我们一起念第四句，然后第一个节目开始。

我这人天生没什么紧张感，观众越多我越兴奋，哪怕观众是市领导人。

然而面对着全市的小学生，面对着众位领导人，我还是有羞耻心的。在办公室里我已经羞耻了一回，我心想这次一定要念对，绝对不能出错，否则守在电视机前的妈妈会哭的。

我这样想了三遍，然后沉着地开口道："寒风还在大地上，放肆。"

老师

高中的时候，有个特别年轻的女孩当过我们半学期的美术老师。

进入高中后，美术课就相当于自修课，七成人用来赶作业，两成人用来睡觉，真正听课的学生大概只有一成。大部分美术老师也从来不会给自己找不痛快，都是放一放世界名画鉴赏的 ppt，放完就走人。

但是这个女孩是真的年轻，她没经验到什么程度呢，上课用的 ppt 能看出是百分百原创的，每个主题长达数十页，带 bgm，还有各种视频。她会念出许多我们闻所未闻的名字，会带我们鉴赏根本不在课本范围里的稀奇古怪的作品。

她居然还会布置当堂作业：有时让我们画静物，有时让我们画人。收了作业还会一张张地打分和写下点评，好像认为大家都是认真画的。

我当时属于真正听课的学生，听得贼投入，画得贼认真。因为在"写作业"和任何事之间我都会激情百倍地投入后者，哪怕后者换作"把 A4 纸撕成一道道小纸条"，我也会撕得每一道都等距。

但这个老师肯定不这么想啊，她把我当成艺术殿堂的大门前跃跃欲试的小可爱。她会在课后把我叫出教室聊天，评价我的当堂作业，问我以后会不会考虑学艺术。

其实我当时已经在准备出国了，申请美帝高中的材料除了成绩单外，还需要一些个人才艺展示。我也没什么别的才艺，就把藏着掖着的涂鸦复印了，打算挑一些寄过去。

高中生的社交圈很狭窄，我能接触到的最有艺术细胞的人就是她，于是请她帮我挑选、排序。

其实，一个未经训练的高中生能有什么水平可言呢，我也知道自己画的都是"渣渣"。但我当时处于"中二"的最顶峰，自负又自卑，听见半句批评就会炸，把画递给她之前也做了半天心理建设。

时至今日我依然记得她翻看那些复印纸时欣赏又感动的表情。她在大同小异的"渣渣"与"渣渣"之间寻找不同，仿佛在先锋画展上寻求真知，这个地方有点意思，那个细节处理得不错。

然后她问我："为什么都是黑白的？跟创作意图有关吗？你想借此表达什么吗？"

我："……我没有彩笔。"

一周之后的美术课后，她把我叫出教室，送了我一盒水溶性的彩铅，说是给我的临别礼物，祝我在艺术的道路上一帆风顺。（我最终也没能开口告诉她，我真不打算学艺术。）

再后来我就出国了。她在那一学期结束之后，似乎也没有留校任教。到现在我连她的名字和长相都完全忘记了，却还记得那盒彩铅所有的颜色。

急诊

在住院之前，我在急诊部的临时床位躺了一晚上。所谓临时床位就是在走廊上架一张床，讲究一点的话再在旁边立个聊胜于无的挡板，从精神上把你跟其他躺着的人隔开。

我是凌晨办的手续，所以没有挡板了。我一整晚都吊着盐水，在前后左右360度立体环绕的咳嗽声和哀叹声里半梦半醒。由于过于疲惫，直到天亮，我大约只睡着了一小时。在梦里我听见一串奇怪的"咯咯"声，大脑居然还自动为其补上了小猪佩奇欢笑奔跑的画面。

然后我突然意识到自己在哪里，瞬间惊醒，睁开眼——动静来自走廊正中，一名护士推着一个蒙着白布的人形匆匆走过，后头跟了一大串互相搀扶的亲戚，当中那位老太太哭得最响亮，为了换气而发出"咯咯"的怪声。

只有我这种小灾小病偶尔住院的人，才会为这种场景所震惊和触动。值夜班的护士神情麻木，旁边久病的老人被哭声惊醒，扭过头来看了一眼，几秒后又发出了鼾声。他们一定也曾有过震惊和触动的第一次，或许还有第二次、第三次，但目击数十数百次之后，死亡在他们眼中就成了抽象的数据。

在医院的两周，我感受到了许多生死无常。然而这几天刚开始病愈，我的脑子就又一次被家人、朋友和甲方发来的消息推动着高速运转，被这个月的未完成任务、下个月的计划及今年的目标所占据——虽说我们永远不知道明天和意外哪个先来，但在意外真正到来之前，人类永远是盯视着明天的物种。

几年前，一个我欣赏的作者患病求助，我转发了他的微博后，捐了一笔钱。过了一段时间，我询问他的近况，答案是还在积极治疗。再过一段时间，我想去关注一下，人却已经走了。他走的那天大家发的悼念微博如在眼前，可居然已经是三年前的事了。

两年前，我转过一个画手的求助，昨天看到了他去世的消息。

"眼睛都没合上，想做的事情还有很多没做"，他主页曾经转发过一个病友的微博，以此互相打气。昨天我点进那位病友的主页一看，那位病友也在一个月前去世了。

微博这个社交平台已经存在够久了，久到能让我们送别一些熟悉的ID。

我曾看过一篇报道：由于脸书不会删除死亡用户的账号，假设现有用户群体稳定，在本世纪末之前，逝者账号的数量就将超过活人账号。

想象一下，我们这个时代的社交平台，最终化为一座座虚拟墓园。对我这种工作环境建立于网络的人来说，虚拟即现实，到了那天，我翻阅网上留下的文字，就是检阅自己的一生。随着年纪渐长，我对死亡的感受越来越直观，也逐渐开始体会到时间不够的焦虑。

我想再上进一些。

我想在离去之前多留下一点我来过的痕迹。

时常听见别人感慨："你看那个人拼到那位子又能怎样呢，说没就没了，甚至来不及如何如何。"其实你心中的"如何如何"，未必是他人的第一追求。

成人之后，生命在人眼中应该是一幅逐渐清晰的蓝图，每个人为自己的存在赋予不同的意义。渴望体验者去体验，渴望求知者去求知，渴望改变者投身于事业，渴望感情者与他人建立亲密联系。虽然人生总会留下点顾此失彼的遗憾，但我也曾遇到过一些幸福之人，在死前会说出"如果重来一次，我还会这么选"这样的话。

在自己的正道上倒下，无论跋涉长短，至少不曾蹉跎。

愿我们的墓碑上都能留下一句"求仁得仁"。

爷爷

突然想起我爷爷。

爷爷是在我父母离婚之前走的，食道癌，从确诊到下葬不到两个月。当时我十六岁，一滴眼泪都没掉。

我从小到大只在春节时见过他几次。其实他对我不差，见我就笑呵呵，会用听不懂的乡音关心我几句。但我恨我爸，连带着恨他那一家人，也恨他们的乡音，所以见面时总低着头，不太记得他的样子。

他住院时我爸妈已经分居了，我爸打电话说爷爷想见我，我妈就带着我去了。第一次探病时他还能坐起来说话，嘱咐我好好学习，夸我前途无量，话语间有遗言的意味。第二次探病时他已经陷入轻度昏迷，穿了尿不湿，我爸凑在他耳边喊"XX来了"，他费了好大的劲才睁开眼睛对我笑了笑。

我没有对他笑，潜意识里觉得那是对我妈的背叛——虽然我耻于将这种潜意识辨开揉碎去细想。而且以我妈的粗线条，即使我真能对她说出口，她也理解不了。

第三次就是最后一次，他深度昏迷，床边围了一群哭泣的亲戚，我站在其中显得格格不入。

我在心里对自己的冷血也有点抗拒，觉得自己应该不是这么坏的人，于是伸出手摸了一下他那只没扎针的手背。他的皮肤又冷又湿，我没敢摸第二下，当时觉得像鱼或者青蛙，倒是没有立即联想到尸体。

这时，周围的亲戚商量着要把他送回老家，联系了救护车。救护车等在医院门口，但设备没法跟着人走，导致他刚被推进电梯就不行了。我站在医院的大门边，看着一群人推着他朝着救护车冲刺，恰好就瞧见他的腿蹬了蹬。

人还是送进了救护车，就在医院门口实施抢救。大人们都在哭天抢地，引来了一圈围观群众。管事的医生走过来，我上我爸表达了一下慰问，然后例行公事地说："我们会抢救半小时。"剩下的话他没说。

我站在人群里不知能做什么，就双手合十在心里念了几句佛，立即被我妈阻止了。我妈说："人还在抢救，你这样要被骂的。"于是我彻底无事可做，哭又哭不出来，看见围观路人里有个探头探脑、面目可憎的大婶，就一直用眼睛瞪她，把她给瞪走了。

站在今天回想，我当时并不是心怀戾气，只是想抵消一点无能为力的感觉。

半小时到了，医护人员全部撤走，人还是运回了老家，不知是谁安慰了一句："至少是走在了回家的路上。"

对我来说，在那一年里他的死亡只是一件微不足道的小事。毕竟他刚走，我的生活就突然被推上了过山车轨道，跌宕起伏了起来。

父母光速离婚，我又光速出国，出国的那天还是我爸送我去的机场，而我坐在车里借他的手机打电话，还翻到了他出轨的记录。再后来飞机一落地，我连出轨的事都抛在了脑后，从过语言关开始自顾不暇。

这种种的一切杀得我措手不及，相较而言，那场死亡对我的影响几乎可以忽略不计。

但我至今也无法解释为什么在之后的小说里写了那么多次的临终和抢救。

也许是希望书里的人在送别时能痛痛快快地哭上几场吧。

我 有 一 脑 洞
可 纳 山 与 海

图书在版编目（CIP）数据

此人文风平平无奇／七英俊 著.
—武汉：长江出版社，2020.5
ISBN 978-7-5492-5786-7

Ⅰ．①此… Ⅱ．①七… Ⅲ．①故事－作品集－中国－当代

Ⅳ．① I247.81

中国版本图书馆 CIP 数据核字（2020）第 049085 号

此人文风平平无奇 ／ 七英俊 著

出　　版　长江出版社
　　　　　（武汉市解放大道1863号　邮政编码：430010）
选题策划　漫娱　肖安娜
市场发行　长江出版社发行部
网　　址　http://www.cjpress.com.cn
责任编辑　江　南
特约编辑　陈雪琰
产品经理　胡丽云
总 编 辑　熊　嵩
执行总编　罗晓琴　　　　　开　本　889mm×1230mm 1／32
装帧设计　吴穆奕　许　颖　印　张　11
印　　刷　深圳市精彩印联合印务有限公司　字　数　324千字
版　　次　2020年5月第1版　　　书　号　ISBN 978-7-5492-5786-7
印　　次　2021年1月第3次印刷　　定　价　42.00元